古典文學研究輯刊

十九編

曾永義 主編

第32冊

杜貴晨文集（第十一卷）：齊魯人文景觀論證設計三種（下）

杜貴晨 著

國家圖書館出版品預行編目資料

杜貴晨文集（第十一卷）：齊魯人文景觀論證設計三種（下）
／杜貴晨 著 — 初版 — 新北市：花木蘭文化事業有限公司，
2019〔民 108〕
目 2+206 面；19×26 公分
（古典文學研究輯刊 十九編；第 32 冊）
ISBN 978-986-485-665-7（精裝）
1. 文化景觀 2. 中國
820.8 108000848

古典文學研究輯刊
十九編 第三二冊 ISBN：978-986-485-665-7

杜貴晨文集（第十一卷）：齊魯人文景觀論證設計三種（下）

作　　者　杜貴晨
主　　編　曾永義
總 編 輯　杜潔祥
副總編輯　楊嘉樂
編　　輯　許郁翎、王筑　美術編輯　陳逸婷
出　　版　花木蘭文化事業有限公司
發 行 人　高小娟
聯絡地址　235 新北市中和區中安街七二號十三樓
電話：02-2923-1455／傳真：02-2923-1452
網　　址　http://www.huamulan.tw 信箱 hml 810518@gmail.com
印　　刷　普羅文化出版廣告事業
初　　版　2019 年 3 月
全書字數　217872 字
定　　價　十九編 33 冊（精裝）新台幣 64,000 元

杜貴晨文集（第十一卷）：
齊魯人文景觀論證設計三種（下）

杜貴晨 著

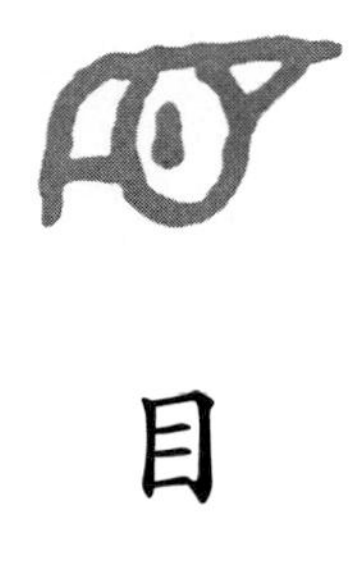

目次

下　冊

「水滸故里」學術考察論證報告

前　言

本《報告》是山東省政府旅遊局委託山東省水滸研究會的「『水滸故里』學術考察論證項目」申請結項成果，請專家審議。

「水滸故里」是指《水滸傳》作者家鄉、所寫人物與故事發生的背景地。山東省是《水滸傳》所寫人物與故事發生的主要背景地，尤其是主要水滸故事發生的原點和中心；《水滸傳》的作者（或作者之一）羅貫中則是山東東平人。因此，山東省是「水滸故里」文化旅遊的中心地區。

據《宋史》、宋元筆記載，特別是根據《水滸傳》的描寫，宋江等活動的主要區域在山東。其一百零八人並所有故事中多數人物、情節涉及今山東濟寧市的梁山，菏澤市的鄆城，泰安市的東平，聊城市的陽穀（以下或統稱「四縣」）等 10 多個地縣。同時，比小說《水滸傳》更早的宋元話本、元雜劇等所寫水滸人物、故事也大都集中在山東。從而八百多年來，水滸小說、戲曲、曲藝、民間傳說等彙爲豐富雜多而又統一的水滸文化，逐漸成爲山東省內除孔孟儒學之外最普遍、最突出的顯要文化現象。「替天行道」，響震寰宇；「梁山好漢」，名揚天下；魯迅先生所謂「水滸氣」，正是與孔孟儒學共同附著於山東地域而又與儒學有鮮明區別的江湖文化特色。因此，水滸文化是中華傳統精神文化一道獨特的風景線，「水滸故里」既是全國眾多省份的，更是山東省現代化建設中文化旅遊開發的寶貴地域人文資源。

多年來，山東省委和政府以及「水滸故里」相關市（地）縣黨委、政府都非常重視「水滸故里」文化旅遊景觀的發現、保護、開發與利用，在進行傳統文化教育和文化旅遊開發方面取得了可喜的成績，形成了各具特色的「水滸文化」品牌，爲山東文化強省建設做出了突出的貢獻。但是，《宋史》等所載和《水滸傳》所寫宋江等一百零八人故事背景地涉及全國二十餘省市，山東省內堪稱「水滸故里」的市縣除梁山、鄆城、東平、陽穀四縣之外，也還有今濰坊市青州、臨沂市沂水、聊城市東昌與高唐、煙台市蓬萊（登州）、泰安市岱嶽等十餘縣（區、市）。從而作爲「水滸故里」文化旅遊景觀建設，山東境內相關地域最爲廣闊，線路縱橫交錯，而大都處於開發不足或尚未提到日程上來，亟待舉全省之力，措施到位，做大、做強、做好。

《水滸傳》是我國和世界文學名著，水滸人物、故事家喻戶曉，婦孺皆知，近年更因水滸影視、動漫、遊戲等噴湧般的開發流行而形成體量巨大前景廣闊的「水滸文化產業」。其中山東「水滸故里」文化旅遊景觀無疑又是這一宏大旅遊產業網所憑繫地域的根本與中心，也應該是從這一產業開發增長並獲益最大的龍頭。因此，山東省人民政府把「水滸文化旅遊」作爲全省旅遊重點品牌之一，是貫徹十八大精神，順應社會發展需求的正確決策，是山東省旅遊局落實省政府決策，大力打造和提升「水滸故里」文化旅遊的一個重大舉措。

山東省「水滸故里」文化旅遊景觀涉及地域廣大，歷史悠久，各方面情況十分複雜。因此，打造和提升這一旅遊品牌的工作不能不是一項艱巨的任務。從現實需求並可持續發展的文化旅遊品牌目標看，目前山東省「水滸故里」文化旅遊尚處於不夠成熟的發展階段，存在的問題與困難和不足之處等，主要表現爲以下幾個方面：

一、山東「水滸故里」文化旅遊景觀作爲全國「水滸故里」地域文化的中心，是相對獨立並高度整一的地域文化系統。以四縣爲主，山東省內「水滸故里」有關各地的「水滸文化」一體共生，血脈相連。因此，作爲文化旅遊資源的開發利用，四縣以至山東「水滸故里」文化旅遊景觀的保護開發利用有共同規劃，統一行動，造就「大水滸」文化旅遊市場的必要與可能。但是，由於行政建置的分別，至今「水滸故里」相關縣市基本上還是各自爲戰，遠未形成各顯其能而又協調統一的「大水滸」文化旅遊局面。

二、山東「水滸故里」文化旅遊景觀主要是歷史與文學的產物，所以雖然有關景觀分佈廣泛，群點眾多，但是，直接或從眼見爲實之標準能夠看到的遺址、遺物、遺迹等甚少。這一現實的基礎使相關旅遊景觀的建設必然多出自今人有根據的構想。但是，由於歷史、地域與水滸文學的久遠和複雜，存世記載多歧，自古傳聞異辭，加以現實利益的誘惑驅動，遂在一定程度上造成「亂花漸欲迷人眼」的局面，某些地方出現了「水滸故里」文化旅遊景觀建設不作爲或亂作爲，以及重複建設和有意無意搶佔旅遊資源的亂相。這不能不影響到「水滸故里」文化旅遊資源的合理開發利用，甚至誘發業內的相互猜忌和矛盾，不利於地域間經濟文化交流和社會的穩定與發展。

三、已經建成投入運營的某些「水滸故里」文化旅遊景觀，由於在選題、選址、設計的宏觀把握等基礎的方面事先沒有或缺乏歷史與文化、文學方面的論證，而由工程設計先行，結果所造景觀從歷史與美學的角度看，往往存在這樣那樣的問題，大都需要程度不同地調整、充實、打磨與提高。有的甚至貽笑當世，誤導後人，造成負面影響，應予以取締。

造成以上問題和缺憾的原因很多。但從專業與技術的角度看，根本在於具體主持者對「水滸文化」的歷史內涵與特點認識不足，理解有偏差甚至錯誤。而措施上的失誤則是景觀建設上學術支持的薄弱甚至完全缺位。

因此，山東「水滸故里」文化旅遊景觀建設亟待學術文化先行，從歷史、文學和美學（包括旅遊美學）的方面加強學術研究，以先從根本上正定是非，然後使工程設計、興造等有理可據，有章可循。

這是整個「水滸故里」文化旅遊景觀建設的根本大計，一項從未被認眞提出給予高度重視的基礎性工作。而鑒於當前我省水滸文化旅遊景觀開發建設力度甚大，進展甚速，上述問題的發現整改已屬當務之急。因此，山東省水滸研究會建議並於 2015 年 4 月 9 日正式接受省旅遊局委託啓動「『水滸故里』學術考察論證項目」。

本項目的實施缺乏前人經驗的借鑒和直接可用的資料參考。又因爲涉及面大，時間較緊，不便在全省普遍展開。而是根據省旅遊局的布署與要求，於有關各縣、市、區中僅對梁山、鄆城、東平、陽穀四大「水滸故里」中心區進行。以重點突出，並取得經驗，利於進一步的開展。

本項目考察論證的方式是閱讀研究文獻、實地調查、民間訪談與徵求當地從業者意見相結合，歷史文獻、文學與當地實際、傳說等相參考，以與歷史或文學的關聯度的眞僞、強弱爲準繩，以正定眞僞和是非。同時考察中注意博採傳聞，又不輕信和盲從。特別是不受事實與學術之外任何外部的干擾，而力求實事求是，確保考察論證的客觀性與學術性。經過至今近兩個月緊張有序的工作，項目組在認眞研究並集思廣益的基礎之上數易其稿，形成以下「『水滸故里』學術考察論證報告」。

本《報告》文本包括前言，正文的梁山縣、鄆城縣、東平縣、陽穀縣四個部分和結語。

本《報告》根據考察對象的學術基礎，分「水滸故里」景觀爲歷史、文學、傳說與新創四種類型，每一景觀或兼具不止一種類型的特徵，從而個別不同縣份之同名景觀雖兩存其可，但是實有具體內容與特點上的區別。

本《報告》正文每一部分包括《概說》和各主要景觀群點的具體考察論證；除某些創新景觀和待建情況不明或擬不予支持者外，每一景觀的學術論證一般包括「資料與分析」「現狀與建議」「文字說明」和「認定書」四個方面。其中「文字說明」是就某一景觀所作簡要介紹；「認定書」是對已建成景觀學術基礎的結論，待建景觀除個別作有待建合理性的認定之外，無法作出景觀現狀全面的判斷，故均列爲「待定」。

本《報告》對「水滸故里」文化旅遊景觀的考察認定主要依據歷史文獻與文學描寫和今見實際的對照，參以有關傳說綜合考辯論證，盡可能對某些疑難有爭論問題做出適當裁斷，另從山東省「水滸故里」文化景觀建設的宏觀層面提出了一些不成熟的意見和建議，希望能用爲有關決策的參考。

但是，限於文獻有闕和項目組成員的學術水平，本《報告》內容或有缺漏，對所涉及問題或未做出完全的了斷，又一定有不少錯誤。這些都有待進一步深入研究、補充、修改和完善。

《報告》正文如下。

第一部分　梁山縣

概　說

梁山縣位於魯西南山東省泰安、濟寧、菏澤和河南省的濮陽四地市交界處，爲山東省濟寧市下轄縣。

我國古無梁山縣。梁山縣始建於 1949 年 8 月。其前身是中共領導下的昆山縣，所轄區域由原壽張、東阿、東平、汶上和鄆城等縣的邊沿地帶合成。但是，梁山縣建置的確立與《水滸傳》寫宋江起義以梁山爲根據地至少有一定關係。從而在某種意義上，梁山縣是因爲《水滸傳》而建立的一個縣。

由於歷史上宋江起義時的梁山和《水滸傳》所寫梁山，一般認爲只是「八百里水泊」中的一座孤山。今「八百里水泊」之勢既已不存，山上又除了一處似乎石屋的殘牆斷壁被認爲是「宋江寨」之外，並無多其他與宋江相關的印記。所以，即使確信歷史上的宋江曾佔據梁山，弄舟水泊，但今日梁山也極難打造出與小說中「水泊梁山」一一對應的景觀。因此，梁山作爲「水滸故里」文化旅遊景觀的建設，應基於它宏觀歷史的可信性和小說背景地的眞實性，並不必也不可能要求景觀建設與小說描寫的一一對應。而今日梁山在可能的條件下對《水滸傳》小說虛構描寫中梁山的追摹再現，應該被認爲有一定歷史的根據，但更偏重爲小說類型的「水滸故里」景觀。

還要看到的是，具體到今日梁山之上「水滸故里」景觀的建設，雖然都可以基於《水滸傳》的具體描寫，但是《水滸傳》在第八十三回《宋公明奉詔破大遼，陳橋驛滴淚斬小卒》中也說得清楚，宋江等在破遼出征之前，請旨回山，遣散家屬各歸故里的同時，也把「其餘不堪用的小船，盡行給散與附近居民收用。山中應有屋宇房舍，任從居民搬拆。三關城垣，忠義等屋，盡行拆毀」了。所以，雖然第一百回寫「宋徽宗夢遊梁山泊」依然見「三關寨柵雄壯」，卻畢竟是「夢」。而依照《水滸傳》對「水泊梁山」最後的現實描寫，「梁山」之上差不多也就「落了個白茫茫大地眞乾淨」，描寫中唯一可能存在的只是上皇（宋徽宗）「感夢」以後敕建的「靖忠之廟」。這也就是說，今日梁山即使按《水滸傳》小說建設山寨景觀，其取樣也只能是第八十三回之前所寫梁山鼎盛時的景象，而不是就全本小說結末所描寫的梁山。但是，無論如何梁山是山東省內乃至全國「水滸故里」文化旅遊的中心。因爲「眾虎同心歸水泊」（第五十七回）的原因，宋江等一百零八人的故事無不與梁山有關。從而梁山作爲「水滸故里」的與眾不同，是除作者之外，《水滸傳》人物、故事集大成之背景地。諸多景觀的設置，在別處或多或少，一般只是「水滸故里」景觀的一部分，但在梁山卻可以無所不有。儘管也有相對說哪些更爲適宜的問題。

梁山縣「水滸故里」的核心是今稱「水泊梁山風景區」的景觀群。除此之外，梁山縣境內小安山、壽張集、杏花村等記載或傳說中與宋江故事有關的地方，也有打造爲「水滸故里」旅遊景觀的條件。分述如下。

一、「水泊梁山」

「水泊梁山」位於今山東省西南部濟寧市梁山縣境內。梁山不大，佔地面積僅 3.5 平方公里，主峰海拔僅 200 米。雖然今天看來，梁山並無險可守。但在北宋末年，梁山周圍有「八百里水泊」，因水而險，宋江等三十六人才得以憑藉此山，游擊京東，縱橫齊魏，使「官軍十萬，不可攖其鋒」（《宋史·侯蒙傳》）。中國古典小說名著《水滸傳》就基於宋江在「水泊梁山」的故事與傳說成書。書中自然有了關於「水泊梁山」的描寫，構成梁山歷史與文學以及傳說合一的多樣化「水滸故里」景觀。鑒於梁山風景區整體作爲最大獨立「水滸故里」景觀已無可置疑，而此一大景觀群體中的各個體情況又互有差異，以下僅對梁山整體作簡略的論證，而重點在各個體景點的考察。

（一）資料與分析

1、史料與考證

①許評《宋江遺跡考》

至明代，梁山腳下尚可行駛如此巨大的戰船，其水勢之大可想而知，證明宋代更是巨浸無涯了。所以那時的梁山是十分險要的。梁山周圍山勢雖極陡峭，主峰虎頭蜂的峰頂較爲平坦，適於築寨建營，易守難攻，且自古有建築物可以利用。據史料記載，梁山本稱壽良山，簡稱良山，東漢光武帝爲避叔諱，又因係梁孝王狩獵地和墓地，改稱梁山。《史記》載：「梁孝王武者，孝文皇帝次子也」，「嘗北獵良山」，「病熱，六日卒」，死於此，葬於此。他的哥哥景帝還給他立有墓碑。《壽張縣志》載有梁山《帝子遺碑》詩：「梁王墓前帝子碑，千載相傳名並垂，陰文璀璨衝牛斗，龍篆光華集鳳池……」建國後修復「聚義廳」時，發掘出的筒瓦、板瓦等古代建築材料。經中國社會科學院考古研究所鑒定爲漢代皇宮建築材料。證明宋江上梁山時這裡已有建築物存在，或者是聚義廳修建在梁孝王行宮的舊址上。這裡曾經是宋江農民起義軍的活動基地，並非完全是小說的虛構。在《水滸傳》成書前，南宋龔開著《宋江三十六人贊》和元初刻本《大宋宣和遺事》，對宋江等在梁山聚義均有所記述；元曲家關漢卿所著《魯齋郎》第二折就有「高築座營和寨，斜搠面杏黃旗，梁山泊賊相似，與蓼兒窪爭甚的」唱詞；元人袁桷《過梁山濼》詩也有「崛強尋故壘」「歷歷見遺址」句。《水滸傳》成書後的有關資料更不勝枚舉了。〔註 1〕

②明・張寅（嘉靖）《山東通志》卷五《山川上・兗州府》載

梁山濼在東平州西五十里。宋南渡時宋江爲寇，嘗結寨於此，中有黑風洞。（據明嘉靖十二年刻本）

③明・曹學佺《大明輿地名勝志》載

《河紀》云：「南旺湖在縣西南三十里，濟寧接界。其地特高，汶水西南流至此而分，上有禹廟及分水神祠。湖在漕河西岸，縈回百里，即巨野大澤東畔也。宋時與梁山濼水匯而爲一，圍三百餘里，即南渡時宋江軍所據梁山泊也。及會通河開，始畫而爲二，漕渠貫之，有蜀山湖在東涯，即南旺東湖也。周回六十五里，有山一區，在水中央，望之若螺髻焉，曰蜀山，上有聖母祠。」

④滕永禎修《康熙壽張縣志》卷一《方輿志》載

〔註 1〕許評的博客 http://blog.sina.com.cn/xuping6.

梁山在縣治東南七十里，上有虎頭崖，宋江寨，蓮花臺，石穿洞，黑風洞等迹。舊志云：「漢文帝第二子梁孝王田獵於此，因名梁山。」

⑤余嘉錫《宋江三十六人考實・楊家將故事考信錄》考「梁山濼」案云：

高文秀雙獻功雜劇，有「寨名水滸，泊號梁山，縱橫河港一千條，四下方圓八百里」之語。文秀籍隸東平，（見《錄鬼簿》卷上。）梁山泊即在境內，蓋得之目驗，證以傳聞，故其詞如此。《水滸傳》因而襲之，原非虛構。後人徒見梁山下無復水泊，遂疑爲小說家惑人，未免失考。亭林先生此條本不爲梁山濼而發，故徵引不能甚詳。然所言獨得要領，勝於諸家多矣……又云：『祝家莊者，邑西之祝口也。關門口者，李應莊也。鄆城有曾頭市。晁、宋皆有後於鄆，舊壽張則李逵擾邑治也。』且戰陣往來，多能歷述，多與水滸傳合。更津津豔稱忠義之名，里閈尤餘慕焉。」

又案云：

《宋史》無宋江據梁山濼事，他書亦不言其根據地所在。《宣和遺事》始言「晁蓋八個，劫了蔡太師生日禮物，不免邀約楊志等前往太行山梁山濼去，落草爲寇。」「宋江殺閻婆惜後，直奔梁山濼，晁蓋已死，吳加亮等推讓宋江做強人首領。」小說家言本不可盡信，汪氏疑之是也。然元人陳泰、陸友仁詩文（均見前），皆以宋江與梁山濼並言。袁桷《過梁山濼詩》有句云：「飄飄愧陳人，歷歷見遺址，流移散空洲，崛強尋故壘。」所爲崛強故壘意蓋指宋江寨也。明、清《一統志》及《讀史方輿紀要》，亦言宋江嘗結砦保據於此，是則舊說相傳，歷歷有據。……宋江據梁山濼，既歷見於元人詩文及明、清地志，又爲《方輿紀要》所取，自必確有其事，無可疑者。〔註2〕

魯迅《中國小說史略》也認爲：「宋江亦實有其人。」〔註3〕，他說：「宋江等嘯聚梁山濼時，其勢實甚盛，《宋史》亦云『轉略十郡，官軍莫敢攖其鋒』。於是自有奇聞異說，生於民間，輾轉繁變，以成故事，復經好事者掇拾粉飾，而文籍以出……意者此種故事，當時載在人口者必甚多，雖或已有種種書本，

〔註2〕余嘉錫《宋江三十六人考實・楊家將故事考信錄》，雲南人民出版社2005年版，第84～92頁。

〔註3〕魯迅《中國小說史略》，人民文學出版社1973年版，第115頁。

而失之簡略，或多舛迕，於是又復有人起而薈萃取捨之，綴爲巨帙，使較有條理，可觀覽，是爲後來之大部《水滸傳》。」〔註 4〕上列古籍所載和盧嘉錫、魯迅的考論證明了《水滸傳》所寫宋江實有其人，宋江據梁山泊實有其事，以及梁山好漢事蹟的流傳，尤其是在民間的影響之大。從而證明了《水滸傳》這部小說的成因以及「水泊梁山」當之無愧爲「水滸故里」文化旅遊的中心。

2、《水滸傳》中的描寫

《水滸傳》第十一回《朱貴水亭施號箭，林沖雪夜上梁山》寫道：

> 朱貴當時引了林沖，取了刀仗行李下船。小嘍羅把船搖開，望泊子裏去，奔金沙灘來。林沖看時，見那八百里梁山水泊，果然是個陷人去處。但見：
>
> 山排巨浪，水接遙天。亂蘆攢萬萬隊刀槍，怪樹列千千層劍戟。濠邊鹿角，俱將骸骨攢成。寨内碗瓢，盡使骷髏做就。剝下人皮蒙戰鼓，截來頭髮做繮繩。阻當官軍，有無限斷頭港陌。遮攔盜賊，是許多絕逕林巒。鵝卵石疊疊如山，苦竹槍森森似雨。戰船來往，一周圍埋伏有蘆花。深港停藏，四壁下窩盤多草木。斷金亭上愁雲起，聚義廳前殺氣生。
>
> 當時小嘍羅把舡搖到金沙灘岸邊。朱貴同林沖上了岸。小嘍羅背了包裹，拿了刀仗，兩個好漢上山寨來。那幾個小嘍羅自把船搖去小港裏去了。林沖看岸上時，兩邊都是合抱的大樹，半山裏一座斷金亭子。再轉將上來，見座大關。關前擺著槍刀、劍戟、弓弩、戈矛，四邊都是檑木炮石。〔註 5〕

第七十八回《十節度議取梁山泊，宋公明一敗高太尉》也寫到梁山泊形勢：

> 詩曰：寨名水滸，泊號梁山。周迴汊數千條。四方周圍八百里。東連海島，西接咸陽，南通大冶金鄉，北跨青齊兗鄆。有七十二段港汊，藏千百隻戰艦艨艟。建三十六座雁臺，屯百十萬軍糧馬草。聲聞宇宙，五千驍騎戰爭夫。名達天庭。三十六員英勇將……

〔註 4〕《中國小說史略》，第 116～117 頁。

〔註 5〕〔元〕施耐庵、羅貫中《水滸傳》，李永祜點校，中華書局 1997 年版。本文如無特別說明，凡引此書均據此本，僅隨文說明或括注回次。

3、資料分析

據上列記載與描寫，把歷史和現實中的梁山與《水滸傳》中的梁山相對照，就可以知道三者既有不可分割的聯繫，又有大小、高下、險易的天壤之別。由此可以看出梁山作爲「水滸故里」景觀既有歷史的根據，更富於文學的審美價值。這兩方面的意義密切相關，但也有很大的區別，甚至對立。因此，梁山作爲「水滸故里」核心景觀的打造有時顯得左右爲難。即如果僅以其歷史遺留舊貌呈現，將顯得卑陋無甚可觀，而若完全依照小說的描寫打造，則梁山將有「四面高山，三關雄壯，團團圍定，中間裏鏡面也似一片平地，可方三五百丈」，又將「建三十六座雁臺，屯百十萬軍糧馬草」等等的規模則絕無可能。近幾十年來，梁山作爲「水滸故里」旅遊景觀的建設，就不時遭遇這種兩難的困窘。但是，隨著社會經濟文化的發展，問題總有辦法解決，並一直在有序解決中。從而今日「水泊梁山」景觀群的打造雖然仍有不盡人意處，但基本上是成功的。而梁山縣域內其他「水滸故里」景觀也正在或計劃開發中，發展勢頭良好。

（二）現狀與建議

1、水滸寨門：《水滸傳》僅在第十一回《朱貴水亭施號箭，林沖雪夜上梁山》寫到山寨的大門：

> 當時小嘍羅把舡搖到金沙灘岸邊。朱貴同林沖上了岸。小嘍羅背了包裹，拿了刀仗，兩個好漢上山寨來。那幾個小嘍羅自把船搖去小港裏去了。林沖看岸上時，兩邊都是合抱的大樹，半山裏一座斷金亭子。再轉將上來，見座大關，關前擺著刀槍劍戟，弓弩戈矛，四邊都是擂木炮石。小嘍囉先去報知。二人進得關來，兩邊夾道遍擺著隊伍旗號。又過了兩座關隘，方才到寨門口。林沖看見四面高山，三關雄壯，團團圍定，中間裏鏡面也似一片平地，可方三五百丈；靠著山口才是正門，兩邊都是耳房。朱貴引著林沖來到聚義廳上。

由上引可知，王倫爲首領時期的水滸寨門在三關之內，「靠著山口才是正門」。這一格局至晁蓋、宋江都沒有改變，可作爲對現有景觀寨門作進一步考量的根據。

2、一百零八級臺階：於歷史和文學均無根據，但創意甚好。應予肯定。

3、武松、魯智深雕像（雙雄鎮關）：事見《水滸傳》第七十回寫「排座次」之後，武松、魯智深被安排把守第二關，合於文本描寫情景，應予肯定。

4、浮雕屏風（林沖雪夜上梁山）：事見《水滸傳》第十一回。這一情節家喻戶曉，影響很大，也是水滸精神的亮點，還可以放大提升。

5、斷金亭：《水滸傳》所寫梁山上重要建築。「斷金亭」得名自《周易‧繫辭上》：「二人同心，其利斷金。」《水滸傳》寫斷金亭早在王倫爲首領時就有了。第十一回寫林沖上梁山經過斷金亭：

> 當時小嘍羅把舡搖到金沙灘岸邊。朱貴同林沖上了岸。小嘍羅背了包裹，拿了刀仗，兩個好漢上山寨來。那幾個小嘍羅自把船搖去小港裏去了。林沖看岸上時，兩邊都是合抱的大樹，半山裏一座斷金亭子。

又，第三十六回《梁山泊吳用舉戴宗，揭陽嶺宋江逢李俊》宋江被發配江州途中被好漢截住，也曾經被吳用「把山轎教人擡了，直到斷金亭上歇了」。第七十一回《忠義堂石碣受天文，梁山泊英雄排座次》寫「聚義廳」改爲「忠義堂」之後，「斷金亭也換過大牌匾」，此外別無具體描寫。

6、宋江馬道、便道：於《水滸傳》中未見根據，但梁山當地有此一說，屬傳說類景觀。

7、分軍嶺（騎三山）：於《水滸傳》中未見根據，但梁山當地有此一說，屬傳說類景觀。

8、號令臺：於《水滸傳》中未見根據。從《水滸傳》第七十一回寫「宋江當日大設筵宴，親捧兵符印信，頒佈號令：『諸多大小兄弟，各各管領，悉宜遵守，毋得違誤，有傷義氣。如有故違不遵者，定依軍法治之，決不輕恕！』」可知山寨之中，並無號令臺，似多此一舉。

9、黑風亭、「黑風口」三字石碑、黑旋風李逵沙石雕像：《水滸傳》中李逵形象突出，性格鮮明，引人注目。其把守黑風口事雖於《水滸傳》中並無根據，但有此傳說，屬傳說類型景觀。

10、孫二娘腳印：此或據傳說，或隨意而爲，但迹近神怪，與《水滸傳》寫孫二娘形象的現實風格不合，似不必繼續保留。

11、扭頭門、宋江寨牆：古建築遺迹，疑似之景，可備一格。

12、花榮雕像：《水滸傳》寫「小李廣花榮」爲神箭手，風流倜儻，令人神往。此景創意可嘉。

13、「替天行道」杏黃大旗：《水滸傳》中多次寫及。但在全夥受招安下山時，此旗便不再出現，而改爲「順天」「護國」兩面大旗。所以，從全面看梁山前後可樹立以上三面大旗。

14、聚義廳/忠義堂：山寨中央大堂。《水滸傳》中描寫最多的重要場所之一，山寨首領議事和發號施令的主要場所，王倫、晁蓋時期稱「聚義廳」，宋江坐上梁山「第一把交椅」後改稱「忠義堂」。

15、石碣文臺：於《水滸傳》描寫沒有根據，但據《水滸傳》寫「石碣天文」事，可以想見其應當如此。可以視同文學類型景觀。

16、宋江井：在忠義堂西。於《水滸傳》描寫中沒有根據。但傳說如此，爲傳說類景觀。

17、靖忠廟：《水滸傳》第一百回：

> 再說上皇具宿太尉所奏，親書聖旨，敕封宋江爲忠烈義濟靈應侯，仍敕賜錢，於梁山泊起蓋廟宇，大建祠堂，妝塑宋江等歿於王事諸多將佐神像，敕賜殿宇牌額，御筆親書「靖忠之廟」。濟州奉敕，於梁山泊起造廟宇。但見：
>
> 金釘朱户，玉柱銀門。畫棟雕梁，朱簾碧瓦。綠欄干低瀌軒窗，繡簾幕高懸寶檻。五間大殿，中懸敕額金書。兩廡長廊，彩畫出朝入相。綠槐影裏，欞星門高接青雲。翠柳陰中，靖忠廟直侵霄漢。黃金殿上，塑宋公明等三十六員天罡正將，兩廊之內，列朱武爲頭七十二座地煞將軍。門前侍從猙獰，部下神兵勇猛。紙爐巧匠砌樓臺，四季焚燒楮帛。桅竿高豎掛長幡，二社鄉人祭賽。庶民恭敬正神祇，祀典朝參忠烈帝。萬年香火享無窮，千載功勳標史記。
>
> 又有絕句一首，詩曰：
>
> 天罡盡已歸天界，地煞還應入地中。
> 千古爲神皆廟食，萬年青史播英雄。
>
> 後來宋公明累累顯靈，百姓四時享祭不絕。梁山泊内，祈風得風，禱雨得雨。

按上引靖忠廟是宋江等人含冤而死之後朝廷敕建，實爲作者虛構以朝廷名義爲宋江等百零八人蓋棺定論，是書中描寫水泊梁山之上僅次於「忠義堂」之最重要建築。考慮到作者欲顯宋江「忠義」之意，靖忠廟應比忠義堂規格更高。今建似不足彰顯作者之意，還可予以提升。

18、天書閣：《水滸傳》寫九天玄女賜予宋江的「天書」是全書中第一重要物象，是宋江「替天行道」的保障和指南。書中寫依九天玄女所囑，「天書」一向由宋江隨身攜帶，除可以與吳用同觀之外，實秘不示人。另據《水滸傳》所寫宋江受招安征遼、打方臘，一直攜帶此書，並至死未再回到過梁山。所以，梁山之上是否應該有一存放「天書」的「天書閣」，還是個值得考慮的問題。今梁山之上新建天書閣既成，則或可以存作《水滸傳》曾寫及「天書」這一神物的標誌就可以了。

19、雁臺：第七十八回書中說「水泊梁山」，「有七十二段港汊，藏千百隻戰艦艨艟。建三十六座雁臺」。此爲根據小說描寫的再現，可從。

20、一關、二關、左軍寨、演武場（擂臺）、點將臺、左寨七英雕像、滾木關、瞭望臺、戰船、跑馬場：於《水滸傳》中或有據，或無據，但是均有一定合理性，可從。

21、毛澤東休息處、碑林、毛澤東紀念館和《水泊梁山記》摩崖石刻：據毛澤東回憶，他大約於 1920 年曾上過梁山，事見〔美〕R·特里爾著、劉路新等譯《毛澤東傳》（河北人民出版社 1988 年版），與《水泊梁山記》石刻皆由當代名人行爲衍生，可從。

22、宛子城、蓼兒窪

《水滸傳》中一再說到「地名梁山泊，方圓八百餘里，中間宛子城、蓼兒窪」（第十一、第三十五回）。又說「直使宛子城中藏猛虎，蓼兒窪內聚飛龍」（第一回）、「直使宛子城中屯甲馬，梁山泊上列旌旗」（第九回），等等。又寫宛子城同時是梁山大寨的第二道關口，而全書最後宋江等死後都「魂歸蓼兒窪」。這兩處地方後來還在楚州（今江蘇淮安）有了「複製品」，可見它們應該是「水泊梁山」有象徵性的重要景觀。

23、「六關八寨」

「水泊梁山」早在王倫時期即已有「三關」，見於第十一回林沖跟隨朱貴在金沙灘上岸所見山寨布局：

> 林沖看岸上時，兩邊都是合抱的大樹，半山裏一座斷金亭子。再轉將上來，見座大關，關前擺著刀槍劍戟，弓弩戈矛，四邊都是擂木炮石。小嘍囉先去報知。二人進得關來，兩邊夾道遍擺著隊伍旗號。又過了兩座關隘，方才到寨門口。林沖看見四面高山，三關

雄壯，團團圍定，中間裏鏡面也似一片平地，可方三五百丈；靠著山口才是正門，兩邊都是耳房。朱貴引著林沖來到聚義廳上。

上引《水滸傳》寫「水泊梁山」的「三關」，是按進山的層次說的，似乎只有聚義廳爲主的一座大寨。但是，到了第六十回寫晁蓋中箭亡故後，宋江暫攝寨主之位，分兵駐守，就已經是六寨了，宋江道：

可請眾兄弟，分做六寨駐紮。聚義廳今改爲忠義堂，前後左右，立四個旱寨，後山兩個小寨，前山三座關隘，山下一個水寨，兩灘兩個小寨。今日各請弟兄分投去管。」

至第七十一回寫「水泊梁山」的鼎盛時期，就不止「三關六寨」，而是「六關八寨」，從大聚義後宋江對防務的分工可以看得出來：

山前南路第一關，解珍、解寶守把；第二關魯智深、武松守把；第三關朱仝、雷橫守把。東山一關，史進、劉唐守把；西山一關，楊雄、石秀守把；北山一關，穆弘、李逵守把。六關之外，置立八寨。有四旱寨，四水寨。正南旱寨，秦明、索超、歐鵬、鄧飛；正東旱寨，關勝、徐寧、宣贊、郝思文；正西旱寨，林沖、董平、單廷珪、魏定國；正北旱寨，呼延灼、楊志、韓滔、彭玘。東南水寨，李俊、阮小二；西南水寨，張橫、張順；東北水寨，阮小五、童威；西北水寨，阮小七、童猛。其餘各有執事。

24、金沙灘、鴨嘴灘

以上諸寨中，除中心大寨之外，《水滸傳》描寫較多和別具特色的尚有金沙灘、鴨嘴灘兩個小寨。按書中所寫，這兩處景觀均在梁山腳下水邊。金沙灘是從朱貴酒店入泊上山的灘岸（第十一回），鴨嘴灘是從石勇酒店入泊上山的灘岸（第四十七回）。各發生過一些有趣的故事。

25、朱貴酒店、石勇酒店

朱貴酒店是《水滸傳》寫「水泊梁山」最早出現的山寨「眼」店。第十一回寫林沖頂風冒雪，從滄州迤邐而來，漸近梁山時望見朱貴酒店：

遠遠望見枕溪靠湖一個酒店，被雪漫漫地壓著。但見：銀迷草舍，玉映茅簷。數十株老樹杈枒，三五處小窗關閉。疏荊籬落，渾如膩粉輕鋪；黃土繞牆，卻似鉛華布就。千團柳絮飄簾幕，萬片鵝毛舞酒旗。

又，第三十九回寫戴宗赴東京送信途經朱貴酒店：

早望見前面樹林側首一座傍水臨湖酒肆，戴宗拈指間走到跟前看時，乾乾淨淨，有二十副座頭，盡是紅油桌凳，一帶都是檻窗。

又，第四十七回寫楊雄、石秀上梁山所見石勇酒店：

早望見遠遠一處新造的酒店，那酒旗兒直挑出來。兩個人到店裏，買些酒吃，就問路程。這酒店卻是梁山泊新添設做眼的酒店，正是石勇掌管。兩個一面吃酒，一頭動問酒保，上梁山泊路程……只見對港蘆葦叢中，早有小嘍羅搖過船來。石勇便邀二位上船，直送到鴨嘴灘上岸。

這些描寫為相關景觀建設提供了根據或參考。

26、晁蓋墓：《水滸傳》第六十回寫晁蓋中箭後回到梁山寨中，死後曾停靈於聚義廳正廳：

宋江哭罷，便教把香湯沐浴了屍首，裝殮衣服巾幘，停在聚義廳上。眾頭領都來舉哀祭祀。一面合造內棺外槨，選了吉時，盛放在正廳上，建起靈幃。中間設個神主，上寫道：「梁山始祖天王晁公神主」。

這就是說，《水滸傳》寫晁蓋之死和祭祀均在梁山大寨，卻沒有寫他屍體的安葬，更沒有晁蓋墓的具體地點。

至第八十三回《宋公明奉詔破大遼，陳橋驛滴淚斬小卒》又寫道：

當下宋江、盧俊義等，跪聽詔敕已罷，眾皆大喜。宋江等拜謝宿太尉道：「某等眾人，正欲如此與國家出力，立功立業，以為忠臣。今得太尉恩相，力賜保奏，恩同父母。只有梁山泊晁天王靈位，未曾安厝。亦有各家老小家眷，未曾發送還鄉。所有城垣，未曾拆毀，戰船亦未曾將來，有煩恩相題奏，乞降聖旨，寬限旬日，還山了此數事，整頓器具槍刀甲馬，便當盡忠報國。」宿太尉聽罷大喜，回奏天子，即降聖旨……宋江與同軍師吳用……回到梁山泊忠義堂上坐下，便傳將令，教各家老小眷屬，收拾行李，準備起程。一面叫宰殺豬羊牲口，香燭錢馬，祭獻晁天王。然後焚化靈牌，做個會眾的筵席，管待眾將……山中應有屋宇房舍，任從居民搬拆。三關城垣，忠義等屋，盡行拆毀。一應事務，整理已了，收拾人馬，火速還京。

這就是說，招安後宋江等撤離梁山時，僅僅有最後的「祭獻」並「焚化靈牌」，所以始終沒有寫到晁蓋的下葬和葬於何處，從而晁蓋墓作爲景觀不僅別處，即使梁山也沒有小說描寫中直接的根據。

但同樣是據上引描寫，除了認爲是葬於梁山之上以外，實亦不便說他被葬在了任何其他地方。故梁山縣旅遊局擬建「晁蓋墓」計劃有較大合理性，應予以支持。

（三）文字說明

「水泊梁山」之「水泊」爲古大野澤北偏東之部，乃自上古以降，黃河無數次決口，大、小清河、運河等交匯於此，故爾一向爲巨浸。梁山本名良山，漢朝改今名。宋政和、宣和中水泊汪洋有八百里，山憑水險，易守難攻。宋江等三十六人，據此天險，縱橫山東，游擊今冀、豫、皖、蘇等地，「替天行道」，除暴安良，「官軍十萬，不可攖其鋒」。後雖受招安，繼而被殺，但後人感其忠義，乃有話本流傳，雜劇搬演，傳說盛行。至元代爲施耐庵、羅貫中先後加工創作，集撰成中國古典小說名著《水滸傳》。六百多年來，此書不脛而走，風靡世界，「水泊梁山」亦因之名揚天下。豪傑嚮慕，婦孺驚傳，而「水泊梁山」亦遂成今日「水滸故里」之最著名旅遊景觀，而總稱「水泊梁山風景區」。區內景點眾多，已建、擬建者計有「宛子城」「蓼兒窪」「斷金亭」「忠義堂」「靖忠廟」「六關八寨」、朱貴、石勇、老王林杏花村諸酒店、梁山水寨等二十餘處，爲山東省和全國性「大水滸」文化旅遊的核心區域。

（四）認定書

山東省「水滸故里」學術考察論證項目組認定，梁山縣「水泊梁山」旅遊風景區爲北宋末年宋江等三十六人在梁山泊活動的中心，《水滸傳》中有關「水泊梁山」描寫的原型之地。今所建設，一依歷史、文學或傳說，而主要依據《水滸傳》有關描寫再現，屬歷史、文學、傳說融和類「水滸故里」大型文化旅遊景觀群。

二、「梁山泊遺存」

梁山泊爲古大野澤延伸至梁山的水域，自漢晉以降因黃河經常決口或改道而時大時小。宋代政和、宣和年間，梁山泊水勢盛大，有「八百里水泊」之稱。然而時至今日，「八百里水泊」整體既已不存，一般也就認爲「梁山泊」

已經全部消失了。其實不然。原「八百里水泊」範圍內遺留水域都可以稱之爲「梁山泊遺存」。〔註 7〕

（一）資料與分析

1、清・顧祖禹《讀史方輿紀要》卷三十三《東平州》

梁山，州西南五十里，接壽張縣界。本名良山。漢梁孝王常遊獵於此，因改爲梁山。《史記》「梁孝王北獵良山」是也。山週二十餘里，上有虎頭崖，下有黑風洞。山南即古大野澤。宋政和中，盜宋江保據於此，其下即梁山泊也。

同卷《壽張縣》：

梁山濼在梁山南，汶水西南流，與濟水會於梁山。東北回合而成濼。《水經注》：「濟水北經梁山東。袁宏《北征賦》所云『背梁山，截汶波』者也。」又爲大野澤之下流，水嘗匯於此。石晉開運初，滑州河決，浸汴、曹、單、濮、鄆五州之境，環梁山而合於汶，與南旺、蜀山湖相連，瀰漫數百里。宋天禧三年，滑州之河復決，歷澶、濮、曹、鄆，注梁山濼。政和中，劇賊宋江結寨於此。《金史》：「赤盞暉破賊眾於梁山濼，獲舟千餘。」又「紏卯阿里亦破賊船萬餘於梁山泊」，蓋津流浩衍，易以憑阻也。既而河益南徙，梁山濼漸淤。金明昌中，言者謂黃河已移故道，梁山濼水退地甚廣。於是遣使安置屯田，自是益成平陸。今州境積水諸湖，即其餘流矣。（同前卷）

2、杜貴晨《論「梁山泊遺存」——從〈讀史方輿紀要〉看「梁山泊」並未完全消失》一文，內容摘要：

清顧祖禹《讀史方輿紀要》稱梁山泊「餘流」，即明末清初「東平州」範圍內之今梁山縣馬營濕地，東平縣東平湖、汶上縣蜀山湖、南旺湖等湖泊，以及境內河流，均爲「梁山泊遺存」，「梁山泊」並沒有完全消失。有關方面應組織專家對其勘察和標識，開展「梁山泊」自然與人文地理的研究。「梁山泊遺存」研究有利「梁山泊」歷史的揭蔽與深入探討，有利黃淮海地域文化研究，有利山東「水滸

〔註 7〕杜貴晨《論「梁山泊遺存」——從〈讀史方輿紀要〉看「梁山泊」並未完全消失》，《菏澤學院學報》2013 年第 3 期。

文化圈」的整合與開發，有利「中原經濟區」的實際形成與科學發展。

3、資料分析

古代文化遺址一般指某個地域範圍，是土地上的附屬物；但梁山泊爲古水域，其存廢標誌在水，故水域可有「遺存」，而無所謂「遺址」。倘以「遺址」論，則古梁山泊「八百里」範圍皆是，便沒有什麼意義。只有以水之「遺存」（即該地至今有水）爲標誌，才可以見出古水域的特點。故曰「梁山泊遺存」。

（二）現狀與建議

1、梁山泊水寨（梁山風景區）

實爲一人工湖，雖然面積不大，但其既依於梁山腳下，深及古梁山泊當年水位，又如果能夠溝通山後水面，已形成對梁山的半包圍之勢。從而在「八百里水泊」整體乾涸數百年之後，又出現了山水相映之景象，有敦煌鳴沙山、月牙泉之概，可命名爲「梁山泊遺存」。

2、梁山泊遺存濕地（馬營鎮）

實爲鄆城縣宋金河（一稱宋江河）下游。據載水域南北長近 10 公里，面積 4250 畝。2008 年，經山東省林業局批准，梁山縣建立了「梁山水泊省級濕地公園」，總面積 16400 畝，正建設中。

建議「水泊梁山」風景區新建「梁山泊水寨」與馬營鎮「梁山泊遺存濕地」均應視爲梁山縣境內的「梁山泊遺存」；「水泊梁山」風景區在現有水域基礎之上創造條件，逐步擴大，結合山體的保護與開發利用，最終形成依照《水滸傳》布局之框架式大型「水泊梁山」文化公園，並不斷豐富其內容。

（三）文字說明

山東省梁山縣「水泊梁山」風景區是《水滸傳》所寫「水泊梁山」核心區域。其周圍水域整體雖已不存，但是按照古今歷史地理學家和小說史家的意見，古「八百里梁山泊」域內古河、湖、塘、窪之水，仍當視爲梁山泊之「餘流」。故梁山縣於「水泊梁山」風景區新建之梁山泊水寨與馬營鎮舊有之濕地，均應視爲「梁山泊遺存」。

（四）認定書

山東省「水滸故里」學術考察論證項目組認定，梁山縣「水泊梁山」風景區「梁山泊水寨」與馬營鎮濕地在古梁山泊中心地帶，爲《水滸傳》所描寫「八百里梁山泊」之遺存，屬歷史與文學融和類「水滸故里」文化景觀。

三、老王林杏花村酒店

（一）資料與分析

1、文學描寫

元・康進之《梁山泊黑旋風負荊雜劇》演老王林夫妻與女兒滿堂嬌嫡親三口，在梁山腳下杏花莊開一個酒務兒。滿堂嬌被歹人假冒宋江、魯智深搶走。李逵信以爲眞是宋江等所爲，大鬧忠義堂，砍倒杏黃旗，要殺宋江和魯智深……後來眞相大白，捉住了兩個假冒充宋、魯的強盜。李逵自悔魯莽，向宋江負荊請罪。這一劇情爲《水滸傳》第七十三回《黑旋風喬捉鬼，梁山泊雙獻頭》所本，與康劇先後演繹了李逵在老王林杏花村酒店見義勇爲和在梁山光明磊落的性格，是此一景觀在傳統倫理道德上的亮點。該劇一本四折，第一折寫道：

> （老王林上云）……老漢姓王，名是老王林，在這杏花莊居住……老漢在這杏花莊，開著一個小酒務兒。俺這裡靠著這梁山較近，但是山上頭領都在俺這裡買酒吃……

以上描寫爲梁山附近創建「老王林酒店」或「杏花村酒店」景觀提供了依據。

2、資料分析

由元人康進之雜劇得名之「老王林酒店」或「杏花村酒店」與《水滸傳》中所寫「朱貴酒店」和「石勇酒店」兩「眼店」不同，屬古代個體民營企業，又只是與李逵故事相關。因此，這一景觀兼具水滸與梁山古代餐飲、酒水文化的意義，同時具有李逵專題特色。「老王林酒店」或「杏花村酒店」又是梁山好漢經常光顧的地方，所以頗具進一步演義和開發的意義。

（二）現狀與建議

作爲「村店」「酒務兒」的建設與經營，在保證設施與服務質量的前提下，應當儘量古樸，有「水滸味」。

四、安山鎭與「分贓臺」

（一）資料與分析

1、史料與考證

安山鎭實有其地。《明史・地理志》：

東平州……西南有安山，亦曰安民山。下有積水湖，一名安山湖。山南有安山鎮，會通河所經也。

清康熙《東平州志》卷一《方域志·山川》載：

安山，在州西南三十里，湖水漲溢，梵宮幽佡，上有甘羅墓。

清乾隆《東平州志》卷三《山川志》載：

安民山，州西南三十五里，舊爲壽張境。元至正間黄河汎決，城圮邑廢，改屬東平。山半有寺，明景泰間，僧徒洪欽鑿石百尺，湧出清泉，曰清岩井。上有甘羅墓。

元陳泰《所安遺集補遺·江南曲序》：

余童丱時，聞長老言宋江事，未究其詳。至治癸亥秋九月十六日，過梁山，泊舟，遙見一峰，嵂崒雄跨。問之篙師，曰：「此安山也。昔宋江事處（按此句有脱誤）。絕湖爲池，闊九十里，皆蕖荷菱芡，相傳以爲宋妻所植。」宋之爲人，勇悍狂俠。其黨如宋者三十六人。至今山下分贓臺，置石座三十六所。俗所謂「來時三十六，歸時十八雙」，意者其自誓之辭也。始予過此，荷花彌望，今無復存者，惟殘香相送耳。因記王荊公詩云：「三十六陂春水，白首想見江南。」味其詞，作《江南曲》（原注：「曲因蠹損無存」。）以敘遊歷，且以慰宋妻植荷之意云。（據陸心源寫本）

明劉基《分贓臺》詩：

突兀高臺累十成，人言暴客此分贏。

飲泉清節今寥落，可但梁山獨擅名。

（《全明詩》第2冊，上海古籍出版社1993年版，第554頁）

2、《水滸傳》的描寫

《水滸傳》第六十九回《東平府誤陷九紋龍，宋公明義釋雙槍將》：

且說宋江與眾頭領去打東平府，盧俊義與眾頭領去打東昌府，眾多頭領，各自下山。此是三月初一日的話。日暖風和，草青沙軟，正好廝殺。卻說宋江領兵前到東平府，離城只有四十里路，地名安山鎮，紮駐軍馬。

第七十回《沒羽箭飛石打英雄，宋公明棄糧擒壯士》寫宋江打東平府得手後回軍，又駐安山鎮：

話說宋江打了東平府，收軍回到安山鎮，正待要回山寨，只見白勝前來報說……

後來宋江就由此率部去東昌府支持盧俊義了。

3、資料分析

以上資料表明：第一，「安山」又稱「安民山」，山南有鎮名安山鎮。安山鎮因安山得名，原屬壽張縣，「元至正間黃河汎決，城圮邑廢」。這就是說「元至正」（1341～1368）以前的安山鎮今已不存，僅餘其故地在今梁山縣小安山南而已；第二，元代甚至有人認爲安山是宋江活動的地方，而且宋江有妻子，曾於此地植荷。這就不僅說明安山與《水滸傳》大有關係，而且由此可以進一步推想，除安山之外，梁山周邊的其他山頭都有宋江活動之足迹的可能；第三，上引地志一說安山鎮離東平州城「三十里」，一說「三十五里」，與今梁山境內小安山與東平縣州城鎮（宋宣和元年後東平州治）實際距離，以及《水滸傳》所寫「四十里」大約相合。由以上三點可以得出以下認識：《水滸傳》所寫「安山鎮」應是今梁山縣小安山南、早在元至正年間就被水患毀壞的安山鎮。

（二）現狀與建議

當地已有景點建設計劃，正報批中。建議就小安山旅遊開發全面規劃，突出「安山鎮」作爲「水滸故里」景觀的主題，適當復建古迹廟宇等，作爲梁山與東平間旅遊觀光的「中間站」。

（三）文字說明

今梁山縣小安山以南元至正年間被毀之安山鎮，是《水滸傳》所寫少數歷史上實有市鎮之一。此鎮雖久已毀棄，但因其方位在《水滸傳》中被精確描寫的存在，顯示《水滸傳》作者熟知此地；又因《水滸傳》寫宋江率部攻打東平府曾兩度駐軍於此，成爲《水滸傳》寫梁山之外最多「梁山好漢」們聚集過的市鎮。因此，梁山縣小安山鎮小安山南之元代安山鎮故地，可規劃爲「水滸故里」文化旅遊景觀待建之處。

又，參以劉基詩，元陳泰所說「（安）山下分贓臺，置石座三十六所」，亦與水滸故事相關。雖今已不存，但可以列爲「水滸故里」待恢復景觀。爲了不至於引起誤解，「分贓臺」可易名爲「分金臺」。

（四）認定書

山東省「水滸故里」學術考察論證項目組認定，梁山縣小安山之南元至正年間水毀以前之安山鎮，爲《水滸傳》第六十九回所寫宋江率部攻打東平府來去曾兩度駐軍之「安山鎮」；小安山上之「分金（贓）臺」遺址相傳爲宋江等內部分配財物的地方。二者同屬歷史、文學和傳說類型「水滸故里」文化景觀。

五、壽張（宋代）集

（一）資料與分析

1、史料與考證

壽張，《後漢書・郡國三》：「東平國……壽張，春秋曰良，漢曰壽良，光武改曰壽張。」南朝宋改曰壽昌縣，屬東平郡。北魏（386～557），復稱壽張縣，遷治所至今梁山縣西北之壽張集。隋屬濟北郡；唐屬鄆州；宋、金屬東平府。金大定七年（1167），河決城壞，遂遷治所至今陽穀縣李臺鎮竹口村，十九年（1179）復遷舊址。元屬東平路。明洪武元年（1368），黃河決口，縣治所南遷到今梁山縣薛屯，屬東平府；十三年（1380）遷治所於五陵店即今陽穀縣壽張鎮，屬東平府；十八年（1385）改屬兗州府。清雍正八年（1730）屬東平州；十三年（1735）復屬兗州府……1964 年 11 月，壽張縣建制撤銷，金堤以南地區劃歸河南省范縣，金堤以北地區劃歸山東省陽穀縣。在壽張縣存在的兩千餘年中，其縣治共歷五處。按先後依次是：（1）東平縣新湖鄉境內的霍莊村，（2）梁山南舊壽張，（3）梁山西北壽張集，（4）今陽穀境內祝口，（5）壽張鎮所在地王陵店。這就是說，自北魏至明初近一千年中，除金大定七年至十九年短暫遷至今陽穀縣竹口又復遷回之外，今梁山縣壽張集一直是壽張縣治。這一期間包括了宋江起義和《水滸傳》所寫宋江故事的全部時段。所以，今梁山縣西北之壽張集是與《水滸傳》和水滸戲相關地域即「水滸故里」之一。

2、《水滸傳》中的描寫

《水滸傳》第六十九回《東平府誤陷九紋龍，宋公明義釋雙槍將》：

> 宋江軍馬佯敗，四散而奔。董平要逞功勞，拍馬趕來。宋江等卻好退到壽張縣界。宋江前面走，董平後面追。離城有十數里，前至一個村鎮。兩邊都是草屋，中間一條驛道。董平不知是計，只顧縱馬趕來。宋江因見董平了得，隔夜已使王矮虎、一丈青、張青、

孫二娘四個，帶一百餘人，先在草屋兩邊埋伏，卻拴數條絆馬索在路上。又用薄土遮蓋。只等來時，鳴鑼爲號，絆馬索齊起，準備捉這董平。董平正趕之間，來到那裡，只聽得背後孔明、孔亮大叫：「勿傷吾主！」恰好到草屋前，一聲鑼響，兩邊門扇齊開，拽起繩索。那馬卻待回頭，背後絆馬索齊起，將馬絆倒。董平落馬。左邊撞出一丈青、王矮虎，右邊走出張青、孫二娘，一齊都上，把董平捉了。頭盔衣甲，雙槍隻馬，盡數奪了。兩個女頭領將董平捉住，用麻繩背剪綁了。兩個女將，各執鋼刀，監押董平，來見宋江。卻說宋江過了草屋，勒住馬，立在綠楊樹下。迎見這兩個女頭領，解著董平。宋江隨即喝退兩個女將：「我教你去相請董將軍，誰教你們綁縛他來？」二女將喏喏而退。宋江慌忙下馬，自來解其繩索，便脫護甲錦袍與董平穿著，納頭便拜。董平慌忙答禮。宋江道：「倘蒙將軍不棄微賤，就爲山寨之主。」董平答道：「小將被擒之人，萬死猶輕。若得容恕安身，實爲萬幸。」宋江道：「弊寨地連水泊，素無擾害。今爲缺少糧食，特來東平府借糧，別無他意。」

第七十四回《燕青智撲擎天柱，李逵壽張喬坐衙》：

卻說李逵手持雙斧，直到壽張縣。當日午衙方散，李逵來到縣衙門口，大叫入來：「梁山泊黑旋風爹爹在此！」唬得縣中人手腳都麻木了，動憚不得。原來這壽張縣貼著梁山泊最近。若聽得「黑旋風李逵」五個字，端的醫得小兒夜啼驚哭。今日親身到來，如何不怕！當時李逵逕去知縣椅子上坐了，口中叫道：「著兩個出來說話。不來時，便放火。」廊下房內眾人商量：「只得著幾個出去答應。不然，怎地得他去。」數內兩個吏員出來廳上，拜了四拜，跪著道：「頭領到此，必有指使。」李逵道：「我不來打攪你縣裏人。因往這裡經過，閒耍一遭。請出你知縣來，我和他廝見。」兩個去了，出來回話道：「知縣相公卻才見頭領來，開了後門，不知走往那裡去了。」李逵不信，自轉入後堂房裏來尋。卻見有那襆頭衣衫匣子在那裡放著。李逵扭開鎖，取出襆頭，插上展角，將來帶了。把綠袍公服穿上，把角帶繫了。再尋朝靴，換了麻鞋，拿著槐簡，走出前廳，大叫道：「吏典人等都來參見。」眾人沒奈何，只得上去答應。李逵道：「我這般打扮也好麼？」眾人道：「十分相稱。」李逵道：「你們令史祗候，都與我排衙了便去。若不依我，這縣都翻做白地。」眾人怕他，只得聚集些公吏人來，擎著牙杖骨朵，打了三通擂鼓，向前聲喏。李逵呵呵大笑。又道：「你眾人內，也著兩個來告狀。」吏人道：「頭領在此坐地，誰敢來告狀！」李逵道：「可知人不來告狀。你這裡自著兩個裝做告狀的來告。我又不傷他，只是取一回笑耍。」公吏人等商量了一回，只得著兩個牢子，裝做廝打的來告狀。縣門外百姓都放來看。兩個跪在廳前。這個告道：「相公可憐見，他打了小人。」那個告：「他罵了小人，我才打他。」李逵道：「那個是吃打的？」原告道：「小人是吃打的。」又問道：「那個是打了他的？」被告道：「他先罵了，小人是打他來。」李逵道：「這個打了人的是好漢。先放了他去。這個不長進的，怎地吃人打了？與我枷號在衙門前示眾。」李逵起身，把綠袍抓紮起，槐簡揣在腰裏，掣出大斧，直看著枷了那個原告人，號令在縣門前，方才大踏步去了。也不脫那衣靴。縣門前看的百姓，那裡忍得住笑。正在壽張縣前，走過東，走過西，忽聽得一處學堂讀書之聲。李逵揭起簾子，走將入去。嚇得那先生跳窗走了。眾學生們哭的哭，叫的叫，跑的跑，躲的躲。李逵大笑，出門來，正撞著穆弘。穆弘叫道：「眾人憂得你苦！你卻在這裡風！快上山去！」那裡由他，拖著便走。李逵只得離了壽張縣，逕奔梁山泊來。

3、資料分析

上引《水滸傳》第六十九回寫宋江攻東平府，孫二娘、扈三娘兩女將活捉董平，地點在「宋江等卻好退到壽張縣界……離城十數里」處「一個村鎮」，環境也有具體的刻畫。這應該是相關景觀選址和設計的依據；第七十四回「李逵喬坐衙」故事提供了壽張集「水滸故里」景觀復建古壽張縣衙大堂的必要與可能，也為梁山縣新編演《李逵壽張喬坐衙》劇提供了地方文化的背景。總之，梁山縣壽張集作為千年古鎮是「水滸故里」重要景觀地之一，應予以重視和積極開發利用。

（二）現狀與建議

正規劃中。建議先作文化論證，制定一個合乎歷史與美學的復建規劃。且忌盲目施工，儘量少花錢，多做事，無過或不及，恰到好處。

（三）文字說明

梁山縣壽張集是千年古鎮，宋政和、宣和間宋江起義活動時期是東平府壽張縣治，後世《水滸傳》中所寫一丈青、王矮虎與張青、孫二娘兩夫婦共同擒獲雙槍將董平處，也是《水滸傳》中所寫「李逵喬坐衙」處，屬文學類「水滸故里」景觀待建地。

（四）認定書

山東省「水滸故里」學術考察論證項目組認定，梁山縣壽張集爲宋代壽張縣舊治。《水滸傳》第六十九回寫捉董平之地，第七十四回寫「李逵喬坐衙」之壽張縣舊治。待建景觀應體現宋代風格，屬歷史與文學類型「水滸故里」文化景觀。

六、水滸影視基地

正邊建設邊使用中。選址適當，古村落格局。創新景觀，自有特色。

七、水滸酒文化體驗館

梁山縣民營企業賈玉環所建並經營的創新景觀。館藏豐富，多珍品。展品包含酒文化與梁山民俗兩部分內容，有一般收藏家所忽略者，風格獨特。布置精良，展示生動，服務到位，既有文化品位，又有商業精神，是「水滸故里」文化旅遊創新的優秀項目。正不斷充實提高中。

八、水滸博物館（待建）

附表一：梁山縣「水滸故里」景觀一覽表

	景觀群	景點		位置	類型				現狀		認定		
					歷史	文學	傳說	創新	已建	待建	是	否	待定
一	「水泊梁山」	1	水滸寨門	水泊梁山風景區		✓			✓		✓		
		2	一百零八級臺階	同上				✓	✓		✓		

		3	武松、魯智深雕像	同上		✓			✓		✓		
		4	浮雕屏風	同上		✓			✓		✓		
		5	斷金亭	同上		✓			✓		✓		
		6	宋江馬道、便道	同上			✓		✓		✓		
		7	分軍嶺	同上			✓		✓		✓		
		8	號令臺	同上			✓		✓				✓
		9	黑風亭、黑風口三字石碑、黑旋風李逵沙石雕像	同上			✓		✓		✓		
		10	孫二娘腳印	同上			✓					✓	
		11	扭頭門、宋江寨牆	同上			✓		✓		✓		
		12	花榮雕像	同上		✓			✓		✓		
		13	「替天行道」杏黃大旗	同上		✓			✓		✓		
一	「水泊梁山」	14	聚義廳/忠義堂	同上		✓			✓		✓		
		15	石碣文臺	同上		✓			✓		✓		
		16	宋江井	同上			✓		✓		✓		
		17	靖忠廟	同上		✓			✓		✓		
		18	天書閣	同上				✓	✓			✓	
		19	雁臺	同上		✓			✓		✓		
		20	一關、二關、左軍寨、演武場、點將臺、左寨七英雕像、滾木關、瞭望臺、戰船、跑馬場	同上		✓		✓	✓		✓		
		21	毛澤東休息處、碑林、毛澤東紀念館，《水泊梁山記》摩崖石刻	同上	✓				✓		✓		
		22	宛子城、蓼兒窪	同上		✓				✓			✓
		23	「六關八寨」	同上		✓				✓			✓
		24	金沙灘、鴨嘴灘	同上		✓				✓			✓

		25	朱貴酒店、石勇酒店	同上		✓				✓			✓
		26	晁蓋墓			✓				✓			✓
二	梁山泊遺存	27	梁山泊遺存濕地	馬營	✓				✓		✓		
		28	梁山水寨	梁山風景區		✓			✓		✓		
三	老王林杏花村酒店	29	老王林杏花村酒店			✓				✓			✓
四	安山鎮與「分贓臺」	30	安山鎮（故地）	小安山南	✓	✓	✓			✓			✓
		31	「分贓臺」	小安山		✓	✓			✓			✓
五	壽張（宋代）集	32	縣衙	壽張集鎮	✓	✓				✓			✓
		33	擒董平處	壽張集鎮		✓				✓			✓
六	水滸影視基地	34	水滸影視基地	梁山風景區				✓		✓	✓		
七	水滸酒文化體驗館	35	水滸酒文化體驗館	梁山風景區周邊				✓	✓		✓		
八	水滸博物館	36	水滸博物館	待定				✓		✓			✓

第二部分　鄆城縣

概　說

鄆城縣歷史悠久，其得名可上溯到春秋時期。據《春秋》記載，魯成公四年（前 587），「冬，城鄆。」〔註 1〕此爲鄆城的創始。在以後漫長的歷史上，鄆城的名稱和隸屬屢有變動。今縣境內曾先後設黎縣、廩丘、清澤、萬安、鄆城等縣制，經常兼爲州郡駐地。三國時廩丘爲兗州治所。隋開皇十八年（598），萬安縣改爲鄆城縣，屬鄆州；大業二年（606）鄆州改爲東平郡，治鄆城。唐武德四年（621），廢東平郡設鄆州，治鄆城。後周廣順二年（952），鄆城自鄆州劃歸濟州。北宋時期，鄆城屬京東西路濟州。金代屬山東西路濟州。元代屬中書省濟寧路。明初屬濟寧府，後屬兗州府濟寧州。清雍正時設曹州府，鄆城縣屬之。鄆城今屬山東省菏澤市。

從水滸故事的醞釀到《水滸傳》成書，經歷了宋、元及明初的數百年時間，我們已經很難辨析書中有關鄆城的種種描寫究竟更多地浸染了哪個時代的色彩。然而，《水滸傳》又的確保存了豐富而珍貴的古代鄆城的自然和人文信息，通過對相關細節的梳理，仍然能夠勾勒出古代鄆城的風貌。正如陸澹安所言：「不管它是宋朝的，是元朝的，或是明朝的，能在一部小說中看到幾百年前的許多風俗習慣，這總是可喜而不應當輕易放過的。」〔註 2〕

鄆城在《水滸傳》中地位舉足輕重。小說中，「鄆城」前後出現 99 次；

〔註 1〕楊伯峻編著：《春秋左傳注（修訂本）》，中華書局，1990 年第 2 版，第 817 頁。
〔註 2〕陸澹安《說部卮言》，錦繡文章出版社，2009 年第 1 版，203 頁。

發生在鄆城的重大事件，如「認義東溪村」「飛馬救晁蓋」「怒殺閻婆惜」「玄女授天書」「枷打白秀英」等，向來膾炙人口。來自鄆城的晁蓋、宋江、吳用、朱仝、雷橫、宋清等梁山好漢，也爲「故土」平添了豪俠之氣。《水滸傳》同時展現了一幅鄆城市井與鄉村風俗畫卷，使我們得以領略宋元時代的生活氣息。

在《水滸傳》中，鄆城是濟州管下的一個縣。宋江起義發生在北宋末年，歷史上此時的鄆城屬京東西路濟州。《水滸傳》注意了到這一點，關於鄆城的故事正是從「山東濟州鄆城縣新到任一個知縣，姓時名文彬，當日升廳公座」（第十三回）寫起的。第二十四回說賣雪梨的鄆哥是「在鄆州生養的」，第五十回孫立向欒廷玉說總兵府「對調我來此間鄆州守把城池」。這裡的「鄆州」和「鄆城」不能混淆。由前述鄆城的歷史沿革可知，鄆城在後周以前曾隸屬過鄆州；但到北宋末期，鄆城早已劃歸濟州管轄，所以小說中的鄆城和鄆州無涉。

鄆城學者盧明先生依據北宋文學家石介《鄆城新堤記》、李燾《續資治通鑒長編》以及明崇禎《鄆城縣志》等文獻資料，證明今鄆城所在地盤溝在北宋就是鄆城縣城。石介《鄆城新堤記》寫道：景祐四年四月，「鄆城縣令劉君準遣使致書於予，曰：『故鄆城爲水濕敗，予作新城於故城西南十五里，遷其民而居之』」。確切表明，北宋景祐年間，鄆城縣城從今張營附近的舊址遷到新址。李燾《續資治通鑒長編》（卷一百十五）中記述：「景祐元年，徙濟州鄆城縣於盤溝店」。明崇禎《鄆城縣志》記載縣城內事物時寫道：「儒學，在城東南隅……宋元祐間創建，元至元間縣尹劉彧復新之，增建兩廡，畫七十二賢像」。

古鄆城的面貌在《水滸傳》中依稀可見。由時縣令升廳安排朱仝、雷橫兩位都頭「一個出西門，一個出東門，分投巡捕」（第十三回）看來，當時的縣城應有城牆環繞四周。小說提及的城內其他建築，都以縣衙爲座標按方位來說明。縣衙前是鄆城縣居民日常活動的中心：縣前正對有一座茶坊，濟州緝捕使臣何濤曾在此苦等宋江（第十八回）；茶坊不遠路邊有一個篦頭鋪，劉唐曾向篦頭待詔確認宋江的身份（第二十回）；不遠僻靜小巷裏還有酒樓一座，宋、雷二人曾躲在僻靜閣兒裏說話（同上）；縣前還有早市，「賣湯藥的王公，來到縣前趕早市」（第二十一回），唐牛兒「托一盤子洗淨的糟薑，來縣前趕趁」（同上）。縣衙周邊其他地方小說也有提及：像閻婆惜本來「在這縣後一個僻淨巷內權住」（同上），宋江納她爲外室後「就縣西巷內，討了一所樓房」（同上）安頓她和她的母親；殺惜後，宋江被閻婆騙著一起「去縣東三郎家取具棺材」（同上）等。有些處所雖未明確標示方位，但也約略可推知：譬如宋江從閻婆惜住所出來，「一直要奔回下處來。卻從縣前過」（同上），可見這宋江的下處也在縣衙以東；雷橫「因一日行到縣衙東首」（第五十一回），受幫閒李小二的慫恿去看白秀英表演，可見這縣東還有勾欄。

《水滸傳》中明確屬於鄆城縣管轄的村莊有東溪村、西溪村、宋家村、還道村等；吳用教書的村莊（第十四回）名稱未知，但由劉唐追雷橫的路程可知它距東溪村五六里，應該也在境內。黃泥岡、石碣村和安樂村與鄆城好漢活動密切相關，可在小說中卻很難判斷是否屬鄆城管轄。第十五回吳用說三阮住在「濟州梁山泊邊石碣村」，第十八回何清說安樂村在濟州「北門外十五里」，同回濟州緝捕使臣何濤對鄆城縣押司宋江稱「敝府管下黃泥岡」，均未提到鄆城縣；何濤到東溪村抓晁蓋，需先到鄆城縣下公文，抓捕白勝和三阮卻直接出馬，似乎白、阮所居之安樂村、石碣村以及黃泥岡都屬濟州直轄。

一、黃泥岡

（一）資料與分析

「智取生辰綱」是《水滸傳》中的重要情節，關係到包括晁蓋、宋江、吳用等眾多梁山好漢的命運。此事早在南宋文獻《大宋宣和遺事》中便有記載，《水滸傳》據此作了改編，「智取生辰綱」故事即發生在鄆城郊外黃泥岡。現鄆城東南十六公里處有一集鎮名黃堆集，據說此處即當年「智取生辰綱」故事發生地。鄆城縣文物管理所存有一塊黃堆集出土的明朝萬曆年間石碑，碑文記載：「詳考在宋徽宗崇寧年間，環梁山者八百里皆水也，堆北距梁山六十里許，爲水滸南岸，古稱爲黃土崗，即此處也。」而且對此地的方位地勢，作了敘述，此處「北顧比肩梁山之顚，南瞰下卑巨野之陂，東襟通汶河濟水之津，西帶接廩丘帝丘之虛，中央堆突坦蕩，四周隱隱伏伏，縱縮廣袤，支連於金線嶺之脈」，說明該地既是漁人休憩之地，又處於宋時水陸交通要塞。由於後人取土和黃河淤積，此地已不見往日的堆突坦蕩，但一進村口，仍可看出高於四周之地。根據這些傳說和碑文記載，可以確定此處即爲「智取生辰綱」之黃泥岡。

（二）現狀與建議

目前，此處僅有一高約兩米的巨石，上鐫「黃泥岡」三字。其旁立一石碑，上刻晁蓋、吳用等人智取生辰綱經過。建議在此基礎上，採用微縮景觀的方式，儘量還原當年黃泥岡之景象。《水滸傳》第十六回描寫黃泥岡的文字是：「頂上萬株綠樹，根頭一派黃沙。嵯峨渾似老龍形，險峻但聞風雨響。山邊茅草，亂絲絲攢遍地刀槍；滿地石頭，礤可可睡兩行虎豹。休道西川蜀道險，須知此是太行山。」這裡顯然有所誇張，可堆一黃土小丘，雜草荊棘中開一小路，小丘上植松柏，亂石散落其間。在縣城多處設立黃泥岡指示牌，並設法解決交通工具。

（三）文字說明

黃泥崗是「智取生辰綱」故事發生地。楊志等人由東邊大路登上黃泥岡，正值六月天氣，烈日當空，往西一片荒漠，唯黃泥崗上有一片樹林，是唯一乘涼之處。軍士們口渴體乏，在此歇息，被白日鼠白勝所賣蒙汗藥酒麻翻，晁蓋等好漢奪了十一擔金珠寶貝，事發後集體奔上梁山。「智取生辰綱」是《水滸傳》中最為精彩的故事之一，展現了晁蓋、吳用、公孫勝、阮氏三雄、劉唐等梁山好漢的俠義智勇。黃泥岡作為「智取生辰綱」的故事發生地，有著極高的知名度，可以吸引更多的遊客前來，體驗當年「智取生辰綱」的壯舉。

（四）認定書

山東省「水滸故里」學術考察論證項目組認定，鄆城縣黃堆集為《水滸傳》「智取生辰綱」故事發生地，屬文學型「水滸故里」文化景觀。

二、東溪村與靈官殿、觀音庵

（一）資料與分析

在《大宋宣和遺事》中，晁蓋老家本是鄆城縣的石碣村。《水滸傳》則將石碣村安排給了阮氏三雄居住，晁蓋被「移民」到鄆城縣東溪村後，為東溪村保正，綽號「托塔天王」。《水滸傳》第十四回記載了「托塔天王」綽號的由來：「鄆城縣管下有兩個村坊，一個東溪村，一個西溪村，只隔著一條大溪。當初這西溪村常常有鬼，白日迷人下水在溪裏，無可奈何。忽一日，有個僧人經過，村中人備細說知此事。僧人指個去處，教用青石鑿個寶塔，放於所在，鎮住溪邊。其時西溪村的鬼，都趕過東溪村來。那知晁蓋得知了大怒，從溪裏走將過去，把青石寶塔獨自奪了過來東溪邊放下，因此人皆稱他做托塔天王。」

《水滸傳》第十四回劉唐爲追趕從東溪村回縣城的雷橫，「便出莊門，大踏步投南趕來」；第十八回宋江欲給晁蓋通風報信，「跳上馬，慢慢地離了縣治。出得東門，打上兩鞭，那馬不剌剌的望東溪村攛將去。沒半個時辰，早到晁蓋莊上」。由這兩個情節，可推斷東溪村應在縣城東北三四十里位置。第十三回時縣令說，東溪村不但臨溪，而且依山，山上生長有一株「別處皆無」的大紅葉樹。鄆城地貌以平原爲主，舊時惟有張營東北約二十公里的梁山支脈獨孤山在境內，方位和里程倒都頗合小說記載，只是距梁山主峰只有一里路，應該在水泊之中，不像是東溪村的所在。至於那株大紅葉樹，清代程穆衡在《水滸傳注略》提到有楓、赤檉、赤楊等可能，今人亦有著文探討者，但這樹究竟爲何物仍難斷定。

第十三回雷橫捉劉唐時，他就赤條條躺在村外靈官殿的供桌上；第十八回抓捕晁蓋時，官兵先到村外觀音庵取齊。靈官殿所祀之神王靈官又稱靈官王元帥、玉樞火府天將，本名王善，曾經師從西蜀道士薩守堅，受道符秘法，是宋代道士林靈素的再傳弟子。還有一種說法，稱王靈官原是淮陰地方奉祀的小神，後來薩眞人火燒其廟，將之收爲部將。王靈官作爲道教所奉雷部、火部天將及護法神，其靈官殿往往是道教宮觀內的必備建築，當然像東溪村這樣單獨建在村外以求庇護的情況也不少。通常王靈官的塑像紅臉虬鬚，金甲紅袍，三目怒視，左手持風火輪，右手舉鞭，一幅殺氣騰騰的樣子。這個造型和深更半夜醉臥供桌的「赤髮鬼」劉唐相映成趣，頗能爲梁山好漢的英雄形象增一筆傳奇色彩。

（二）現狀與建議

沿鄆城宋江河北上，距縣城約 3 公里處的宋江河東岸，即爲丁廟鄉七里鋪村。村前曾有碑云：「據村中古碑載，原名東溪村，……因村距煙墩（烽火臺）七里，故更名七里鋪。」村中人云，此碑早已不知去向，但碑文中確有此地古爲東溪村之記載。七里鋪村遙對的宋江河（古雍河）西岸，曾有二聖祠，不知何時所建，規模宏大。據現存「清嘉慶七年重修二聖祠記」載，二聖者，實爲關帝與二郎眞君。因「歷年久遠，風雨摧殘，蓋瓦飄零，棟樑撓折，」於是世人捐資修葺，又添建鐘樓，於大殿之後添建西禪堂。二聖祠位於「鄆邑之東，離城五里許古雍河右岸，古稱西溪村」。既然河西爲西溪村，那麼河東為東溪村也就在情理之中了。

另外，鄆城縣現有晁莊，位於今縣城之南約五公里處，與小說所寫方位不同。當地流傳童謠曰：「托塔晁保正，自把天王命，聚義造了反，來把朝廷轟，奪了生辰綱，奔赴梁山峰，招兵又聚將，敢把官司兵迎，要和宋天子，來分輸和贏，天子發人馬，來剿晁保正，疆場對了陣，官兵折了兵，天王發了誓，誓奪汴梁城，為民要除害，捉拿宋徽宗。」晁莊村民存有《晁氏宗譜》，最早撰於宋代，之後又有續修。譜載晁氏為晁錯之後，自其一世祖工部侍郎晁迪始，脈落基本清晰。《宗譜》無晁蓋之名，但有「晁盍」其人，既無說明，又不入世系，甚至連生身父母都不知為何人。據說是因為晁蓋造了反，在續家譜時將「蓋」改為了「盍」。

根據以上傳說及《水滸傳》中的描寫，建議打造丁廟鄉東溪村（七里鋪村）景觀群，包括晁蓋莊園、靈官殿等。晁蓋莊園四圍建有圍牆，大門口有門房，園內有草堂、後廳等。東溪村外建靈官殿、觀音庵各一座。

（三）文字說明

東溪村位於鄆城縣丁廟鄉七里鋪村，是「托塔天王」晁蓋的家鄉。根據《水滸傳》的描寫，東溪村內有晁蓋莊園，著名的「七星聚義」就發生於此。後來宋江飛馬報信也曾來到東溪村晁蓋莊園。赤髮鬼劉唐前來尋訪晁蓋，醉臥於東溪村外的靈官殿，從而揭開了「智取生辰綱」的序幕。東溪村與靈官殿可以使人們親身體會到當年晁蓋舉事的環境和場景。

（四）認定書

山東省「水滸故里」學術考察論證項目組認定，鄆城縣丁廟鄉七里鋪村即《水滸傳》所寫「托塔天王」晁蓋故里東溪村，屬文學類「水滸故里」文化景觀。

三、還道村與九天玄女廟

（一）資料與分析

《水滸傳》第四十二回宋江被趙氏兄弟窮追，「驚得一身冷汗，不敢進門，轉身便走，奔梁山泊路上來。」「約莫也走了一個更次，只聽得背後有人發喊起來。宋江回頭聽時，只隔一二里路，看見一簇火把照亮，只聽得叫道：『宋江休走！早來納降！』」「遠遠望見一個去處，只顧走。少間風掃薄雲，現出那輪明月，宋江方才認得仔細，叫聲苦，不知高低。看了那個去處，有名喚做還道村。原來團團都是高山峻嶺，山下一遭澗水，中間單單只一條路。入來這村，左來右去走，只是這條路，更沒第二條路。」由此可以看出，宋家村與還道村的距離，至少也有 50 多里。鄆城縣城東部鄆巨河西岸，距離水堡 50 餘里，當地流傳著宋江得天書和安道全駐守此廟的故事，且九天玄女廟遺址猶存。

九天玄女又稱九天玄女娘娘，是我國道教之女神。其傳說見於《黃帝問玄女兵法》《龍魚河圖》《黃帝出軍訣》《黃帝內傳》《集仙錄》等典籍之中，以宋人張君房輯《雲笈七籤》卷一百一十四《九天玄女傳》所載最詳。據載，九天玄女是黃帝之師聖母元君的弟子。黃帝戰蚩尤不勝，憂憤而齋於泰山之下，玄女降臨親授黃帝兵符策書，助其大敗蚩尤並乘龍升仙。今見最早將九天玄女與宋江聯繫起來的是《大宋宣和遺事》，寫宋江殺了閻婆惜和吳偉，逃避追捕，到宋公莊上「屋後九天玄女廟裏躲了」，因此得獲玄女天書。

《水滸傳》中提及玄女名號多達十三回二十五次。小說兩次寫在宋江危急時刻九天玄女面授機宜，與玄女助黃帝之事頗相彷彿。九天玄女在《水滸傳》中具有非同尋常的意義，她不僅加強了《水滸傳》的道教色彩，而且體現了全書化「魔」為「神」即弭盜為良的淑世意圖，還作為居高臨下指路者的形象開章回小說同類人物設置模式的先河。小說第九十九回宋江衣錦還鄉，「重建九天玄女娘娘廟宇，兩廊山門，妝飾聖像，彩畫兩廡」，得酬昔日「重修廟宇，再建殿庭」的誓願，也為自己「全忠仗義」「輔國安民」的天賦使命畫上圓滿句號。

（二）現狀與建議

鄆城縣城東部鄆巨河西岸現今九天玄女廟為當地村民所建，與小說描寫相距甚遠。建議重修九天玄女廟，位置可設在水堡村外鄆城縣城東部鄆巨河西岸。規模建制可參考《水滸傳》中的描寫：分前殿後殿，殿前牌額上刻「玄女之廟」四個金字。殿內九龍椅上供著九天玄女，旁有兩泥神侍立，宋江藏身的神廚應在其下。這座古廟本來十分破敗，《水滸傳》第四十二回寫道：

> 牆垣頹損，殿宇傾斜。兩廊畫壁長青苔，滿地花磚生碧草。門前小鬼，折臂膊不顯猙獰；殿上判官，無襆頭不成禮數。供床上蜘蛛結網，香爐內螻蟻營窠。狐狸常睡紙爐中，蝙蝠不離神帳裏。料想經年無客過，也知盡日有雲來。

但宋江夢中所見九天玄女居住的宮殿卻另有一番富麗華貴景象：

> 金釘朱户，碧瓦雕簷。飛龍盤柱戲明珠，雙鳳幃屏鳴曉日。紅泥牆壁，紛紛御柳間宮花；翠靄樓臺，淡淡祥光籠瑞影。窗橫龜背，香風冉冉透黃紗；簾卷蝦鬚，皓月團團懸紫綺。若非天上神仙府，定是人間帝主家。

至於九天玄女形象亦可參照《水滸傳》的描寫：「朱顏綠髮，皓齒明眸。飄飄不染塵埃，耿耿天仙風韻。螺螄髻山峰堆擁，鳳頭鞋蓮瓣輕盈。領抹深青，一色織成銀縷；帶飛真紫，雙環結就金霞。依稀閬苑董雙成，彷彿蓬萊花鳥使。」

（三）文字說明

九天玄女又稱九天玄女娘娘，是我國道教之女神。還道村與九天玄女在《水滸傳》中具有非同尋常的意義，九天玄女不僅將宋江從危難之中解救出來，而且授予宋江天書，爲梁山義軍制定了「全忠仗義」「輔國安民」的指導思想，標誌著宋江命運和思想的轉折。《水滸傳》中玄女形象加強了全書描寫的道教色彩，體現了作者化「魔」爲神、弭「盜」爲良的淑世意圖，還作爲居高臨下指路者的形象開章回小說同類人物設置模式的先河。小說第九十九回寫宋江衣錦還鄉，「重建九天玄女娘娘廟宇，兩廊山門，妝飾聖像，彩畫兩廡」，得酬昔日「重修廟宇，再建殿庭」的誓願，也爲自己「全忠仗義」「輔國安民」的一生畫上了圓滿句號。

（四）認定書

山東省「水滸故里」學術考察論證項目組認定，鄆城縣可在城東部鄆巨河西岸水堡村外爲重建《水滸傳》所寫九天玄女廟適當位置，屬待建文學類「水滸故里」大型文化景觀。

四、宋江故里

（一）資料與分析

1、史料與考證

宋江是歷史人物。《宋史》中有關宋江的記載有如下三處：

《宋史・徽宗本紀》宣和三年：

> 二月庚午……癸巳，赦天下。是月，方臘陷處州。淮南盜宋江

等犯淮陽軍，遣將討捕，又犯京東、河北，入楚、海州界，命知州張叔夜招降之。

《宋史・張叔夜傳》：

宋江起河朔，轉略十郡，官軍莫敢攖其鋒。聲言將至，叔夜使間者覘所向，賊徑趨海瀕，劫鉅舟十餘，載鹵獲。於是募死士得千人，設伏近城，而出輕兵距海，誘之戰。先匿壯卒海旁，伺兵合，舉火焚其舟。賊聞之，皆無鬥志，伏兵乘之，擒其副賊，江乃降。

《宋史・侯蒙傳》：

宋江寇京東，蒙上書言：江以三十六人橫行齊、魏，官軍數萬無敢抗者，其才必過人。今青溪盜起，不若赦江，使討方臘以自贖。帝曰：蒙居外不忘君，忠臣也。命（侯蒙）知東平府，未赴而卒，年六十八。

此外，南宋史學家王稱《東都事略・徽宗本紀》載：「宣和三年二月，方臘陷楚州，淮南盜宋江犯淮陽軍，又犯京東、河北，入楚、海州……五月丙申，宋江就擒。」李埴《十朝綱要》、方勺《泊宅編》等文獻記宋江事，也均未言及他的籍貫。

但是，關於宋江是鄆城人也有不同意見。清代鄆城廩生張瑞瑾在《宋江非鄆城人辨》一文中說：「趙宋時有宋江者，史言『淮南盜』，而《山東通志》乃云：『或曰鄆城人。』於是兒童走卒皆信爲鄆城人矣。夫《通志》所謂『或曰』者，何據乎？殆亦誤據小說而云然乎？……高宗紹興元年（1131）言，張榮本梁山濼人，擊敗金兵於興化，小說即妄以爲宋江據梁山濼……然則宋江究何地人乎？曰，《綱目》明言之矣，其書曰：『淮南盜宋江』……謂之『盜』，起於淮南……則江爲淮南人可知。」張瑞謹認爲《山東通志》說宋江爲鄆城人，其根據是小說家言，宋江實際應爲淮南人。

2、小說戲曲中的描寫

《大宋宣和遺事》最早稱宋江是鄆城縣「押司」：

花約道：「爲頭的是鄆城縣石碣村住，姓晁名蓋，人號喚他做『鐵天王』；帶領得吳加亮、劉唐、秦明、阮進、阮通、阮小七、燕青等。」張大年令花約供指了文字，將召保知在，行著文字下鄆城縣根捉。有那押司宋江接了文字看了，星夜走去石碣村，報與晁蓋幾個，暮夜逃走去也。宋江天曉卻將文字呈押差董平，引手三十人，至右碣村根捕。

此外，多種元雜劇稱宋江爲鄆城縣人。如《雙獻功》中宋江說：「某姓宋，名江，字公明，綽號及時雨者是也。幼時曾任鄆城縣把筆司吏，因帶酒殺了閻婆惜，被告到官，脊杖六十，疊配江州牢城……」《爭報恩》中宋江說：「只因誤殺閻婆惜，逃出鄆城縣，占下了八百里梁山泊，搭造起百十座水兵營。」

施耐庵、羅貫中《水滸傳》也把宋江的籍貫定爲山東鄆城。《水滸傳》第十八回寫宋江「表字公明，排行第三，祖居鄆城縣宋家村人氏」。

根據《水滸傳》改編的劇目《烏龍院》（又名《坐樓殺惜》）中，宋江有「家住水堡在鄆城，姓宋名江字公明」的唱詞。

3、資料分析

宋江雖是歷史人物，但其對後世的影響主要是作爲《水滸傳》所寫百零八人之首，應主要作爲小說人物看待。這也就是說，打造「水滸故里」文化景觀，理應以《水滸傳》及「水滸戲」的描述爲準，因此可以認定宋江爲鄆城縣宋家莊（即今水堡村）人。

（二）現狀與建議

宋江雖供職於鄆城縣衙門，但宋家莊畢竟是其老家，小說數次寫到宋江犯事後潛回宋家莊和被官府捕捉的情節。然而除了第三十五回提到的「本鄉村口張社長酒店」外，小說對宋家莊再沒有更多細節描寫。傳說如今鄆城縣城西二十公里的水堡村爲宋江故里，水堡古稱廩丘、義東堡、水堡寨、飛雲驛等名，地勢高聳，廩者，倉廩也，自古以來便是良田沃土，衣食富足之地。春秋時「齊烏餘以廩丘奔晉」即指此地。魯景公亦曾以廩丘作爲孔子封地，被孔子謝絕。廩丘後又曾爲兗州治。現在，當地老百姓都知道水堡東南十里有「廩王城」，有「四門四寺」，甚是壯觀，據說霧大時地面上還能「潮」出城來。

水堡村給世人留下了諸多不解之謎。村中有童謠唱道：「水堡集，眞稀奇，十人來了九人迷。」明明往西走入小巷，出巷時卻已朝南，而巷中又感覺不曾轉彎；到了夏天，還可看見不少水堡人在堂屋後邊曬大醬的奇觀。遠看時，水堡集盡收眼底，入村來，難分清南北東西。然而近幾年，水堡鎮新闢的街道已將這一景觀破壞殆盡。

水堡村的中部偏北，便是宋江故宅，傳說宋太公宅院佔地二十餘畝，甚是壯觀。後來宋江搬取其父受困於還道村，晁蓋派人用轎子擡了宋太公，一把火燒了莊園。年長日久，歷經黃河決口，周圍土地皆被黃土淤沒達四米以上。唯獨宋江故宅留下了一個心形大坑，其中布滿瓦礫，數百年來淹沒不得。歷史上附近村民曾多次想要填平，然而每一次總是墊土之人喘息未定，便一命嗚呼。如此數次，水堡村便有了傳世的歌謠：「寧願住牛棚，別墊忠心坑。」水堡人說，這是宋江被皇帝毒殺之後悲忿含冤，死不瞑目，將一顆忠心變爲老宅上的心形大坑，以昭世人。

由忠心坑往北七十米，便是宋宅花園，此地原與忠心坑連爲一體。而今新闢的水堡大街將宋宅一分爲二，鄆城縣政府所立的「宋江故居遺址」的石碑，就立在街北宋宅花園的前面。

根據以上文獻和傳說，建議打造宋江故里景觀。按照北方農村莊園風格建造，突出讀書習武特色。莊園內有宋太公訓導宋江處、宋江習武處、「忠心坑」等。

（三）文字說明

宋江是歷史人物，但主要是作爲《水滸傳》中的核心人物爲人所知，是被寫入小說的歷史人物，應結合於歷史作小說人物看待。根據歷史文獻資料的記載及《水滸傳》的描寫，鄆城縣水堡村爲宋江故里。宋江字公明，排行第三，祖居鄆城宋家村人氏。於家大孝，爲人仗義疏財，人皆稱做「孝義黑三郎」，江湖人稱「及時雨」。平生只好結識江湖上好漢：但有人來投奔他的，若高若低，無有不納，便留在莊上館穀，終日追陪，並無厭倦，若要起身，盡力資助。成爲梁山領袖後，帶領眾好漢屢敗官軍。後接受招安，征遼、平方臘，屢立戰功。最終被朝廷姦佞用毒酒害死。

（四）認定書

山東省「水滸故里」學術考察論證項目組認定，鄆城縣水堡村爲《水滸傳》所寫宋江故里「宋家莊」原型或相關地，屬歷史與文學型「水滸故里」文化景觀。

五、宋金河與宋江釣魚臺

（一）資料與分析：

宋金河，又名「宋江河」，流經鄆城東側，是濟水（大禹疏九河，濟水就是其中之一）的一個分支。後周稱五丈河，宋代稱廣濟河，明清以來稱宋江河。清光緒年間，鄆城二十里鋪廩生張瑞瑾根據濟河爲宋金糧道，廣濟河是濟水故瀆，所以又更名爲宋金河。但至今兩岸百姓仍習慣地把宋金河稱爲宋江河。

宋江河鄆城段東岸有一個高臺，當地人稱之爲「宋江釣魚臺」。傳說宋江被逼上梁山之後，急於廣納賢才，但是苦無良策。一日夢見一位老者，老者說：「若要有魚至，須待金石開，任憑風浪起，穩坐釣魚臺。」然後飄然離去。於是宋江便築臺垂釣，日復一日，雖然沒有釣到多少魚，但是其渴望賢才的名聲卻不脛而走，於是很多有志之士前來投奔宋江，大大增強了梁山的軍事力量。

（二）文字說明

宋金河及宋江釣魚臺是受《水滸傳》影響而產生的景觀。它出現於鄆城境內，說明了《水滸傳》在鄆城民間有著巨大的影響力，也可看出民間對宋江其人的喜愛與正面評價。可根據這一民間傳說建設「宋江釣魚臺」，刻石以紀其事。

（三）認定書

山東省「水滸故里」學術考察論證項目組認定，鄆城縣宋金河及宋江釣魚臺屬傳說型「水滸故里」文化景觀。

六、宋代鄆城古城（現「好漢城」）

（一）資料與分析

鄆城縣城在《水滸傳》中出現多次，第十八回「宋公明私放晁天王」、第二十回「鄆城縣月夜走劉唐」、第二十一回「宋江怒殺閻婆惜」、第二十二回「閻婆大鬧鄆城縣」、第五十一回「插翅虎枷打白秀英」等故事情節，均發生在鄆城縣城內。遺憾的是，由於歷代黃河決口淹沒等種種原因，鄆城古城早已沉埋地下，無由得見。今人對鄆城古貌的想像只能根據於地方志和《水滸傳》中的描寫。

根據《水滸傳》中的描寫，鄆城縣近年建設之「好漢城」可以修建爲宋代古城，主要建築有縣衙、茶館、烏龍院（婆惜樓）、酒樓、白秀英勾欄、鐵匠鋪、剃頭鋪、賭場等。

（二）現狀與建議

1、縣衙

中國古代建築非常注重布置的規制，並融中國傳統文化於其中。宋代建築由唐代的恢宏大氣變得雋永秀麗，注重庭院、堂廂、寢室井然有序，追求美觀和實用價值的統一。宋代縣衙既是縣令辦公居住的地方，又是一個縣的行政中心。宋代縣衙內部建築雖未形成明、清署衙固定的模式，但有一定的修建原則。從方志記載看，宋代縣衙建築群主要包括宣詔亭和頒春亭、戒石壁、廳事、倉庫及牢獄等。其中廳事選址非常注重風水，一般選建在縣城比較好的位置，而牢獄大多建在不起眼的地方。

宋代縣衙都建有大門，穿過大門即是辦理稟訴等一般事務以及各班皂役等候傳喚的儀門。儀門東西兩側則是縣衙庫、房、司等辦理具體公務的部門，有僉廳、公使庫、軍資庫、法司、架閣庫、開拆司、客將司、錢庫、帳設、茶酒，西邊爲雜物庫、甲仗庫、事務房。

儀門作爲衙署禮儀前門，是威嚴的象徵。儀門後爲正廳，即「廳事」。儀門和正廳之間的主路上建有戒石亭來安置戒石，上刻有「爾俸爾祿，民膏民脂，下民易虐，上天難欺」（洪邁《容齋續筆》卷一《戒石銘》，內蒙古人民出版社，2009 年版。）的銘文，是宋太宗摘取後蜀孟昶所撰《戒官僚文》中的成句，爲戒飭臣屬而下令刻製。主路兩側和東西廊屋之間還設有綠樹、小亭等綠化設施。

廳事，即正廳，是宋代縣衙的核心，也是縣令辦理公事的主要場所，一般縣衙正廳多爲三楹。正廳之後是便廳，規模要小於正廳。穿過便廳，就是縣令居住的內宅區域。內宅除了主要住宅廳堂之外，還有池榭、假山、樓閣、亭臺等休閒建築和各種花草樹木等綠化設施，將整個內宅營造出如同山水畫般的園林風格。今「好漢城」中縣衙可以參考以上信息加以改造。

2、茶館

《水滸傳》第十八回寫道，楊志押運生辰綱在黃泥岡被晁蓋等人劫走，負責此案的濟州緝捕使臣何濤，根據線索捕獲了白勝，奉命帶人拿著公文「徑去鄆城縣投下，著落本縣，立等要捉晁保正並不知姓名六個正賊」。「當下巳牌時分，卻值知縣退了早衙，縣前靜悄悄地。何濤走去縣對門一個茶坊裏坐下吃茶相等」。當值押司宋江得知詳情後大驚，他一面將何濤穩在茶館，一面飛馬趕到晁蓋莊上報信，隨即趕回，引領何濤來見知縣。由此描寫可知，該茶館應在縣衙對面。

宋代茶館極爲眾多，遍佈於繁華商業區、街坊小巷內。茶館的經營類型主要有單一飲茶的茶館、綜藝娛樂茶館、行業茶館等。宋代茶館已經涵蓋了眾多的社會功能，即飲食休閒功能、經濟文化功能、信息交流功能等等，在宋人的日常社會生活中發揮了不可忽視的重要作用。宋代茶館爲廣大的市民階層提供了一個聚會交往、娛樂休閒等活動的嶄新社會舞臺，他們已經成爲茶館行業的主力軍，從經營者到消費者，幾乎處處都是中下層市民的身影。現有茶館可以參考以上信息改造。

3、烏龍院（婆惜樓）

烏龍院（婆惜樓）是《水滸傳》「宋江殺惜」的發生地，對宋江走上梁山具有重要作用。《水滸傳》第二十一回寫晁蓋感念宋江捨命相救，派劉唐到鄆城答謝宋江。宋江從劉唐所攜百兩黃金中取了一條，將之與晁蓋書信一起收入招文袋中，其餘讓劉唐又帶了回去。劉唐離去後，宋江路遇陷入困境的閻婆並出錢幫她葬夫，後來在王婆的撮合下，收了她女兒閻婆惜做外室。然而閻婆惜不喜宋江，而與宋江的同事張文遠勾搭成奸。宋江知曉其事後立意不再登門。一日晚間，宋江被閻婆強邀又來到婆惜住處，閻婆惜對宋江態度冷淡並且出言相譏，宋江一宿未眠，天不亮就滿懷怒氣離去。出門至街上，卻發現裝有金子和晁蓋書信的招文袋忘在了婆惜住處，於是連忙折回去取。不料書信已被閻婆惜發現並當成要挾的把柄，宋江乞求不得，在搶奪中一怒將閻婆惜殺死。閻婆見宋江殺了自己的女兒，先是假作不予追究，將宋江騙到縣衙前，隨後一把揪住高叫宋江殺人。宋江得唐牛兒相助才脫身而去，從此開始了東躲西藏的逃亡生涯。

《宣和遺事》裏宋江殺閏婆惜故事與《水滸傳》在細節上有很大不同。第一，晁蓋送來的謝禮是金釵一對而不是百兩黃金，宋江收後全都交與閻婆惜。第二，閻婆惜是一名娼妓而不是宋江的外室。第三，閻氏的新歡是吳偉而不是張文遠，宋江因爭風吃醋將他同閻婆惜一起殺死。第四，宋江殺惜後即題詩於壁，直上梁山，沒有四處逃命。元代水滸戲中，這段故事通常是開場宋江極爲簡略的一段自白，說他「帶酒殺了閻婆惜，腳踢翻蠟燭臺，沿燒了官府，致傷了人命」〔註3〕。

〔註3〕〔元〕高文秀《黑旋風雙獻功》，鄭振鐸主編《古本戲曲叢刊四集·明脈望館鈔校古今雜劇》，商務印書館1958年版。

顯然，《水滸傳》在襲取《宣和遺事》等故事框架的同時，努力剔除宋江行爲不檢、褊狹暴戾、動輒殺人等負面因素，將之改變爲樂善好施、寬宏大量、輕視金錢美色、更無意爲盜賊的正面形象。不僅如此，《水滸傳》細緻眞實地刻畫了宋江從忍氣呑聲、一再退讓，到忍無可忍、讓無可讓，再到怒火中燒、手起刀落的過程，使讀者更覺殺惜純屬意外卻又合情合理。當然，宋江也不是無可指謫：收閻婆惜爲外室就難逃趁人之危、順水推舟之嫌；而「初時宋江夜夜與婆惜一處歇臥，向後漸漸來得慢了」，更有些喜新厭舊；尤其是他明知閻氏已心有別屬並對他厭惡至極，竟然還想「且看這婆娘怎地，今夜與我情分如何？」都暴露出宋江人性的弱點。在閻氏腳底窩了一夜的宋江不禁惱羞成怒，再加上爭奪招文袋緊張氣氛的助燃，直接導致情緒失控，怒殺閻婆惜。

《水滸傳》第二十一回對婆惜樓的具體描述是：「宋江聽了那婆娘說這幾句，心裏自有五分不自在。被這婆子一扯，勉強只得上樓去。原來是一間六椽樓屋。前半間安一副春臺，桌凳，後半間鋪著臥房。貼裏安一張三面棱花的床，兩邊都是欄干，上掛著一頂紅羅幔帳。側首放個衣架，搭著手巾，這邊放著個洗手盆。一張金漆卓子上，放一個錫燈檯。邊廂兩個杌子。正面壁上，掛一幅仕女。對床排著四把一字交椅。」

今鄆城好漢城烏龍院（婆惜樓）可根據《水滸傳》及戲曲《烏龍院》加以改造爲兩層木結構六椽小樓。底層爲閻婆所居住，有桌椅床鋪及鍋臺等。由木質樓梯上二樓，樓上可依照小說描寫布置。

4、縣衙附近酒樓

《水滸傳》第二十回「鄆城縣月夜走劉唐」寫道：

> 忽一日將晚，宋江從縣裏出來，去對過茶房裏坐定吃茶，只見一個大漢，頭戴白范陽氈笠兒，身穿一領黑綠羅襖，下面腿綁護膝，八搭麻鞋，腰裏跨著一口腰刀，背著一個大包，走得汗雨通流，氣急喘促，把臉別轉著看那縣裏。宋江見了這個大漢走得蹺蹊，慌忙起身趕出茶房來，跟著那漢走。約走了二三十步，那漢回過頭來看了宋江，卻不認得。宋江見了這人，略有些面熟，『莫不是那裡曾廝會來？』心中一時思量不起。那漢見宋江，看了一回，也有些認得，立住了腳，定睛看那宋江，又不敢問。宋江尋思道：『這個人好作怪。卻怎地只顧看我？』宋江亦不敢問他。只見那漢去路邊一個篦頭鋪裏問道：『大哥，前面那個押司是誰？』篦頭待詔應道：『這位是宋

> 押司。』那漢提著樸刀，走到面前，唱個大喏，說道：『押司認得小弟麼？』宋江道：『足下有些面善。』那漢道：『可借一步說話。』宋江便和那漢入一條僻淨小巷。那漢道：『這個酒店裏好說話。』兩個上到酒樓，揀個僻靜閣兒裏坐下。那漢倚了樸刀，解下包裹，撇在桌子底下，那漢撲翻身便拜。宋江慌忙答禮道：『不敢拜問足下高姓？』那人道：『大恩人如何忘了小弟？』宋江道：『兄長是誰？眞個有些面熟，小人失忘了。』那漢道：『小弟便是晁保正莊上曾拜識尊顏，蒙恩救了性命的赤髮鬼劉唐便是。』」

根據以上描寫，可知該酒樓既離縣衙不遠，又在一僻靜巷內。現酒樓緊靠戲樓，稍有不合。

5、白秀英勾欄

《水滸傳》第五十一回「插翅虎枷打白秀英，美髯公誤失小衙內」寫道，晁蓋、宋江等正爲打下祝家莊慶賀宴飲，忽聞雷橫到東昌府公幹歸途，路過山下，眾人忙邀之上山，熱情款待。數日後雷橫以家有老母辭謝，宋江力挽不成，攜眾頭領所贈金銀回到鄆城。一日，雷橫到勾欄看白秀英表演，不料因忘帶賞錢而被嘲罵，憤而打翻白秀英之父白玉喬。白秀英唆使老相好新任知縣將雷橫枷號示眾，並毆打前來送飯的雷母，因此被憤怒異常的雷橫一枷打死。雷橫被押赴濟州，幸虧朱仝途中私自將他放走，才得以收拾細軟同老母連夜上了梁山。

白秀英演出的場所「勾欄」，是宋代戲曲及其他伎藝在城市中的主要演出場所。兩宋時期，由於城鎮數量的增加和擴大、，人口大批流向城市，不再由宮廷奉養的專業歌舞藝人與農村優秀藝人開闢了固定的演出場所——瓦子勾欄。瓦子又叫瓦舍、瓦市、瓦肆，簡稱「瓦」，是固定的娛樂中心，勾欄又叫勾肆，設在瓦子中，其原意爲「欄杆」，是固定的演出場所，內設戲臺、後臺、觀眾席。勾欄上面還張有巨幕，用來遮風避雨。民間戲曲作爲「京瓦伎藝」進入城市勾欄演出，深受市民歡迎。《東京夢華錄》卷二記載了新門瓦子、桑家瓦子、朱家橋瓦子、州西瓦子、保康門瓦子、州北瓦子等，「街南桑家瓦子，近北則中瓦，次裏瓦。其中大小勾欄五十餘座。內中瓦子、蓮花棚、牡丹棚、裏瓦子、夜叉棚、象棚最大，可容數千人。自丁先現、王團子、張七聖輩，後來可有人於此作場。瓦中多有貨藥、賣卦、喝故衣、探搏、飲食、剃剪、紙畫、令曲之類。終日居此，不覺抵暮」。

由此可見，瓦子勾欄是宋代一種專門的娛樂場所，瓦子勾欄裏的文娛活動種類多樣，並且能滿足不同階層、不同職業、不同年齡層次和不同愛好的人。看客上至達官貴人，下至平民百姓，不少從前爲上層獨享的娛樂活動，由於有了「瓦子勾欄」的存在，已成爲大眾共同的愛好，以至於有「勾欄不閒，終日團圓」的說法。瓦子勾欄演出的內容主要有說唱、戲劇、雜技和武術等。宋代，瓦子勾欄成爲市民文化娛樂生活的中心，每個大型的瓦子都是一個綜合性的文藝場所，各種各樣的娛樂活動在瓦子勾欄中輪番上演，無疑是將我國民間百戲、說唱曲藝活動推向一個高峰。從當時存在眾多的瓦子勾欄以及瓦子勾欄裏的空前盛況來看，可以說宋代的城市文娛生活是相當普及的。

現有書場可參照以上描述改建，使之成爲一個綜合性的文藝場所，有各種形式的演出，融娛樂、觀賞、休閒爲一體。

5、鐵匠鋪

《水滸傳》第十三回介紹雷橫曰:「那步兵都頭姓雷名橫，身長七尺五寸，紫棠色面皮，有一部扇圈鬍鬚。爲他膂力過人，能跳三二丈闊澗，滿縣人都稱他做插翅虎。原是本縣打鐵匠人出身。後來開張碓房，殺牛放賭。雖然仗義，只有些心匾窄。也學得一身好武藝。」既然雷橫是「本縣打鐵匠人出身」，鄆城縣城理應有鐵匠鋪。

《水滸傳》第四回也寫到了鐵匠鋪：「再說這魯智深自從吃酒醉鬧了這一場，一連三四個月不敢出寺門去。忽一日，天色暴熱，是二月間天氣。離了僧房，信步踱出山門外立地，看著五臺山，喝采一回。猛聽得山下叮叮噹當的響聲，順風吹上山來，智深再回僧堂裏，取了些銀兩，揣在懷裏，一步步走下山來。出得那『五臺福地』的牌樓來。看時，原來卻是一個市井，約有五七百人家。智深看那市鎮上時，也有賣肉的，也有賣菜的，也有酒店面店。智深尋思道：『幹呆麼！俺早知有這個去處，不奪他那桶酒吃，也自下來買些吃。這幾日熬得清水流。且過去看有什麼東西買些吃。』聽得那響處，卻是打鐵的在那裡打鐵。間壁一家門上，寫著『父子客店』。智深走到鐵匠鋪門前看時，見三個人打鐵。智深便道：』兀那待詔，有好鋼鐵麼？』那打鐵的看見，魯智深腮邊新剃暴長短鬚，戧戧地好滲瀨人，先有五分怕他。」

根據《水滸傳》的上述描寫，古城可建一小型鐵匠鋪，展示有關民俗，其中要有雷橫塑像。

6、剃頭鋪、藥鋪、賭場等可根據現有建築改造而成。

（三）文字說明

鄆城縣城是《水滸傳》中許多人物生活之地和許多故事的發生地，宋江在此做過押司，朱仝、雷橫在此做過都頭。劉唐月夜訪宋江、宋江殺惜、雷橫枷打白秀英等情節都發生於此。同時，鄆城縣城的眾多店鋪、酒樓、勾欄、茶館還再現了北宋時期的市民文化。宋代鄆城古城不僅使人們對《水滸傳》有更爲眞切的瞭解，而且增進了人們對宋代城市經濟文化的認識。

（四）認定書

山東省「水滸故里」學術考察論證項目組認定，宋代鄆城古城（現「好漢城」）屬於創新型「水滸故里」文化景觀。

附表二：鄆城縣「水滸故里」景觀一覽表

	景觀群	景點		位置	類型				現狀		認定		
					歷史	文學	傳說	創新	已建	待建	是	否	待定
一	黃泥崗	1	黃泥崗	黃堆集鄉		✓				✓			✓
二	東溪村	2	東溪村	丁廟鄉七里鋪	✓	✓				✓			✓
	靈官殿	3	靈官殿	同上	✓	✓				✓			✓
三	觀音庵	4	觀音庵	同上	✓	✓				✓			✓
四	還道村	5	還道村	縣東鄆巨河西岸		✓				✓			✓
		6	九天玄女廟	同上	✓	✓				✓			✓
五	宋江故里	7	宋江故里	水堡村		✓				✓	✓		
六	宋金河	8	宋金河	縣城東			✓		✓		✓		
		9	宋江釣魚臺	同上			✓			✓	✓		
七	宋代鄆城古城（現「好漢城」）	10	縣衙	宋江武校外	✓	✓			✓		✓		
		11	茶館	同上		✓		✓	✓		✓		
		12	烏龍院	同上		✓		✓	✓		✓		
		13	酒樓	同上		✓		✓	✓		✓		
		14	白秀英勾欄	同上		✓		✓	✓		✓		
		15	鐵匠鋪	同上		✓		✓	✓		✓		
		16	剃頭鋪	同上		✓		✓		✓	✓		
		17	藥鋪	同上		✓		✓	✓		✓		
		18	賭場	同上		✓		✓		✓	✓		

第三部分　東平縣

概說

東平縣今屬泰安市。東平得名自《尚書・禹貢》:「大野既豬，東原厎平。」爲古大野澤退水爲田的一片平原，又居中原之東，故又與汶上、寧陽等一起稱「東原」。

東平自唐、虞、夏、商以下，或爲侯國，或爲郡，或爲州，或爲縣，稱名多變。唐貞元四年（788）由宿城縣改名東平，爲東平縣名之始。宋初沿唐五代之遺稱鄆州，治須昌（今東平縣埠子坡，已大部沒入東平湖），後改稱須城。宋眞宗咸平三年（1000）河決鄆州，州城浸沒，乃移州治於五陵山前五里平原處（今東平縣州城鎮）。宣和元年（1119），改鄆州爲東平府（治須城）。明洪武八年（1375），府降爲州。清雍正十三年（1735），由直隸州降爲散州，民國三年（1913）降州爲縣。

宋徽宗宣和年間宋江事起，朝野震動。《宋史・侯蒙傳》載：「宋江寇京東，蒙上書言:『江以三十六人橫行齊、魏，官軍數萬無敢抗者，其才必過人。今清溪盜起，不若赦江，使討方臘以自贖。』帝曰:『蒙居外不忘君，忠臣也。』命知東平府，未赴而卒，年六十八。」侯蒙，字元功。密州高密（今屬濰坊）人。由上載侯蒙因上書招安宋江而得「命知東平府」事可知，當時東平府應是宋江活動的主要區域之一。另外，《水滸傳》作者或主要作者「東原羅貫中」是「東原」即山東東平人；元代水滸戲的主要作家高文秀也是東平人；《水滸傳》中寫到的人物、地名有的也能從東平找到原型或背景。因此，從文獻記載與文學所反映歷史的眞實看，東平與歷史上宋江三十六人事有密切關係，爲《水滸傳》作者故里和成書主要相關地，乃「水滸故里」重要區域之一。

據學者考證，宋江起義始於宋徽宗宣和元年（1119），至宣和三年（1121）五月爲張叔夜擒殺失敗告終。《水滸傳》有七回書（第二十七、二十八、三十二、六十八、六十九、七十、七十一回）二十七次提及「東平」，包括除第七十一回之外的六回書二十五次稱「東平府」。另有五回書（第二十四、二十六、四十九、五十、一百回）七次稱「鄆州」，但這也正是宣和元年新改「鄆州」爲「東平府」之後一段時期新舊稱一時並存的常態，加強印證了《水滸傳》對東平描寫與史實相合的密切程度。

作爲「水滸故里」主要區域之一，東平境內多山，如臘山、棘梁山、六工山、白佛山等，皆與梁山同屬泰山西南方向餘脈；加以如今東平湖是《水滸傳》所寫「八百里梁山泊」最大遺存，從而東平湖山自然景觀是創新水滸文化的優質地域資源。近年當地正是依靠這一優勢打造了「水滸影視城」等「水滸故里」文化旅遊景觀，收效甚好，前景喜人。

綜合以上所述，東平作爲「水滸故里」文化旅遊景觀以有歷史文獻根據和有山水依託者居多，文學、傳說類水滸景觀也有不少可資開發利用，是山東省乃至全國「水滸故里」文化旅遊資源大縣。經過近十幾年的開發建設，東平「水滸故里」文化旅遊景觀修造建設發展良好，成績突出，潛力巨大。

一、東平府城（鄆州）

（一）資料與分析

1、史料與考證

《宋史・地理志》「京東西路」：

> 東平府，東平郡，天平軍節度。本鄆州。慶曆二年，初置京東西路安撫使。大觀元年，升大都督府。政和四年，移安撫使於應天府。宣和元年，改爲東平府。崇寧户一十三萬三百五，口三十九萬六千六十三。貢絹、阿膠。縣六：須城，望。陽穀，望。景德三年，徙孟店。中都，緊。壽張，上。東阿，緊。平陰。上。監一，東平。宣和二年復置。政和三年罷。

2、《水滸傳》中的描寫

①東平府：上已述及《水滸傳》有七回書二十七次寫及「東平」，其中有六回書二十五次稱「東平府」。但是，值得關注的除知府陳文昭（詳後專條）和「雙槍將董平」等人物之外，對東平府的環境都不曾有過正面詳細的描寫。依次提及或寫到的僅有以下幾處：

城門：宋江攻東平府，「義釋雙槍將」以後即由董平賺開城門殺入城去。

府衙：知府陳文昭曾在此衙寬處武松。而程太守一家在衙中被董平所殺，並取其女兒爲妻。

牢獄：先後收押過武松、史進。其中發生過顧大嫂劫牢故事

長街與市心：長街當在縣衙前，通往市中心即「市心」。王婆被行剮刑的地方就是東平府「市心」。

西瓦子李瑞蘭家：東平府城中妓院，應該在城的西部。史進先曾來此與李瑞蘭有染，後又在此因李家首告被捉。李瑞蘭家有樓，樓有胡梯。史進是在樓上被捉的，後被解送東平府衙，下入牢獄。

②鄆州：上已述及《水滸傳》有五回書七次稱「鄆州」，而東平府乃鄆州改稱。所以，書中寫到的鄆州應視同東平府。但相關描寫較少。值得一提的只有在陽穀賣梨的鄆哥是鄆州出生的。第二十三回：

> 且說本縣有個小的，年方十五六歲，本身姓喬。因爲做軍在鄆州生養的，就取名叫做鄆哥。

3、資料分析

今州城爲宋代東平府（鄆州城）治，既是眾多水滸人物、故事的相關地，又是《水滸傳》作者羅貫中的家鄉，應結合東平縣文化建設的整體規劃，列爲「水滸故里」最重要景觀地之一。

（二）現狀與建議

待復建。建議列今州城爲東平「水滸故里」主要景觀地，構造東平縣「水滸故里」景觀群。

（三）文字說明

今東平縣州城爲《水滸傳》所寫宋代東平府即鄆州舊治，千年古城，文化底蘊豐厚，尤其作爲《水滸傳》作者羅貫中故鄉首府和若干重要水滸人物、故事的背景地，是「水滸故里」重要文化名城，應做好相應保護開發利用工作。

（四）認定書

經「水滸故里」學術考察論證項目組考察認定，東平縣州城鎮政府駐地州城是《水滸傳》所寫宋代東平府（鄆州）舊治，屬歷史與文學類「水滸故里」文化景觀群。

二、舊州驛亭與東平湖

（一）資料與分析

1、史料與考證

宋庠《坐舊州驛亭上作（亭下是梁山泊，水數百里）》：

廢壘孤亭四面風，座疑身世五湖東。

長天野浪相依碧，落日殘雲共作紅。

漁缶迴環千艇合，（自注：泊中漁舟數百艘，各擊瓦缶以驚魚，然後眾舟若合圍狀。）

巷蒲明滅百帆通。（自注：泊水無岸，行舟多穿菰蒲爲道，舟人謂之蒲巷。）

恍然歸與無人會，閒向青冥數塞鴻。

（《全宋詩》卷一九六《宋庠九》）

宋庠（996～1066），初名郊，字伯庠。入仕後改名庠，更字公序。祖籍開封雍丘（今河南省民權縣），徙安州安陸（今屬湖北）。仁宗天聖二年（1024年）狀元，爲「連中三元」（鄉試、會試、殿試均第一）。官至兵部侍郎、同平章事，以司空、鄭國公致仕。治平三年（1066 年）卒，贈太尉兼侍中，謚號元獻（一作元憲）。英宗親題其墓碑曰「忠規德範之碑」。宋庠與弟宋祁並有文名，時稱「二宋」。詩多穠麗之。著有《宋元憲集》《國語補音》等。據《宋史・年表二》，仁宗慶曆五年（1045）「宋庠自資政殿學士、給事中、知鄆州除參知政事」。也就是說宋庠於慶曆五年以資政殿學士、給事中知鄆州升任參知政事，離開鄆州，赴汴京上任。所以此詩之作，不晚於慶曆五年。而早在宋眞宗咸平三年（1000）因河決而鄆州移治今東平縣州城鎮，宣和元年（1119）鄆州改爲東平府。從而其所謂「舊州」實是指唐五代相沿之鄆州州治須昌（今東平縣埠子坡，已沒湖水中），「驛亭」當在須昌城中或城郊某地。注說「亭下是梁山泊，水數百里」，表明宋庠知鄆州時的「梁山泊」尚有水「數百里」，自梁山周圍直達東平舊州治須昌（今埠子坡）。

2、資料分析

宋庠詩中「舊州驛亭」今雖不存，但是，由此詩題注可以確認當年梁山泊之水實達東平舊州城（今埠子坡）之下。因此，今東平湖實爲古「八百里梁山泊」最大遺存。

（二）現狀與建議

待建。正籌備中。建議先作文化論證，選址重建驛亭，樹立「梁山泊詩碑」。

（三）文字說明

宋庠（996～1066），湖北安陸人。北宋仁宗天聖二（1024）年狀元，官至兵部侍郎、同平章事，以司空、鄭國公致仕，卒贈太尉兼侍中，謚號元獻（一作元憲）。詩人、學者，有《宋元憲集》。宋庠曾於仁宗慶曆初（慶曆五年之前）以資政殿學士、給事中知鄆州（治今東平州城）事。其間遊舊州治須昌（後稱須城）城（今東平埠子坡），有《坐舊州驛亭上作》詩一首，題下自注「亭下是梁山泊，水數百里」，表明宋眞宗時梁山泊有「水數百里」，水面直達今東平埠子坡一帶，爲東平湖是「梁山泊遺存」的可靠證據。

（四）認定書（暫缺）

三、羅貫中故里

（一）資料與分析

1、史料與考證

明代多種版本《三國演義》署「東原羅貫中」。英人魏安《三國演義版本考》表列《三國演義》現存明清版本共35種，其中明刊28種，有15種版本題羅貫中「編次」「編輯」或「演義」等，而無異辭。其中又有 10 種題「東原羅貫中」。可見羅貫中是《三國演義》的作者，他是「東原」即今山東東平人。

《水滸傳》作者或主要作者是羅貫中

袁行霈主編、黃霖等本卷主編《中國文學史》第四卷（高等教育出版社1999年第1版、2005年第2版）第一章《〈三國志演義〉與歷史演義的繁榮》（黃霖撰）：

關於羅貫中，目前所知甚少。據賈仲明《錄鬼簿續編》（或謂無名氏作）、蔣大器《三國志通俗演義序》等記載，他名本，字貫中，號湖海散人，祖籍東原（今山東東平），流寓杭州。

同卷第二章《〈水滸傳〉與英雄傳奇的演化》（黃霖撰）：

關於《水滸傳》的作者，明代有四種說法：一、嘉靖間最早著錄此書的高儒《百川書志》題作「錢塘施耐庵的本，羅貫中編次」。同時代郎瑛的《七修類稿》有類似的記載。二、稍後如田汝成《西湖遊覽志餘》、王圻《稗史彙編》等都認爲是羅貫中作。三、萬曆間胡應麟在《少室山房筆叢》中則又說是施耐庵作。四、明末清初金聖歎的《第五才子書水滸傳》又提出了施作羅續說，即「施耐庵《水滸正傳》七十卷」，後30回是「羅貫中《續水滸傳》之惡劄也」。

其實認爲羅貫中所作的，還有明人葉晝在評《水滸傳》說：

世上先有《水滸傳》一部，然後施耐庵、羅貫中借筆墨拈出。

近今學者更多認爲《水滸傳》的作者是羅貫中。魯迅《中國小說史略》：

《水滸傳》。其綴集者，或曰羅貫中（王圻田汝成郎瑛說），或曰施耐庵（胡應麟說），或曰施作羅編（李贄說），或曰施作羅續（金人瑞說）。原本《水滸傳》今不可得，周亮工（《書影》一）云「故老傳聞，羅氏爲《水滸傳》一百回，各以妖異語引其首，嘉靖時郭武定重刻其書，削其致語，獨存本傳」。所削者蓋即「燈花婆婆等事」（《水滸傳全書》發凡），本亦宋人單篇詞話（《也是園書目》十），而羅氏襲用之，其他不可考。

魯迅又在《中國小說的歷史的變遷》一文中說：

《水滸傳》有許多人以爲是施耐庵做的。因爲多於七十回的《水滸傳》就有繁的和簡的兩類，其中一類繁本的作者，題著施耐庵。然而這施耐庵恐怕倒是後來演爲繁本者的託名，其實生在羅貫中之後。後人看見繁本題耐庵作，以爲簡本倒是節本，便將耐庵看作更古的人，排在貫中以前去了。

也有學者認爲《水滸傳》主要是羅貫中作的。嚴敦易《水滸傳演變》中說：

首先要講的是，「施耐庵的本」之下，續稱「羅貫中編次」，這是明白表示，羅貫中其人，就施氏的傳本加以編纂，也就是整理、潤飾、增訂及修改的意思；這和《三國志通俗演義》的標署「晉平陽侯陳壽史傳，後學羅本貫中編次」，意義與形式，正都是一樣的。後者爲了要依附陳壽的《三國志》，故把原本逕以「陳壽史傳」當之，其實它的前身，卻是元至治刊本建安虞氏所印行的《三國志全相平話》。假如他不標榜正史的話，也該署「某某某的本」云云了。所以，照題署的涵義看起來，如果説題署是確指了《水滸傳》的作者，——或者應該説是《水滸傳》整理、潤飾、增訂、及修改的加工編輯者，那是應當歸諸羅氏的。根據這一理解，施氏所傳的原本，似可能是相當簡率……到了羅氏手裏，才成爲章回小説的體制，並具現在的面貌。〔註 4〕

2、資料分析

綜合以上明代資料與有關資料的研究可以認爲，羅貫中是《水滸傳》的作者或主要作者之一。羅貫中是山東東平人。東平是《三國演義》的作者，同時是《水滸傳》的作者或主要作者之一羅貫中的故里。

（二）現狀與建議

東平縣已建羅貫中紀念館、牌坊、銅像等。該館格局大，規格高，是紀念羅貫中適當場所，爲緬懷紀念和學習羅貫中的良好設施。但目前建築配套和布展利用等還需要進一步完善，建議抓緊完成。

（三）文字說明

羅貫中（1315？～1385？），名本，字貫中。東原（今山東東平）人。生平不詳。明人王圻《稗史彙編》所錄一則材料稱其「有志圖王」，胡應麟《少室山房筆叢》說他是施耐庵的「門人」，清人顧苓《跋水滸圖》等說他「客霸府張士誠」，雖皆傳聞，但是此外並無可靠記載。近人王利器考羅貫中爲慈谿元代學者趙寶峰門人，與邑令陳文昭爲同學兼好友，較爲可信。羅貫中是《三國志通俗演義》的原作者，還是《水滸傳》的原作者或主要原作者之一。田汝成《西湖遊覽志餘》說他「編撰小說數十種」，雖有嫌誇張，但今傳《隋唐兩朝志傳》《殘唐五代史演義傳》《三遂平妖傳》等皆署其名，或爲僞託，卻也至少表明羅貫中在當時小說領域影響之大。而如果羅貫中如余象斗等人一樣同時是書商，則署名諸作均曾經其手增刪改寫也是可能的。總之，東平是羅貫中故里，羅貫中是中國偉大小說家、文學家和世界文化名人。

〔註 4〕嚴敦易《水滸傳演變》，作家出版社 1957 年版，第 224 頁。

（四）認定書

山東省「水滸故里」學術考察論證項目組認定，《三國演義》《水滸傳》等小說作者「東原羅貫中」是今山東東平縣人。東平縣羅貫中紀念館是「羅貫中故里」標誌性建築，屬創新型「水滸故里」文化景觀。

四、「三阮故里」——石碣村

（一）資料與分析

1、史料與考證

①《大宋宣和遺事》迹近小說，但不無事實的影子。其中寫晁蓋等劫生辰綱以後，捕快張大年奉命緝拿：

> 張大年問：「那八個大漢，你認得姓名麼」花約道：「爲頭的是鄆城縣石碣村住，姓晁名蓋，人號喚他做『鐵天王』；帶領得吴加亮、劉唐、秦明、阮進、阮通、阮小七、燕青等。」張大年令花約供指了文字，將召保知在，行著文字下鄆城縣根捉。有那押司宋江接了文字看了，星夜走去石碣村，報與晁蓋幾個，暮夜逃走去也。宋江天曉卻將文字呈押差董平，引手三十人，至右碣村根捕。不知那董平還捉得晁蓋一行人麼眞個是：網羅未設禽先遁，機阱才張虎已藏。〔註 5〕

②元・陸友仁《題〈宋江三十六人畫贊〉》詩云：

> 憶昔熙寧全盛日，百年未曾識干戈。
> 江南丞相變法度，不恤人言新進多。
> 蔡家京卞出門下，首亂中原傾大廈。
> 睦州盜起驟連城，誰挽長江洗兵馬。
> 京東宋江三十六，白日橫行大河北。
> 官軍追捕不敢前，懸賞招之使擒賊。
> 後來報國收戰功，捷書夜奏甘泉宮。
> 楚龔如古在畫贊，不敢區區逢聖公。
> 我嘗舟過梁山泊，春水方生何渺漠。

〔註 5〕〔元〕無名氏《宣和遺事》，《宋元平話集》，丁錫根點校，上海古籍出版社 1990 年版，第 302 頁。

或云此是石碣村，至今聞之猶褫魄。

（據顧嗣立《元詩選》三《庚集》錄陸友仁著《杞菊軒稿》）

③余嘉錫《宋江三十六人考實·楊家將故事考信錄》曰：

友仁詩作於有元中葉，去宋亡未遠，典籍具在，故老猶存，故所言與史傳正合。碣石村，蓋即宣和遺事中之石碣村。然泊宅編稱睦州青溪縣堨村居人方臘。（見前。）遺事謂晁蓋住鄆城縣石碣村，而此又以石碣村爲即宋江所據之梁山濼。三人行事相類，乃其所居之地名，亦巧合如此。恐草野傳聞，不免轉相附會。詩言「或云此是碣石村」者，疑之也。宋江攻方臘始末，備見於此詩。〔註6〕

由此可知，石碣村之名早在宋元已見諸記載，但是或歸於晁蓋，或歸於宋江、方臘，而至《水滸傳》才確定爲三阮故里。

④許評《梁山宋江遺迹考察記》記載其考察石廟村的情況：

曾有一位北京的大家名教授在中央電視臺談《水滸》稱，親到梁山考察，看到石廟村阮氏族譜，上面記載這裡阮姓居民是明代遷民而來，非「三阮」後裔，石廟村非石碣村，不能把小說當歷史。我非常贊同這位教授的觀點。近些年爲發展旅遊業，竟有人在湖中等地造了些假古迹，確有把小說當歷史的現象。不過教授例舉的證據可能有誤，恰恰石廟村可能真的是當年的石碣村，這村阮姓居民自稱是「三阮」後人。不能把小說當歷史，也不能有了小說否定歷史。前面引過的《東都事略》一書中《徽宗記》篇云：徽宗任命侯蒙爲東平知府招降宋江，證明靠近東平的梁山是宋江義軍的大本營，梁山寨是宋江寨無疑，是史迹，不完全是小說，也是歷史。「三阮」也不完全是藝術虛構，我多次來梁山考察，寫過有關梁山的五本書。

還是在1979年，我在張振和同志（後任《菏澤日報》總編輯）和中共梁山縣委會的樊兆印同志陪同下訪問過石廟村（那時該村屬梁山縣）。下面是我當年寫下的訪問記，今略有修訂：我和張振和同志、樊兆印同志一行三人，從梁山乘公交車東北行70華里到銀山車站下車，步行數里來到石廟村。這村座落在鐵山南麓，村前右側是

〔註6〕余嘉錫《宋江三十六人考實·楊家將故事考信錄》，雲南人民出版社2005年版，第33頁。

兩丈多高的南北大壩將村後的鐵山和南面的銀山連接起來，大壩東面是浩瀚的東平湖水庫，大壩西面是澎湃的黃河，村邊是一簇簇銀白色的蘆花，堤壩岸邊是一行行的金綠色垂柳，《水滸傳》有關石碣村景象的描述依稀可見……

我們來到大隊部（後來的村委會），大隊長幫我們請來譽爲村上「活字典」的退休小學校長阮世恭先生和另三位阮姓老人，其中一位輩數最大，稱族長，他帶來一部阮氏族譜（就是那位教授看到的），遞我手中。阮世恭隨即說：「假族譜，沒有用。」接著四位阮姓老人異口同聲地說，先前認爲「三阮」是造反的，他的後人不光彩，造了本假族譜，說這裡阮姓人是明代遷民，全村 300 多户，姓阮的 100 多户，現在都承認「三阮」是祖先。阮世恭不愧爲「活字典」稱號，他說，魯西一帶歷代戰爭頻繁，加上黃河泛濫，地廣人稀，明代有一次人口大遷徙。是否遷徙者後代腳趾甲有區別。魯西的遷徙者都是山西河南來的後代祖先屬中原漢族一般 10 個腳趾頭 12 個腳趾甲；明代前自古在此居住者其祖先是東夷漢族 10 個腳趾只有 10 個腳趾甲。因相互通婚這裡極個別阮姓年輕人小腳指倆甲。他問我們三人是否遷徙者後代？我說我是鄄城人，鄄城許姓人的祖先是明代洪武年間從許昌固始縣遷徙的。樊兆印同志是鄆城人，張振和同志是菏澤人，也說是遷徙者後代。於是我們三人和四位阮姓老人同時脫下鞋襪。果然，我們三人的小腳趾甲中間有一道縫，兩瓣兒；他四人的小腳趾甲沒有縫兒是完整的。阮世恭同志斬釘截鐵的說：「這本阮氏族譜是假的，我們村阮姓是『三阮』後人！」他隨後又指給我們看保存在大隊部的一塊古石碣。石碣上鐫刻的是一尊佛像，像旁刻有「維大宋國太平軍東阿縣……元祐八年四月八日建立」等字樣，清晰可認。阮世恭說：「當年我村因立有這塊石碣而得名石碣村，後因修建了敬仰紀念『三阮』的石廟『三賢殿』，石碣村與緊鄰的北欒村、南欒村合併改稱石廟村。」元祐八年爲公元 1093 年，「三阮」參加宋江義軍爲 1119 至 1125 年的宣和年間。我們到村東參觀了石廟遺址，尚存半人高的石牆，石牆内外是堆積的亂石塊。我眼中看到的是破敗景象，心中引發的卻是一股敬慕之情。我說：「這裡的阮氏農民敢於冒封建統治的大不韙，爲造反的義軍頭目建廟紀念，並稱之爲聖賢，這就是梁山人的性格。沒想到『三阮』在後人中具有這麼崇高的威望！」阮世恭說：「《水滸傳》多爲虛構的『三阮』藝術形象，沒有反映出眞實生活中的『三阮』，其實眞實的『三阮』更爲高大。」我們聽了阮世恭的話頻頻點頭。阮世恭等老人陪我們登上村後的鐵山南峰，峰巔豎有明代記述重修石廟的古碑一幢，上面刻有北欒等村名，文字有「……廟貌森嚴，兼以山勢之蘊藉，西跨秋水（此段黃河古爲濟水），東跟岱宗，南望銀嶺，北臨鐵峰，文人學士登臨者顧而樂之，悉徘徊而不忍去」云云。可以想見這裡當年的風景是相當秀麗的。由古碑東行，鐵山頂峰的東北角，有四處錯落的大窪坑。阮世恭指了指說：「這並排的三處窪坑是『三阮』的墳坑。上首最大的窪坑是『三阮』父母的墳坑。原爲墳墓，後被官方扒墳拋骨，掘墓成坑。由四墳坑西行，走下一段山坡，鐵山南北峰連接處，名北石崗，傳爲阮小二隱居處。四位老人你一言他一語的講起了有關阮小二的傳說，宋江起義軍南下失敗後，阮小五戰死，阮小七不知下落，阮小二隻身返鄉，不敢住鐵山前石碣村，隱居山後的北石崗，改名隱姓叫蕭恩，重操打漁舊業。蕭恩是小二的諧音，當地方言土語語音，小蕭同音，二恩同音（er 舌下發音）。他有一個女兒，名叫桂英，聰明俊俏，從五歲就跟爹學使槍弄棒，練就一身好武藝。石碣村首户大漁霸趙昂，雇傭北欒村欒廷玉爲教師爺訓練家奴當打手，勾結官府，欺壓漁民。有位老漁民因交不上船租被毒打致死。多數漁民交不上苛捐雜稅，擡上老漁民的屍體，找趙昂說理，趙昂令欒教師率領眾家丁，對手無寸鐵的漁民一頓慘打，傷殘滿地。這時一葉飛舟自蘆蕩中破浪而出，蕭恩和女兒桂英對暴徒們一陣拳打腳踢，把他們打翻在地，救走被打傷的漁民。趙昂勾結官府說阮小二又造反了，派一個叫趙潭的率隊前來剿捕。蕭恩父女率領眾漁民殺死趙昂，又潛入敵營殺死趙潭，隱身而去。京劇《打漁殺家》和當地的山東梆子《蕭恩打漁》，其故事類似，據傳都是根據阮小二的傳說編寫的。〔註 7〕

⑤李永先《〈水滸傳〉與山東》：

梁山縣銀山公社石廟村，相傳係阮氏兄弟的石碣村。村中曾有

〔註 7〕許評《梁山宋江遺跡考察記》，許評的博客 http://blog.sina.com.cn/xuping6.

一座七賢廟，塑著阮氏兄弟七人，其中有阮小二、阮小五、阮小七。說明這裡的群眾非常敬重這些水滸英雄。這座廟在解放後拆掉。〔註8〕

⑥刁雲展《〈水滸傳〉的眞正作者是山東東平人羅貫中》：

《水滸傳》中的石碣村，是三阮的家。而生活中實有其地，今改名石廟村，在梁山北35里銀山鎮（今之石廟村係由石碣村、南欒村、北欒村合併而成），在石廟村280户人家中，今有三分之一是姓阮的住在這裡。據說在石廟村曾有三賢殿（明代建築），是紀念三阮的。可見，石碣村這個細節眞實存在，對於根本未到過石碣村的人來說，無論南方的施耐庵或山西的「羅」某，是無法表現這個細節眞實的（筆者按：小說中有吳用到石碣村「訪三阮」一節，大概正是作者羅貫中親自到過石碣村的眞實留影）。〔註9〕

2、《水滸傳》中的描寫

石碣村是《水滸傳》所寫「三阮（小二、小五、小七）」故里。書中有六回（第十五、十六、十八、十九、二十、一百二十回）出現二十五次，是《水滸傳》中提及最多的村名之一。第十五回開篇「吳學究說三阮撞籌」寫晁蓋等密謀「智取生辰綱」，吳用獻計並親自去邀請三阮入夥云：

吳用道：「這三個人是弟兄三個，在濟州梁山泊邊石碣村住，日常只打魚爲生。亦曾在泊子裏做私商勾當。本身姓阮，弟兄三人。一個喚做立地太歲阮小二，一個喚做短命二郎阮小五，一個喚做活閻羅阮小七……晁蓋道：「我也曾聞這阮家三弟兄的名字，只不曾相會。石碣村離這裡只有百十里以下路程，何不使人請他們來商議？」……吳用答道：「事不宜遲，只今夜三更便去。明日晌午可到那裡。」晁蓋道：「最好。」……當日吃了半晌酒食，至三更時分，吳用起來洗漱罷，吃了些早飲，討了些銀兩藏在身邊，穿上草鞋。晁蓋、劉唐送出莊門。吳用連夜投石碣村來。行到晌午時分，早來到那村中。但見：

青鬱鬱山峰疊翠，綠依依桑柘堆雲。四邊流水繞孤村，幾處疏

〔註8〕李永先《〈水滸傳〉與山東》，湖北省水滸研究會主編《水滸爭鳴》第四輯，長江文藝出版社1985年版。

〔註9〕刁雲展《〈水滸傳〉的眞正作者是山東東平人羅貫中》，湖北省水滸研究會主編《水滸爭鳴》第四輯，長江文藝出版社1985年版。

篁沿小徑。茅簷傍澗，古木成林。籬外高懸沽酒旆，柳陰閒纜釣魚船。

吳學究自來認得，不用問人，來到石碣村中，逕投阮小二家來。到得門前看時，只見枯樁上纜著數隻小漁船，疏籬外曬著一張破魚網，倚山傍水，約有十數間草房。吳用叫一聲道：「二哥在家麼？」只見一個人從裏面走出來……

從以上描寫看，三阮故里在「濟州梁山泊邊石碣村」。此村離鄆城晁蓋所住鄆城縣東溪村「只有百十里以下路程……今夜三更便去。明日晌午可到那裡」。接下乃又寫吳用邀阮小二去湖中尋阮小五，先遇到阮小七：

阮小七道：「小人也欲和教授吃杯酒。只一向不曾見面。」兩隻船廝跟著在湖泊裏。不多時，劃到一個去處，團團都是水，高埠上有七八間草房。阮小二叫道：「老娘，五哥在麼？」那那婆婆道：「說不得，魚又不得打，連日去賭錢，輸得沒了分文，卻才討了我頭上釵兒，出鎮上賭去了。」阮小二笑了一聲，便把船劃開……兩隻船廝並著，投石碣村鎮上來。劃了半個時辰，只見獨木橋邊一個漢子……阮小二道：「五郎來了。」……阮小二道：「我和教授直到你家尋你……且來和教授去水閣上吃三杯。」阮小五慌忙去橋邊，解了小船，跳在艙裏，捉了劃楫，只一劃，三隻船廝並著，劃了一歇，早到那個水閣酒店前。看時，但見：

前臨湖泊，後映波心。數十株槐柳綠如煙，一兩蕩荷花紅照水。涼亭上四面明窗，水閣中數般清致。當壚美女，紅裙掩映翠紗衫，滌器山翁，白髮偏宜麻布襖。休言三醉岳陽樓，只此便爲蓬島客。

據以上描寫可知三阮中小二住「石碣村鎮上」，「倚山傍水，約有十數間草房」。小七或隨小五住梁山泊中一個「高埠上有七八間草房」。而石碣村鎮上有一獨木橋，橋邊有一「水閣酒店」，「前臨湖泊，後映波心。數十株槐柳綠如煙，一兩蕩荷花紅照水……」《水滸傳》最後寫阮小七被追奪官誥，「帶了老母，回還梁山泊石碣村，依舊打魚爲生，奉養老母，以終天年。後自壽全六十而亡」。因此，石碣村不僅是英雄故里，而且是英雄阮小七終老之地。

3、資料分析

如上《水滸傳》有關石碣村的描寫有方位，有布置，有形容，有故事，構成了今天石碣村旅遊景觀創設的基礎，是水滸故里旅遊景觀開發建設重要選項。

（二）現狀與建議

1、石廟村原屬梁山縣銀山公社，後隨銀山一併劃歸東平縣。其作爲「水滸故里」尚未得到開發。

2、東平縣已有「石碣村」景點，係根據影視拍攝需要選址建設，宜視爲全縣水滸影視基地之一部分。

3、作爲《水滸傳》描寫的三阮故里，石碣村是《水滸傳》中描寫最爲突出的英雄故里之一，名氣直逼武松故里；

4、作爲《水滸傳》描寫的三阮故里，石碣村「依山傍水」、橋邊「水閣酒店」和湖中「高埠」等等環境和建築特色適宜景觀創設，是旅遊景點極佳素材。

建議參考書中描寫原景打造，切忌奢華走樣。

（三）文字說明

「三阮」（阮小二、小五、小七）是晁蓋、吳用等「七星聚義」以「智取生辰綱」中重要人物，佔了「七星」之將近半數，以兄弟之數最多、均爲水軍頭領又個性突出等，在梁山一百零八好漢中引人注目。石碣村是《水滸傳》所寫三阮故里，英雄之鄉。其在《水滸傳》所寫涉及不多的人物家鄉中，堪與晁蓋、宋江故里相提並論。東平石廟爲古村落，村人阮姓自承爲「三阮」後人。因此，《水滸傳》中有關石碣村的描寫，無論是以石廟爲背景原型，還是石廟偶合於《水滸傳》的描寫，都足以證明石廟一個傳奇的村——應當予以高度重視。

（四）認定書

山東省「水滸故里」學術考察論證項目組認定，東平縣斑鳩鎮石廟村是《水滸傳》所寫「梁山好漢」中「三阮」（小二、小五、小七）兄弟之故里，屬歷史與文學類型「水滸故里」文化景觀。

五、棘梁山（司里山）

（一）資料與分析

1、史料與考證

①清康熙《東平州志》卷一《方域・山川》

> 棘梁山，在州西四十里。頂有石崖，東西判爲二。其上架石爲橋，可通往來。南北有小石洞，鐫佛像數百。

②明《重修瑞相寺碑記》（附碑文並拓影）

2006 年 6 月在山東省東平縣銀山鎮西汪村瑞相寺遺址出土明嘉靖二十七年重修瑞相寺碑碑身高 254.5 釐米，寬 93 釐米，厚 24 釐米。碑文豎刻 13 行，行滿 58 字，楷書陰刻。雖於下部斷爲兩截，但合之碑刻《重修瑞相寺碑記》文字大部完整。其中有云：

> 緣東阿西南四十餘里，其集□曰西汪。左有古刹，名曰瑞相寺……古刹地形，勢近黃山。嶺接臘囷，右鄰海津。亦通御波，川源千古。前有臺峰，歷代國師，謀勝肖張，匡扶□基，隱臺士者，太公也，名釣魚臺。峰會古宋，梁王名江，忠義聚寨，名立良山也。

2、資料分析

以上康熙《東平州志》雖晚出，但司里山早就稱棘梁山，因此在名義上與梁山（又稱刁梁山，未知所據）有一定聯繫，當爲可信。但是，棘梁山與梁山畢竟是不相連屬的兩座山，不當以棘梁山等同或代替梁山。而《碑記》所謂「古宋，梁王名江，忠義聚寨」，有可能即《宋史》所稱北宋末年「京東盜」或曰「淮南盜」的宋江。但是，這只能證明當地明嘉靖以前即有關於宋江曾在東平境內活動的傳說。雖然是唯一記載宋江稱「梁王」的資料，但是並不說明這就是事實。雖然如此，對於東平作爲「水滸故里」的旅遊開發來說，「名立良山」句的釋義仍值得思考。

關於「名立良山」句義，有學者認爲「立」作動詞，全句說梁王宋江的名譽立於「良山」即「梁山」之上。如孔德雨《四百年前的臘山、囷山和良山——〈重修瑞相寺記〉碑文解讀》一文中說：

> 稍有古漢語知識的人都可以看出來，「立良山」不是山的名稱。「立」字是動詞，是獨立於山名之外的另一個詞，而「良山」才是山的名稱。爲了把問題說清楚，我們不妨把碑文中的兩句話縮寫一下看：第一句：「前有臺峰……名某某臺峰。」是說有一個臺峰叫釣魚臺峰。起句是臺峰，落句還是臺峰，讀起來很順。我們再看第二句，如果按照「立良山」是山名稱的說法縮寫爲「宋梁王名江……名某某山也。」這像什麼話？宋江是人，怎麼會是山呢？我們再按照「立」字和「良山」是兩個詞的說法縮寫一下看：「宋梁王名江……名立某某山也。」只有把「立」字從山的名稱裏分離出來這句話才能讀的通。「名立良山」，這裡的「名」字指的是宋江的「名聲」「威

名」，不是指山的名稱。「立」字是指「樹立」「標立」「站立」「挺立」，意思是宋江的威名標立在良山上。〔註 10〕

但是，也有學者堅持認爲，《碑記》中是說宋江「忠義聚寨」，寨名即爲「立良山」。立良山，古稱棘梁山，即今從明代即改稱的司里山。司里山，歷代《東平州志》仍有記載稱「棘梁山」。按照後一種說法，歷史上宋江在梁山泊活動的中心就不是今濟寧梁山縣的梁山，而是今泰安東平縣的棘梁山。此說新異，但與宋元以來諸有關記載不合，又碑文孤證晚出，故爲本考察組所存疑。

但是，歷史上宋江本爲流動作戰，於八百里水泊中梁山之外諸山包括「棘梁山」都曾有宋江或宋江之一部一至或盤踞一時的可能。所以「棘梁山宋江寨」之說雖不可靠，但旅遊景觀之設，本可疑以傳疑，故可以列爲東平「水滸故里」之待開發景觀。但是，此一景觀的開發建設不應對「水泊梁山」造成排斥甚至取代的效果，而應努力於二者的相得益彰。

（二）現狀與建議

棘梁山今正式用名仍爲司里山，被作爲「水滸故里」景觀安排守護，植樹綠化初見成效，但是尚未有實質性開發。作爲宋江活動於梁山泊的可能據點之一，棘梁山上應適度修復古迹，複製瑞相寺碑並移立於山，或立新碑刻錄《瑞相寺碑記》有關部分於其上。

（三）文字說明

山東省東平縣戴廟鎮之司里山，本名棘梁山，或又名立良山。據明嘉靖《重修瑞相寺碑記》考證，一說宋江稱「梁王」，曾暫據此山，立「忠義寨」於其上；一說此山與宋江了無關係。二者未知孰是。宋江事史載不詳，多街談巷議，歧說異辭。此既可備一說，則不當使其淹沒無聞。故本疑以傳疑，棘梁山可列爲「水滸故里」景觀，使當今後世知此一段水滸歷史之撲朔迷離，並引之入勝，觀瞻古東平並「八百里梁山泊」遺存風物之美。

（四）認定書

山東省「水滸故里」學術考察論證項目組認定，東平縣戴廟鎮司里山古稱棘梁山，疑似《重修瑞相寺碑記》所載「古宋梁王名江，忠義聚寨」之處，屬傳說類型「水滸故里」景觀。

〔註 10〕孔德雨《四百年前的臘山、困山和良山——〈重修瑞相寺記〉碑文解讀》，（許評的博客 http://blog.sina.com.cn/xuping6）

六、東平府尹陳文昭

陳文昭是《水滸傳》作者羅貫中同學好友，《水滸傳》所寫歷史人物之一，書中唯一的好官。這一人物對東平作爲「水滸故里」有特殊意義。

（一）資料與分析

1、史料與考證

王利器《〈水滸全傳〉是怎樣纂修的？》：

> 關於羅貫中，僅有前面提到的那一些零星的記載。我認爲王圻《續文獻通考》提到的字貫中的羅本，就是寶峰門人的羅本。所謂杭人，乃新著户籍；《續編》以爲太原人，「太原」當作「東原」，乃是貫中原籍，《三國志通俗演義》弘治本蔣大器序稱「東原羅貫中」是也。由於《錄鬼簿》傳鈔者，少見東原，習知太原，故爾訛誤。更有作「中原」者，亦是以訛傳訛耳。東原即東平。《水滸傳》有一個東平太守陳文昭，是這個話本中唯一的好官，《水滸傳》用了不少筆墨把他描繪一番。東平是羅貫中的父母之邦，陳文昭是趙寶峰的門人，即是羅貫中的同學，把這個好官陳文昭説成是東平太守，我看是出於羅貫中精心安排的……陳文昭的德行政事，在寶峰之門，是師友都無間言的。羅本既與陳文昭爲同門，又親見慈民對於這員親民之官，無比愛戴，於是把這眞人眞事，信手拈來，移植於《忠義水滸傳》中……一部《水滸全傳》，只有一個陳文昭是好官，而且只有這個「府尹陳文昭哀憐武松是個有義的烈漢」；而陳文昭之於羅貫中，又以名官而爲同門；於是羅貫中「借得《春秋》筆，忠良傳此人」，故直書其名曰東平府尹陳文昭。東平者，父母之邦，陳文昭者，寶峰門人，東平雖非陳文昭歷官之地，然「其人存則其政舉」，「易地則皆然」嘛，這是東平老百姓的願望，也是當時普天下老百姓的願望，謂之爲虛構也可，謂之爲實錄也無不可。〔註 11〕

以上王利器先生據雍正八年楊正簡撰《慈谿縣志》考證，陳文昭名麟，字文昭，永嘉（今浙江溫州）人，少貧窶，爲吏，年二十，始刻志讀書，登

〔註 11〕王利器《〈水滸全傳〉是怎樣纂修的？》，原載《文學評論》1982 年第 3 期。收入王利器《耐雪堂集》，中國社會科學出版社 1986 年版，此據《耐雪堂集》引。

至正甲午進士，爲慈谿（今屬浙江）令。與羅本同受學於慈谿大儒趙寶峰先生，是一位歷史人物，好官的典型。羅貫中把他這位好同學、好官員寫在《水滸傳》中，寫他在自己的故鄉東平府爲政，既是「借得《春秋》筆，忠良傳此人」，也寄託了對家鄉的繫念與熱愛之情。

2、《水滸傳》中的描寫

《水滸傳》第二十七回寫「武松鬥殺西門慶」以後，被陽穀知縣從輕發落，解往東平府：

> 當下縣吏領了公文，抱著文卷並何九叔的銀子、骨殖、招詞、刀仗，帶了一干人犯，上路望東平府來。眾人到得府前，看的人哄動了衙門口。
>
> 且說府尹陳文昭聽得報來，隨即升廳。那陳府尹是個聰察的官，已知這件事了；便叫押過這一干人犯，就當廳先把陽穀縣申文看了；又把各人供狀招款看過，將這一干人一一審錄一遍；把贓物並行兇刀仗封了，發與庫子收領上庫；將武松的長枷換了一面輕罪枷枷了，下在牢裏；把這婆子換一面重囚枷釘了，禁在提事司監死囚牢裏收了；喚過縣吏領了回文，發落何九叔、鄆哥、四家鄰舍：「這六人且帶回縣去，寧家聽候。本主西門慶妻子留在本府羈管聽候。等朝廷明降，方始細斷。」那何九叔、鄆哥、四家鄰舍，縣吏領了，自回本縣去了。武松下在牢裏，自有幾個土兵送飯。
>
> 且說陳府尹哀憐武松是個仗義的烈漢，時常差人看覷他；因此節級牢子都不要他一文錢，倒把酒食與他吃。陳府尹把這招稿卷宗都改得輕了，申去省院詳審議罪；卻使心腹人齎了一封緊要密書星夜投京師來替他幹辦。那刑部官有和陳文昭好的，把這件事直稟過了省院官，議下罪犯：「據王婆生情造意，哄誘通姦，唆使本婦下藥毒死親夫；又令本婦趕逐武松不容祭祀親兄，以致殺死人命，唆令男女故失人倫，擬合凌遲處死。據武松雖係報兄之仇，鬥殺西門慶姦夫人命，亦則自首，難以釋免，脊仗四十，刺配二千里外。姦夫淫婦雖該重罪，已死勿論。其餘一干人犯釋放寧家。文書到日，即便施行。」東平府尹陳文昭看了來文，隨即行移，拘到何九叔、鄆哥並四家鄰舍和西門慶妻小，一干人等都到廳前聽斷。牢中取出武

松，讀了朝廷明降，開了長枷，脊仗四十——上下公人都看觑他，止有五七下著肉。——取一面七斤半鐵葉團頭護身枷，釘了，臉上免不得刺了兩行「金印」，疊配孟州牢城。

3、資料分析

據以上歷史與小說文本資料，可以認爲：

①、陳文昭是歷史人物被寫入《水滸傳》爲東平府太守，是《水滸傳》所寫唯一好官，這一現象凸顯羅貫中《水滸傳》與東平的密切聯繫。

②、武松爲兄報仇打死西門慶，其情可憫，所以他受東平知府陳文昭法外施恩，一定程度上使東平成了武松的遇難呈祥之地。與武松的這一聯繫有助於提高東平的道德形象。

（二）現狀與建議

待建，無規劃。結合東平州城的「水滸故里」文化旅遊開發，於東平州城古州衙遺址重建州衙大堂，或於州城適當位置樹立陳文昭哀憐武松之組雕。

（三）文字說明

據清雍正八年楊正簡撰《慈谿縣志》載「陳麟，字文昭，永嘉人……至正甲午進士，爲慈令」，受學於慈（溪）之慈湖書院趙寶峰，與羅貫中同門。羅貫中親見陳文昭爲官清正，百姓愛戴，乃於《忠義水滸傳》中寫爲在自己家鄉東平府哀憐並曲全武松性命的知府。所謂「借得《春秋》筆，忠良傳此人」，體現了羅貫中對家鄉的深情眷顧。

（四）認定書（略）

七、高文秀與水滸戲故里

（一）資料與分析

高文秀（生卒年不詳），東平（今屬山東省）人。元代戲曲作家。府學生員，早卒。生卒年及其他事蹟均不詳。擅作曲。《錄鬼簿》列爲「前輩已死名公才人」。

高文秀一生短暫而創作頗多，據《錄鬼簿》及《太和正音譜》載，計有雜劇 32 種，數量僅次於關漢卿，故有「小漢卿」之稱。他的作品題材頗廣，或寫歷史故事，或寫神怪傳說，或寫現實生活。

高文秀雜劇的主要成就是創作了大量的水滸戲，其中僅寫「黑旋風」的就有 8 種，即《黑旋風雙獻功》《黑旋風喬教學》《黑旋風詩酒麗春園》《黑旋風窮風月》《黑旋風大鬧牡丹園》《黑旋風借屍還魂》《黑旋風鬥雞會》和《黑旋風敷演劉耍和》。

此外，東平在金元時期是雜劇繁榮的主要地區之一。這裡有本地作家高文秀、張時起、李好古、顧仲清、張壽卿等；也有大量外地來寓或到此一遊的音樂人或戲曲家共同促進了雜劇在東平的興盛，包括成爲了水滸戲最主要的創作演出地區，堪稱「水滸戲故里」。

（二）現狀與建議

東平縣已建成「文秀劇場」和廣場塑像。但沒有高文秀水滸戲的演出，宣傳研究也比較少。建議組織高文秀「黑旋風」戲的新編演出，推動新編水滸戲在東平文藝娛樂中成一大特色。這對於加強東平的「水滸故里」色彩，塑造東平作爲古典戲曲之鄉，特別是「水滸戲」之鄉的文化特色，提高東平文化的綜合地位，特別是作爲「水滸故里」地位的特殊性有現實意義。

（三）文字說明

高文秀，東平（今屬山東省）人。府學生員，早卒，事蹟不詳。元雜劇著名作家，《錄鬼簿》列爲「前輩已死名公才人」。他一生短暫而創作雜劇 30 餘種，數量僅次於關漢卿，故有「小漢卿」之稱。他的作品題材廣泛，但最多水滸戲，僅寫「黑旋風」者就有 8 種。雖然今僅存《黑旋風雙獻功》一種，但在中國戲劇史上高文秀是「水滸戲」最具代表性的作家。而東平也是元雜劇的中心之一，尤其是「水滸戲」創作與演出最具代表性的地方，然則堪稱「水滸戲故里」。

（四）認定書

山東省「水滸故里」學術考察論證項目組認定，東平縣是元代著名雜劇作家高文秀故里，高文秀是中國水滸戲第一人。「文秀大劇場」等相關建設是東平作爲「水滸故里」應有之義，屬歷史與文學類「水滸故里」文化景觀。

八、宋江碑村

（一）資料與分析

1、史料與考證

①許評《宋江遺跡考》

梁山北四十里東平湖水庫中的棘梁山也有宋江農民義軍駐過的遺迹，且有宋江所撰讚頌晁蓋功德的石碑一幢。豎碑之地有一個村莊叫宋江碑村，據村民的族譜記載，明代洪武年間即有此村名，已有六百多年的歷史。〔註 12〕

②吳毅源《東平府與宋江碑》

宋江碑，在今東平縣商老莊鄉大安山村的西面，碑南有一村莊，名曰宋江碑村，後因築堤而村遷。碑下中型龜座，龜頭向北對聚義島，青石質地，高 1.2 米，長 2.4 米，寬 1.6 米，碑身已掩於水中。百姓爲何給宋江立碑，大概有兩個重要原因：一是宋江率軍攻打東平府時兩次經過安山鎮而不擾民，獲勝後還救濟於民，深受百姓之愛戴；二是宋江死後，魂歸蓼兒窪（今水泊中土山窪），百姓爲表哀思之情。當我們今天看到宋江碑座龜頭向北對聚義島，對研究水滸宋江墓葬的世人會有所啓示吧。隨著宋江碑碑身的面世，或許揭開一些鮮爲人知的故事。（2006 年 5 月 25 日）〔註 13〕

2、資料分析

宋江碑實物今已不存，但以上二文作者皆親見，所言具體而微，應予以採信。雖然作爲歷史文物今已無法確認，但作爲以此碑爲標誌的宋江碑村，可認爲是「水滸故里」景觀之地。

（二）現狀與建議

宋江碑村屬東平縣商老莊鄉。倘原碑已無法找到，則可以重新樹立，碑記其事，以接續歷史的遺存。

（三）文字說明

宋江碑村因村中原有宋江碑而得名。今其原碑雖毀，但歷史不宜忘記，故應重新刊石，以復其舊觀。

（四）認定書（暫缺）

〔註 12〕許評《宋江遺跡考》，許評的博客 http://blog.sina.com.cn/xuping6.

〔註 13〕吳毅源《東平府與宋江碑》，黃河入海的博客 http://blog.sina.com.cn/hoanghe.

九、大名府尹梁中書

（一）資料與分析

1、史料與考證

①梁子美，字才甫。山東東平（今縣，屬泰安市）人。《水滸傳》中梁中書的原型。梁氏是宋代東平大族，始祖梁顥官至翰林學士，二世祖梁適官至宰相，觀文殿大學士，以太子太保致仕，進太傅。子美爲梁適之孫。《宋史·梁適傳》附《梁子美傳》：

> 孫子美，紹聖中，提舉湖南常平。時新復役法，子美先諸路成役書，就遷提點刑獄。建中靖國初，除尚書郎中，中書舍人鄒浩封還之，改京西轉運副使。諫議大夫陳次升又言：「子美緣章惇姻家，連使湖外，承迎其旨意，一時逐臣在封部者，多被其虐，不宜使在近畿。」及徙成都路，累遷直龍圖閣、河北都轉運使，傾漕計以奉上，至捐緡錢三百萬市北珠以進。崇寧間，諸路漕臣進羨餘，自子美始。北珠出女眞，子美市於契丹，契丹嗜其利，虐女眞捕海東青以求珠。兩國之禍蓋基於此，子美用是致位光顯。宣和四年，以疾罷爲開府儀同三司、提舉嵩山崇福宮。卒，贈少保。子美爲郡，縱侈殘虐；然有干才，所至辦治云。

②吳毅源《東平府與宋江碑》：

> 當年的東平府城，今天成了東平縣州城鎮的駐地，失去了在魯西南的政治中心地位，仍不失一處經濟、文化中心。城內古迹頗多，有宋代父子狀元梁灝、梁固的狀元府及狀元石坊，有元代的報恩禪寺舊迹，有元代的南門橋，有明代的清眞寺等。提到宋狀元府，我們不得不提到《水滸傳》中梁中書的原型——梁灝狀元的曾孫梁子美。當宋江舉義時，梁子美官居中書令，座大名府（址今河北大名），從現存的宣和七年梁子美神道碑記述明瞭。羅貫中以梁子美爲梁中書原型，理由大致有三：其一，梁與羅是同鄉，當時梁正官職中書令，權知大名府，梁送禮京城朝廷或眞的生辰綱這不義之財（《水滸傳》第十六回開頭）。羅是東平人，自然瞭解甚多，以寫實的手法，暴露了當時的官宦腐敗，爲奪綱有理做了鋪墊。其二，梁氏在宋代朝內爲官者甚多，元代有《滿堂笏》和《梁半朝》的戲，貪贓聚財修府建塋城，引起東原百姓不滿，故羅記於書中，是對後人的一個

啓示，也是作者心境的流露。其三，爲什麼送生辰綱予蔡京？蔡不是梁的泰山，此爲虛構，因蔡聲名不好，所以被劫生辰綱之災落到他的身上，作者有爲民出口惡氣的一面。

東平府城內，今除梁氏父子狀元府、狀元坊以外。距城北 20 華里的梁子美神道碑，全高 7.3 米，立於宋宣和七年，上洋洋數千言，爲浪子宰相李邦彥書，是宋梁中書墓前的重要遺物。〔註 14〕（黃河入海的博客 http://blog.sina.com.cn/hoanghe）

2、《水滸傳》中的描寫

《水滸傳》有十四回共一百五十餘次出現「梁中書」名字，虛構他字世傑，是朝中蔡太師的女婿。所涉及的主要事件額風格：

一是收留了落魄的楊志爲提轄，並爲了給他的岳父祝壽，差楊志送獻十二擔金珠寶貝，引出晁蓋、吳用等「七星聚義」「智取生辰綱」，這可以說是梁山故事的眞正開端（第十六回）；

二是他在北京（大名府）捉拿了從梁山回到家鄉的盧俊義，又把石秀下獄，引出「宋江兵打北京城，關勝議取梁山泊」（第六十三回），結果梁山好漢破了大名府，梁中書棄城而逃，卻導致朝廷更大力圍剿梁山。他在《水滸傳》所寫反面人物中是僅次於高俅的一位，但與高俅的主要是濫權強橫相比，梁中書形象經濟上貪腐的特徵要更突出一些。

3、資料分析

據上引資料，梁子美曾做過中書侍郎，先後知東平府和大名府，所以《水滸傳》寫他稱「梁中書」，官大名府知府。吳毅源以爲梁子美爲官貪腐，羅貫中作爲老鄉，必甚熟悉，因憎惡而把他寫在《水滸傳》中給予鞭撻，可備一說。由此構成東平府與《水滸傳》寫「反貪官」上密切的關聯，具有潛在的景觀開發價值。

（二）現狀與建議

梁子美是東平歷史人物，他以貪官形象被寫入《水滸傳》，是《水滸傳》中最大負面人物形象之一，具有特殊性，故當地尚未列入「水滸故里」景觀規劃。建議與東平梁氏家族文化研究結合，把《水滸傳》寫梁中書作爲其中內容之一進行研究開發。

〔註 14〕吳毅源《東平府與宋江碑》。

（三）文字說明

梁子美，字才甫。山東東平（今縣，屬泰安市）人。《水滸傳》中梁中書的原型。《水滸傳》寫梁中書「諱世傑。他是東京當朝太師蔡京的女婿」，官居大名府留守。《水滸傳》寫由於梁中書給蔡太師送「十二擔金珠寶貝」的厚禮引出晁蓋等「智取生辰綱」，才揭開了《水滸傳》的序幕，可見梁中書是官員腐敗的典型，實際導致水滸故事發生的關鍵人物。但是，作爲「水滸故里」文化景觀人物，梁中書不僅是小說中的，同時是歷史人物。因此，對這一人物的推介應把歷史上的梁中書與小說中的梁中書有所聯繫又嚴格區別開來，以不使造成對歷史人物梁子美的誤判，引發不良社會影響。

（四）認定書（暫缺）

十、黑店（孫二娘店）

（一）資料與分析

1、史料與考證

吳毅源《從黑店鋪到辛店鋪》：

> 現在位於東平湖北畔在東平縣老湖鎮境內的辛店鋪村。前臨梁山泊，北枕鳳凰山，歷來爲南北交通的咽喉。根據多年群眾傳說及獲得的一些實物資料，此乃水滸英雄孫二娘黑店舊址。那是一九八一年全國第二次文物普查時，東平縣文物普查人員在該村偏西水溝旁發現一清道光年間殘碑，上記有：「……謂黑店鋪，昔草寇黑店，過往商賈無不褫魄，故更名新店鋪，自……」。當時對這條水滸重要研究線索並未引起文物工作者的重視。直到一九九九年夏，才向有關部門提供這一信息。東平縣旅遊局的同志邀有關人士立即對「黑店」進行調查，熱情的村民不但有聲有色地向調查者講述孫二娘在此開黑店的祖傳故事，還到黑店處，指點黑店舊迹。「店」在村前泊畔一片稱爲十字坡的臺形地上，當地人管這塊地叫「八分地」。從殘存的建築遺迹分析，此爲一處以唐宋堆積物爲主的舊墟。當地村民介紹說：一九五八年前殘牆斷壁還在，由於有「殺人黑店鬼三千」的傳言，加之夏秋又被葦蒲掩擋，白天也沒有人敢靠近這片地方。村民丁連義等也回憶說：「一九八六年農田基本建設時，從此處挖出

四、五地排車骨頭，還有一些瓦碴片子，一時成爲四鄉駭聞，遂把骨骼等深埋到一個山水溝裏啦。」從黑店鋪往南，距梁山泊中聚義島和須昌城八華里。須昌城西原來的南北交通大道與黑店處東西向官道相交，形成「十字」，這大概是「十字坡」的來歷吧。店西距臘山水滸英雄前梁山中心大寨六華里，水滸英雄們在此交通要衝設一掠富豪、懲酷吏和獲取信息的「情報站」是很有可能的。

昔日的「十字坡」，今天已逐漸被泊中葦蒲侵掩，但那片黑店殘垣斷壁仍向人們敘述著張青與孫二娘開店的故事。〔註 15〕

2、《水滸傳》中的描寫

《水滸傳》第二十七回《母夜叉孟州道賣人肉，武都頭十字坡遇張青》，寫武松自東平府被發配孟州（今屬河南），「約莫也行了二十餘日，來到一條大路……趕下嶺去……見遠遠地土坡下，約有十數間草屋，傍著溪邊。柳樹上挑出個酒簾兒……便是有名的十字坡。」

3、資料分析

由上引可知，今東平縣老湖鎮辛店鋪舊稱「黑店鋪」，傳爲孫二娘店並無歷史與文學文本的根據。而《水滸傳》所寫孫二娘店與十字坡，是在武松等離開東平「行了二十餘日」的「孟州路上」，不在今東平縣和當時東平府境內。

（二）現狀與建議

東平縣老湖鎮辛店鋪係「黑店」或「孫二娘店」乃至「十字坡」，我省莘縣也有類似傳說，並於數年前建有相關景點。但是與東平一樣，都無歷史文獻與文學上的根據，傳說的根據也較爲薄弱，且於當地並非「正能量」，故建議暫緩開發。

（三）文字說明（略）

（四）認定書（略）

十一、「聚義島」

東平湖中的「聚義島」，當地依據傳說建設，謂晁蓋等「智取生辰綱」後攜金珠寶貝遁逃至此埋藏，晁蓋死後葬於此地等，皆無史料與小說描寫的根

〔註 15〕吳毅源《從黑店鋪到辛店鋪》，黃河入海的博客 http://blog.sina.com.cn/hoanghe.

據，遊客多有非議，並未能增益東平「水滸故里」旅遊。建議取消此項內容，改建有湖心島歷史人文特色並與《水滸傳》描寫有適當聯繫的休閒旅遊景觀。

十二、水滸影視城

東平「水滸影視城」以「水滸古鎮」爲中心，應當包括「六工山水寨」「崑山」、黃石等地爲拍攝影視所建，現已成爲旅遊景觀。這些景觀因水滸而起，固然可以視爲「水滸故里」景觀。但是，其作用並不限於「水滸故里」文化的傳播發揚，所以與一般「水滸故里」文化景觀有別，當另作專門研究，茲不具論。

附表三：東平縣「水滸故里」景觀一覽表

	景觀群	景點		位置	類型				現狀		認定		
					歷史	文學	傳說	創新	已建	待建	是	否	待定
一	東平府城（鄆州）	1	城門	今州城鎮	✓	✓				✓			✓
		2	府衙	同上	✓	✓				✓			✓
		3	西瓦子李瑞蘭家	同上		✓				✓			✓
二	舊州驛亭與東平湖	4	梁山泊遺存（東平湖）	東平縣	✓	✓			✓		✓		
		5	驛亭	埠子坡	✓	✓				√			✓
		6	宋庠詩碑	同上	✓	✓				√			✓
三	羅貫中故里	7	羅貫中紀念館	縣城	✓				✓		✓		
		8	羅貫中故里牌坊	同上	✓				✓		✓		
		9	羅貫中銅像	同上	✓				✓		✓		
四	三阮故里	10	三阮故居	石廟村		✓				✓			✓
		11	湖中高埠居所	東平湖		✓				✓			✓
五	棘梁山	12	瑞相寺碑	戴廟鎮			✓			✓			✓
六	東平府尹陳文昭	13	陳文昭哀憐武松組雕	州城		✓				✓			✓

七	高文秀與水滸戲故里	14	文秀大劇院	縣城	✓				✓		✓		
		15	高文秀塑像		✓				✓		✓		
八	宋江碑村	16	宋江碑	商老莊鄉	✓				✓				✓
九	大名府尹梁中書	17	梁中書墓	梁氏墓園	✓				✓		✓		
十	黑　店（孫二娘店）	18	辛店鋪	老湖鎮			✓		✓				✓
十一	聚義島	19	聚義島	東平湖湖心島			✓		✓			✓	
十二	水滸影視城	20	水滸影視城 六工山水滸大寨 崑山景區 黃石懸崖景區 石碣村景區	東平湖周邊				✓	✓		✓		

附錄一：重建瑞相寺記

郡邑養政龍溪前本省蕃司從事都掾　　　王琮、□式　撰文

東魯隱士　　　　　　　　　　　　　　西湖卜產　□政　書篆

蓋聞佛道廣大無窮，光明無限，言天無始終，玄虛清潔，既濟之妙，願拔無量之苦，救濟普世之衍，□世無窮，開闢以來，伏羲、神農、黃帝、堯、舜、禹、湯、文、武、秦、漢、晉、唐到今，西域以入中國久矣。中華崇信尊奉其教，皆善賢也。地緣東阿西南四十餘裡，其集□曰西汪，左有古剎，名曰瑞相寺。□建本寺殿宇故者悠遠矣。又言天地山川，可一言而盡矣。天之昭昭，日月星辰；地載華嶽豈重，河海豈泄？山廣獸物□生，水隱魚龍而化，以上故曰，天地山川，非由積累。古剎地形，勢近黃山，嶺接臘、困，右鄰海津，亦通禦波，川源千古。前有台峰，歷代國師，謀勝肖張，匡扶□基，隱台士者，太公也，名釣魚臺。峰會古宋梁王名江，忠義聚寨，名立良山也。乾、銀、鐵峰，而聯鳳凰、豆山以來，遍野古名莊疃，園林美麗，而隱英豪；形勢□□，八方繞拱，成然古剎之地，佛僧所居之處。下言整建殿宇之由，

正德年間，主持續端先師祖淨，視寺殿閣傾頽，起心修理。未就，師淨逝世，半途而廢，□致前功。端見未就，於嘉靖丙戌年，發心重修，工大難成。敦慕本集大度信官司文逵、司文進、司文瞿、司文暹、井士隆等，攢簇喜施，諸□構禦，將寺殿閣雲堂丈□，俱修完矣。今嘉靖丁未歲，又建右殿一所，金壁繪像全就，乃司文進之力也。今以通備，伏啓十方達士，諭會佛原，古鄆州須城縣登賢鄉白佛山處，覷□□奇，彩光聖臨，金軀石體，立素前殿腳□，繼今峰淵，旋稱鐘鼓，交音十方，耳□□僧，禮誦乞延，祝我
皇上萬載太平，洪基永固，天下庶士無慮也。講義先王，討論古典，上養衡政，百姓之懽也。其爲人也，參□才而靈於萬物，要謹愼，行敦篤，固厚絕惡，養善向上，守己時□，勿放溢也。籲嗟浮生禍惡損德，身遭戮患，暗室虧心，神目如電，幽府定墮沉淪，化遠□□，來歸三寶，祈福佑護，主持續端，素慈本業，固守清規，陰功甚大，修建弗薄，其功陟于泰嶽。言端俗業本縣地名斑鳩店，托父林文、母萬氏之遺體，天賦純質，積建德業，功至超塵，感拔先人，消衍迷途，臨覺清淨善者，故能克就。勒碑近士信官，永遠不朽雲。

大明嘉靖二十七年歲在戊申夏四月初八日立。

縣丞				木匠	王茂	權英	權旺
兗州府東平州東阿縣知縣馮	典史	僧會司缺	署印僧盛秣	石匠	張松	朱文友王倉	
主簿				塑匠	雷誥	雷□	熊滸

（杜貴晨迻錄校點）

附錄二：《重建瑞相寺記》拓影並說明

杜貴晨

據山東省東平縣《東原文化報》第 4 期（2008 年 10 月 8 日）刊載《重修瑞相寺碑記》書影並介紹，可知原碑爲明嘉靖重建瑞相寺碑。該碑於 2005 年 6 月在山東省東平縣銀山鎮西汪村瑞相寺遺址出土，現存東平縣博物館。碑身高 254.5 釐米，寬 93 釐米，厚 24 釐米。正面楷書陰刻《重建瑞相寺記》，右起豎刻左行，正文 13 行，行滿 58 字。其中有「古宋梁王名江忠義聚寨名立良山也」之句，涉北宋政和、宣和間宋江起義事。碑身下半斷裂，以致字跡有若干損毀，無可辨識。碑記拓片照片（附後）由東平縣前文聯主席、作家郭雲策先生提供。

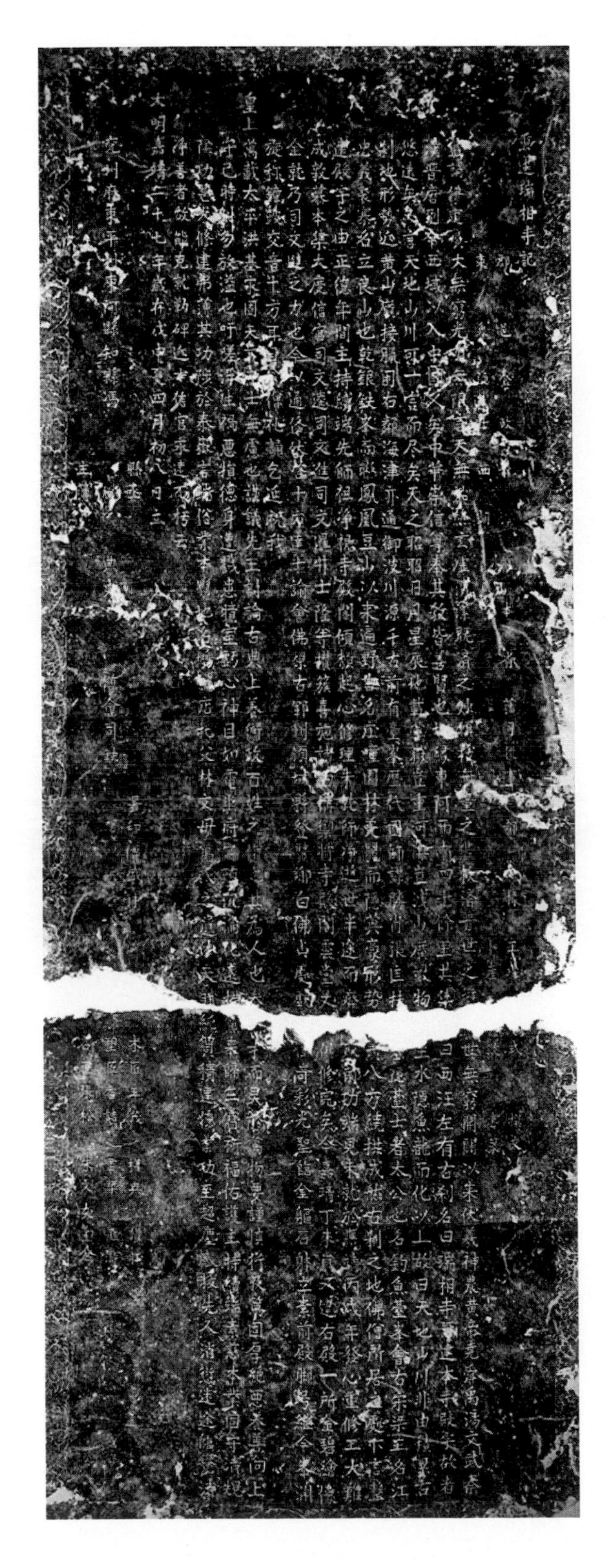

第四部分　陽穀縣

概　說

陽穀縣地處魯西平原，黃河之北，聊城地區南部。北接聊城市，西鄰莘縣，南與河南省臺前縣接壤，東鄰東阿縣。縣境西起西湖鎮西界之金線河，東止於阿城東境之黃河，東西長 39.8 公里；北起郭屯鎮北界之徒駭河，南至壽張鎮南境之金堤外，南北寬 32 公里，總面積 1064 平方公里。

陽穀是黃河下游開化較早的地域之一，早在六七千年前，境內即有氏族部落聚居。春秋戰國時爲齊地，秦屬東郡，漢置東阿縣（城址在今阿城鎮西北三公里處）。隋文帝開皇十六年（596）析東阿設置陽穀縣，「取東阿縣界陽穀亭爲名」（李吉甫《元和郡縣圖志》卷十，中華書局 1983 年版），其後歷代沿設至今。陽穀縣城於宋景德三年（1006）遷至孟店，即今址。全縣均爲黃河泛濫平原，地勢由西南向東北緩傾。因歷史上黃河多次在境內改道、沖決，泥沙淤積，加之風力搬遷作用的影響，逐步形成了微度起伏的緩岡、緩平坡地、淺平窪地三種微地貌類型相間的現代平原地形。有黃河、金堤河、徒駭河等七條河流，均爲南北或西南、東北流向。

《水滸傳》第二十三回至第二十六回對陽穀有較爲具體詳細的描寫。第二十三回武松打虎對陽穀城外的景陽岡作了細緻描述。縣城內以紫石街最爲繁華，有酒樓、酒店、冷酒店、茶坊、生藥鋪、綢絹鋪、銀鋪、紙馬鋪等商鋪。還有走街串巷的流動攤販，如賣炊餅的武大郎、賣水果的鄆哥以及銀擔子李二等。縣前是商業活動最集中的地方。西門慶在這裡開著一家生藥鋪，雇有一名主管。武大郎、賣棗糕的徐三等也都經常到此售賣。小說還寫道，王婆說「老身直去縣前那家有好酒買一瓶來」、鄆哥「自來只靠縣前這許多酒店裏賣些時新果品」，可知縣前有不少大小酒店。

小說寫到的城內地方還有獅子橋、東街、後巷、獅子街等。獅子橋邊的獅子樓酒家是武松鬥殺西門慶之處。東街是在第二十四回提到的，這兒有西門慶包養的外宅張惜惜。後巷是喬老和鄆哥父子居住的一條街巷。獅子街是團頭何九叔居住的一條街巷，巷口有一家酒店，武松曾在這裡向他調查哥哥武大的死因。

2012 年至今陽穀縣對文化旅遊項目建設投資達到 4.9 億元，爲完善旅遊服務功能，投資 230 萬元對遊客集散服務中心進行了高起點、高標準的規劃建設，給陽穀縣帶來了更加直接的經濟利益。同時，計劃投資 12 億元對景陽岡景區進行全面擴建，力求豐富的景區文化內涵，不僅在風景上，更在文化上下工夫；在距景陽岡不遠的地方，陽穀縣政府還正在建設一座「虎」文化主題酒店，這也是一座在相當具有特色的主題文化酒店，與景陽岡武松打虎的故事相得益彰。借助「以旅揚文，以文興旅」的文化東風，陽穀縣的旅遊業在近幾年內發展迅速。陽穀縣將文化元素、歷史元素融入到旅遊產業，通過旅遊產業來傳播文化理念，走文化強縣、旅遊大縣之路。據統計，2010 年陽穀縣接待遊客 48 萬人次，旅遊產業總收入達到 1.4 億元，同比分別增長了 23%和 27%；僅 1 至 9 月份，接待遊客就達 50.3 萬人次，旅遊產業總收入 1.37 億元，同比分別增長 24%和 35%。除顯著的經濟效益以外，陽穀縣的水滸文化產業和旅遊產業發展帶來的社會效益也引人矚目。

一、景陽岡

（一）資料與分析

景陽岡是《水滸傳》中武松打虎之處。根據第二十三回描寫，此處屬陽穀地面，但離縣治「還遠」。景陽岡後面「四五里路」之處有一家酒店，挑著「三碗不過岡」的招旗，以「透瓶香」酒而深受過往客商的歡迎。景陽岡上滿布亂樹林和枯草叢，有一座敗落的山神廟。小說中有「單道景陽岡武松打虎」古風一首：「景陽岡頭風正狂，萬里陰雲霾日光。焰焰滿川楓葉赤，紛紛遍地草牙黃。觸目晚霞掛林藪，侵人冷霧滿蒼穹。……穢污腥風滿松林，散亂毛鬚墜山奄。……」由此可見，岡上樹種應該主要是楓樹和松樹。再從岡上有「一塊光撻撻大青石」來看，景陽岡或者就是一座青石山。小說還寫「本鄉獵戶三二十人」來看武松，那麼景陽岡上除了那隻害人的弔睛白額大蟲，應當還有較多其他獵物。景陽岡的前面不遠，是居住有眾獵戶和本鄉上戶的一處村莊。這是景陽岡及其附近的基本情況。

（二）現狀與建議

現今景陽岡旅遊園區位於陽穀縣城東 16 公里處，是省級重點文物保護單位、省級風景名勝區、國家 AAAA 級景區。2008 年 3 月省旅遊局評審通過了《山東省水滸旅遊專項規劃》，陽穀縣正式被省旅遊局規劃命名爲「武松傳奇，英雄故里」旅遊區，形象地定位爲「武松打虎地」。景陽岡旅遊園區開發已有多年，目前已初具規模，新景區佔地面積近 400 畝。景區內沙丘起伏，莽草叢生，林蔭蔽日，一派荒野景象。其主要景點有：三碗不過岡酒店、山神廟、武松打虎處、毛主席題字碑、獵戶屋、虎文化館、虎嘯亭、武松廟、碑林、虎池等二十餘處。景區北部有湖面百餘畝，可供遊客垂釣、划船。景區娛樂項目有山東快書、虎鬥雞、抵羊、戲曲、武術表演等。

進入園區後，最先看到的是書有「古風猶存」大字的巨石，爲著名書法家歐陽中石所題。沿小路西行，爲一酒家，門前懸掛「三碗不過岡」的酒幡，爲武松痛飲十八碗的小酒肆。繞過酒肆，東行數米，是毛澤東題寫「陽穀是打虎英雄武松的故鄉」的巨大石碑。

園區入口處有山神廟，已有 200 餘年的歷史，共三間，建在一座土臺上，坐北朝南，青磚灰瓦。爲岡上修造年代最早的建築，始建於宋朝，重修於明朝，保護完好。山神廟裏塑有武松打虎造像，還供奉著護家神、水火二神，周圍配有魚水壁畫，寓意風調雨順，保一方水土平安。山神廟左前方立有書法家舒同題寫的「景陽岡」石碑，右前方是聊城籍書法家楊萱庭書寫的高達三米的「虎」字碑。

虎嘯亭位於景區西部，六角單簷，由徐悲鴻夫人、書法家廖靜文題名。碑林在山神廟以北。因武松打虎的故事廣爲流傳，所以到景陽岡參觀、旅遊的學術界名人往往都在此題詞、賦詩、作書、繪畫。有關人員整理後，刻石立碑。多年積累，碑林已漸成規模。

岡上最高處建有武松廟，修建於 1998 年。大殿爲五開間，三進深歇山式建築。門匾額「武松廟」爲趙樸初所書。殿內正中爲武松塑像，行者裝扮，英挺威武，被奉爲武神，像上方懸「勳業昭彰」四字匾。由畫家劉繼卣創作的「武松打虎」浮雕石像佇立在山岡前。四周牆內飾有國家一級美術師和民間藝術家合作的多幅木質彩刻壁畫，歷述了武松生平。殿前東亭中立的石碑「武松打虎處」爲景陽岡的鎮岡之寶，碑石下方略有斑駁，可見年代久遠。這是 1956 年挖掘出土的南宋石碑，確證了武松打虎傳聞的久遠。武松廟下不遠處是武松打虎前歇腳的大青石，石板近兩米見方，光潔平滑。

上述所見今景陽岡旅遊園區景觀基本符合《水滸傳》的相關描寫。

爲了將景陽岡旅遊區打造成集旅遊觀光與娛樂休閒於一體、自然景觀與人文景觀有機結合、遊客尋覓英雄足迹、放鬆身心的旅遊勝地，建議做如下深度開發：

打造 5A 級景陽岡水滸主題景區，著力建設四大功能區。

1、優化提升主景區。在保持總體框架基本不變的基礎上，計劃將景陽岡現有景區向南拉伸，增強縱深感，還原真實感。模擬老虎生存的自然環境，栽植高大樹木，建設鄉野牌坊，進一步烘托古樸、荒野、清幽的整體氛圍；對景區現有節點布局進行優化調整，主要是建設「虎形」景區大門，點明旅遊主題；遷移毛主席題字山石至顯要位置，彰顯武松與景陽岡的密切關係；還原三碗不過岡酒家功能，增加釀酒場景體驗。

2、大力打造遊樂區。在景陽岡景區東部，規劃建設佔地 650 畝的好漢谷遊樂區。以水滸群雄的傳奇故事爲原型，以情景體驗的形式將水滸文化和現代遊樂項目有機融合，主要建設勇探虎穴、好漢擂臺、好漢劫法場、眞假黑旋風、九宮八卦陣等項目，增強遊客的參與性、互動性和娛樂性。

3、建設民俗風情區。結合新農村建設，遷建景區周邊村莊，融合北宋民風和水滸文化，規劃建設民俗風情商業小鎮——景陽古鎮。通過建設酒樓茶坊餐飲、瓦肆娛樂購物、橋式夜市、私邸園林住宿四大中心區，營造人氣、聚集財氣，力爭將其打造成爲滿足現代旅遊消費需求、豐富本地市民休閒生活的名片場所。

4、規劃休閒度假區。充分利用景陽岡景區地熱資源和鄉村旅遊資源，結合休閒時尚元素，建設集溫泉洗浴、住宿、餐飲、會務、健身、度假、娛樂等多種功能於一體的鄉村旅遊溫泉度假中心，切實增強景陽岡景區的休閒度假功能。

（三）文字說明

景陽岡因水滸英雄武松在此打虎除害而名揚四海，該旅遊區現爲省級風景名勝區、國家級重點文物保護單位、國家 AAAA 級景區，是水滸旅遊線上的重點景區。景區佔地近 400 畝，主要景點有：三碗不過岡酒店、山神廟、武松打虎處、毛主席題字碑、獵戶屋、虎文化館、虎嘯亭、武松廟、碑林、虎池等二十餘處。景區北部有湖面百餘畝，可供遊客垂釣、划船。景區娛樂項目有山東快書、虎鬥雞、抵羊、戲曲、武術表演等。景陽岡旅遊區集旅遊觀光與娛樂休閒於一體，自然景觀與人文景觀有機結合，區內沙丘起伏，莽草無涯，林蔭蔽日，飛鳥群集，一派荒野景象，是遊客尋覓英雄足迹、放鬆身心的旅遊勝地。「景陽岡武松打虎」是《水滸傳》中最爲精彩的情節之一，生動地刻畫出了武松的英雄形象，受到歷代讀者的崇拜敬仰。遊客在此能夠體會到當年武松打虎的氛圍，培養勇敢無畏的精神品質。

（四）認定書

山東省「水滸故里」學術考察論證項目組認定，陽穀縣景陽岡旅遊園區爲《水滸傳》武松打虎之景陽岡，屬文學型「水滸故里」景觀。

二、獅子樓

（一）資料與分析

獅子樓出現於《水滸傳》第二十六回「武松鬥殺西門慶」中，小說寫道：

> 且說武松徑奔到獅子橋下酒樓前，便問酒保道：「西門慶大郎和甚人吃酒？」酒保道：「和一個一般的財主，在樓上邊街閣兒裏吃酒。」武松一直撞到樓上，去閣子前張時，窗眼裏見西門慶坐著主位，對面一個坐著客席，兩個唱的粉頭坐在兩邊。武松把那被包打開一抖，那顆人頭血渌渌的滾出來。武松左手提了人頭，右手拔出尖刀，挑開席子，鑽將入來，把那婦人頭望西門慶臉上摜將來。西門慶認得是武松，吃了一驚，叫聲：「哎呀！」便跳起在凳子上去。一隻腳跨上窗檻，要尋走路。見下面是街，跳不下去，心裏正慌。說時遲，那時快，武松卻用手略按一按，托地已跳在桌子上，把些盞兒碟兒都踢下來。兩個唱的行院，驚得走不動。那個財主官人，慌了腳手，也驚倒了。西門慶見來得凶，便把手虛指一指，早飛起右腳來。武松只顧奔入去，見他腳起，略閃一閃。恰好那一腳正踢中武松右手，那口刀踢將起來，直落下街心裏去了。西門慶見踢去了刀，心裏便

不怕他。右手虛照一照，左手一拳，照著武松心窩裏打來。卻被武松略躲個過，就勢裏從脅下鑽入來，左手帶住頭，連肩胛只一提，右手早捽住西門慶左腳，叫聲：「下去！」那西門慶一者冤魂纏定，二乃天理難容，三來怎當武松勇力。只見頭在下，腳在上，倒撞落在當街心裏去了。跌得個發昏章第十一。街上兩邊人都吃了一驚。武松伸手去凳子邊提了淫婦的頭，也鑽出窗子外，湧身望下只一跳，跳在當街上，先搶了那口刀在手裏。看這西門慶已自跌得半死，直挺挺在地下，只把眼來動。武松按住，只一刀，割下西門慶的頭來。把兩顆頭相結做一處，提在手裏。把著那口刀，一直奔回紫石街來。

這段出神入化的搏鬥描寫就發生在「獅子橋下酒樓」，因此也可把這一酒樓叫做「獅子樓」。從西門慶請一個相識的財主到此吃酒以及還有兩個粉頭陪伴來看，這家酒樓顯然不同於陽穀的一般酒店，而是當地很高檔的一家。至於酒樓的具體布局情況，按照小說的描寫，酒樓二層設有臨街的單間閣子，通過窗戶能夠觀看下面的街景。

（二）現狀與建議

陽穀縣獅子樓坐落在縣城中心十字街首，始建於北宋景祐三年（1036），後屢經修葺。1949 年前獅子樓為一兩層土樓，1958 年重建。1983 年由上海同濟大學教授、著名古建築專家陳從周先生按宋代風格設計，再次重修，保存完整。

今獅子樓坐西朝東，是一座全木結構的二層樓房，五開間三進，高 15.8 米，重簷歇山式結構，飛簷斗拱，紅柱灰瓦，雕梁畫棟，雄偉壯觀。樓上所懸「獅子樓」匾額，為已故文學大師沈雁冰手筆。樓門前兩側廊柱上鐫刻著一副楹聯：「懲惡除暴英雄浩氣貫日月，閱古鑒今斯樓坦蕩警後人。」樓前蹲著兩對齜牙怒目、栩栩如生的石獅。石獅北側立有重修獅子樓碑記，碑文為陳從周所撰，楊萱庭書丹。二樓大廳中央櫥內陳列著天津「泥人張」傳人製作的四組水滸故事泥塑，分別為「三碗不過岡」「景陽岡打虎」「謀害武大郎」「鬥殺西門慶」，人物形態逼真，栩栩如生。

獅子樓中另有陽穀文化家具研究所製作的 32 幅屏風烙畫，內容為《水滸傳》中所書武松的故事。牆上有展板數幅，內容為武松生平簡介和「水滸裏的酒店」簡介，電視屏幕上播放「水滸裏的酒店」影視片，通過酒店再次品讀《水滸傳》。電視連續劇《武松》第三回「鬥殺西門慶」，武松提刀躍樓而下、殺死西門慶的鏡頭即在此處所拍。聯合國教科文組織官員來訪，稱一個縣城的酒樓在兩部文學名著中都被寫及，在世界上也爲數不多。

建議按照《水滸傳》的描述改造現今景區內的獅子樓，樓內的布置要符合酒店風格。樓上有臨街的單間，可以觀看街景。

（三）文字說明

獅子樓旅遊區爲國家 AAAA 級景區，位於陽穀縣古城中心，是山東省水滸旅遊線上的重點景區，2011 年被評爲「齊魯文化特色新地標」，成爲代表齊魯文化的標誌性景區。旅遊區以宋代歷史文化爲背景，將發生在陽穀的歷史故事和人文景觀相結合，來展示千年古城原汁原味的建築風格和民風民俗，復現了宋朝時期陽穀縣市井里巷的風貌，是一處集旅遊觀光、休閒遊樂、學術研討、影視拍攝爲一體的綜合性旅遊景區。發生在獅子樓的「武松鬥殺西門慶」，彰顯了正義對邪惡的抗爭與勝利。武松不畏強橫、勇於除惡的品行能夠激發人們的正義感和自豪感。獅子樓成爲正義與力量的象徵。

（四）認定書

山東省「水滸故里」學術考察論證項目組認定，武松鬥殺西門慶的獅子樓始建於北宋景祐三年（1036），距今已有近千年的歷史。後雖屢經翻建，而原地舊址，略存故貌，允爲文學型「水滸故里」文化景觀。

三、紫石街

（一）資料與分析

紫石街是陽穀縣城中的一條街道，《水滸傳》第二十四回寫道：

> 卻說那潘金蓮過門之後，武大是個懦弱依本分的人，被這一班人不時間在門前叫道：『好一塊羊肉，倒落在狗口裏！』因此武大在清河縣住不牢，搬來這陽穀縣紫石街賃房居住，每日仍舊挑賣炊餅……武松別了哥嫂，離了紫石街，逕投縣裏來，正值知縣在廳上坐衙。武松上廳來稟道：『武松有個親兄，搬在紫石街居住；武松欲就家裏宿歇，早晚衙門中聽候使喚。不敢擅去，請恩相鈞旨。』……且說武松領下知縣言語，出縣門來，到得下處，取了些銀兩，叫了個土兵，卻上街來買了一瓶酒並魚肉果品之類，一逕投紫石街來，直到武大家裏。」

第二十六回寫道：

> 何九叔道：「小人並然不知前後因地。忽於正月二十二日在家，只見開茶坊的王婆來呼喚小人，殮武大郎屍首。至日，行到紫石街巷口，迎見縣前開生藥鋪的西門慶大郎，攔住，邀小人同去酒店裏，吃了一瓶酒。西門慶取出這十兩銀子，付與小人，分付道：所殮的屍首，凡百事遮蓋。」
>
> 武松又請這邊下鄰開銀鋪的姚二郎姚文卿。二郎道：「小人忙些，不勞都頭生受。」武松拖住便道：「一杯淡酒，又不長久，便請到家。」那姚二郎只得隨順到來。便教去王婆肩下坐了。又去對門請兩家。一家是開紙馬鋪的趙四郎趙仲銘。四郎道：「小人買賣撇不得，不及陪奉。」武松道：「如何使得？眾高鄰都在那裡了。」不由他不來，被武松扯到家裏道：「老人家爺父一般，便請在嫂嫂肩下坐了。」又請對門那賣冷酒店的胡正卿。那人原是吏員出身，便瞧道有些尷尬，那裡肯來？被武松不管他，拖了過來。卻請去趙四郎肩下坐了。武松道：「王婆，你隔壁是誰？」王婆道：「他家是賣餶飿兒的張公。」卻好正在屋裏，見武松入來，吃了一驚，道：「都頭沒什話說？」武松道：「家間多擾了街坊，相請吃杯淡酒。」那老兒道：「哎呀，老子不曾有些禮數到都頭家，卻如何請老子吃酒？」武松道：「不成微敬，便請到家。」老兒吃武松拖了過來，請去姚二郎肩下坐地。說話的，爲何先坐的不走了？原來都有士兵前後把著門，都似監禁的一般。

根據以上描寫，可知《水滸傳》中陽穀縣紫石街上的店鋪較多，景區主要景點有武大郎家、王婆茶館、銀鋪、紙馬鋪、冷酒店、賣餶飿兒的張公家，以及西門慶五大店鋪、獅子酒樓、玉皇廟、七進庭院等，重現了《水滸傳》經典故事場景和宋代府院，展示了宋代政治經濟文化、特色建築風格和市井民俗風情。

（二）現狀與建議

今陽穀縣紫石街景區位於獅子樓南 200 米，佔地 60 畝，街長 800 米，寬 50 米，總建築面積 47800 平方米。但由於規劃不合理，與《水滸傳》中所寫紫石街存在較大距離，可作爲仿古商業一條街供遊客購物。獅子樓景區內已建有多處「水滸故里」景觀，包括武大郎家、王婆茶坊、姚二銀匠鋪、胡正卿冷酒館、趙四紙馬鋪、西門慶生藥鋪、當鋪、鹽鋪、絨線鋪、綢緞鋪、客棧、獅子大酒樓、棋社、戲樓、玉皇廟、麗春院、賭場、十字坡酒店、潯陽樓會所等，形成了《水滸傳》《金瓶梅》旅遊景區。爲了儘量與《水滸傳》中的描寫相一致，建議對上述景點適當調整改造，具體意見如下：

1、武大郎家

根據《水滸傳》第二十四、二十五和二十六回的有關描寫，可知武大郎住處的一些基本情況。武大郎和潘金蓮從原籍清河縣「搬來這陽穀縣紫石街賃房居住」（第二十四回），屬於客居異鄉。武大郎賃居的是一處靠街的二層樓房。一樓開有前後門與外相通，前門掛著簾子；設有廚房、客堂等。客堂是日常接待客人的地方。武松殺嫂前夕宴請諸位鄰居，就是在一樓的客堂。一樓也可以住人。武松自縣衙裏搬來時，「武大叫個木匠就樓下整了一間房，鋪下一張床，裏面放一條桌子，安兩個杌子，一個火爐」，安排武松在此歇臥。二樓上，一處是武大、潘金蓮的臥室，一處是招待親屬的客座。小說寫到，武松初來，潘金蓮「叫武大請武松上樓，主客席裏坐地」；武松去東京之前來告別武大，是「三個人到樓上客位裏，武松讓哥嫂上首坐了」，自己「橫頭坐了」。（以上引文均見第二十四回）

武大郎以賣炊餅謀生，他的住處每天還要加工炊餅，這座房子的用途是日常居住與炊餅加工合二爲一的。由於西門慶和潘金蓮的姦情，紫石街的這座普通民居內，先後發生了鴆殺武大和武松殺嫂兩大血腥案件。

2、王婆茶坊

王婆的茶坊見於小說第二十四、二十五和二十六回的描寫。武大郎住處的西鄰是開茶坊的王婆，東鄰是「開銀鋪的姚二郎姚文卿」，對門兩家分別是「開紙馬鋪的趙四郎趙仲銘」和「賣冷酒店的胡正卿」（第二十六回）。與王婆隔壁亦即武大的再隔西鄰是賣餶飿兒的張公家。東西兩邊分別是賣炊餅的武大郎和賣餶飿兒的張公。

茶坊分前後兩個部分，大致是前店後家的布局。前門臨街而開，店內布置有桌椅，用以待客賣茶飲，如薑茶、梅湯、和合湯、寬煎葉兒茶之類。店內再靠裏些是王婆燒水的茶局子，設有茶爐、茶鍋。茶局子與店面的前門視線直通，以一幅水簾與客人吃茶的地方隔開。王婆日常在茶局子內燒水時就可看見紫石街上的人來人往。這樣便於她一個人照顧生意。可見茶坊的布置固然簡陋一些，卻不失生意上的精明。

茶坊後面是王婆居住之處。王婆本來母子兩人過活，但她的兒子「跟一個客人淮上去，至今不歸，又不知死活」（第二十四回），所以家內是她一人寡居。這裡的後門與武大郎家後門相通。慣說風情拉人下水的王婆撈足了西門慶的油水，以請潘金蓮給自己做送終衣服爲由頭，撮合成了西門慶和潘金蓮的姦情，把自己的家變成了兩人偷情縱慾的風流場。武大在鄆哥的幫助下到此捉姦，不料被西門慶一腳踹成重傷，昏死過去，不久便走向黃泉路。

3、姚二銀匠鋪

4、胡正卿冷酒館

5、趙四紙馬鋪

以上五處景點爲《水滸傳》中所寫紫石街的住戶及商鋪。既然紫石街比較繁華，再增加客棧、棋社、戲樓、賭場等場所也在情理之中。

6、客棧

7、棋社

8、戲樓

9、賭場

至於其他景點如西門慶生藥鋪、當鋪、鹽鋪、絨線鋪、綢緞鋪、麗春院、十字坡酒店、潯陽樓會所、玉皇廟等則需慎重考慮。

西門慶生藥鋪雖然在陽穀縣，但應在縣衙前。《水滸傳》第二十四回多處寫到這一點：

> 再說那人姓甚名誰？那裡居住？原來只是陽穀縣一個破落户財主，就縣前開著個生藥鋪。從小也是一個奸詐的人。使得些好拳棒。近來暴發迹，專在縣裏管些公事，與人放刁把濫，説事過錢，排陷官吏。因此滿縣人都饒讓他些個。那人複姓西門，單諱一個慶字，排行第一。人都唤他做西門大郎。

又寫道：

> 西門慶獎了一回，便坐在婦人對面。王婆又道：「娘子，你認的這個官人麼？」那婦人道：「奴不認的。」婆子道：「這個大官人是這本縣一個財主，知縣相公也和他來往，叫做西門大官人。萬萬貫錢財，開著個生藥鋪在縣前。家裏錢過北斗，米爛陳倉，赤的是金，

白的是銀，圓的是珠，光的是寶，也有犀牛頭上角，亦有大象口中牙。」

由上引描寫可知，西門慶只有一家生藥鋪，且在縣衙前。其他當鋪、鹽鋪、絨線鋪、綢緞鋪等及麗春院、玉皇廟乃是《金瓶梅》中所寫，不應作爲《水滸傳》的景點。根據《金瓶梅》的有關描寫，在紫石街建造宋代七進府院，包括正房（吳月娘居室）、金蓮居、瓶兒居、孟玉樓居、孫雪娥居、李嬌兒居、側花園、芙蓉亭、藏春塢、客廳、書房等。目前，該景區已基本建成，並相繼對遊人開放，並成爲理想的影視拍攝基地。

（三）文字說明

陽穀縣與獅子樓相連的《水滸傳》景區，建有多處「水滸故里」景觀，包括武大郎家、王婆茶坊、姚二銀匠鋪、胡正卿冷酒館、趙四紙馬鋪、西門慶生藥鋪、鹽鋪、客棧、獅子大酒樓、棋社、戲樓、賭場等。重現了《水滸傳》經典故事場景和宋代府院，展示了宋代政治經濟文化、特色建築風格和市井民俗風情。

（四）認定書

山東省「水滸故里」學術考察論證項目組認定，陽穀縣獅子樓南景區與《水滸傳》中之紫石街相吻合，屬文學型「水滸故里」景觀。

四、祝家莊

（一）資料與分析

1、史料與考證

祝家莊原型爲竹口，一作祝口，舊屬壽張縣，今屬陽穀縣李臺鎮。本《報告》第一部分《梁山縣・壽張（宋代）集》已述及「金大定七年（1167），河決城壞，遂遷治所至今陽穀縣李臺鎮竹口村」，曾一度爲壽張縣治

劉華亭《〈水滸〉對梁山附近的地理描述》：

北宋時，東平府鄆州領須城、中都、陽穀、壽張、東阿、平陰六縣。從薊州來梁山，經過梁山北的陽穀、壽張縣境。《元豐九域志》：「壽張四鄉竹口一鎮。」竹口又作祝口，《壽張縣志》卷八《藝文志》錄曹玉珂《過梁山記》云:「進父老而問之……云祝家莊……祝口也。」竹口在梁山北略西六十里，爲壽張縣第一大村鎮，金大定十九年縣

> 治曾遷於此。從書中所寫該村的方位、同梁山的距離、村鎮的規模來看，祝家莊像是以竹口爲原型描述的，該村地勢高高低低，街道歪歪斜斜，這樣的地勢和街道布局在平原地域是很少見的，外人入村，多迷失方向，頗有盤陀路之勢。〔註16〕

又，《百度貼吧·陽穀民生吧·陽穀縣村名的來歷》：「《水滸》中祝家莊之地位於我縣南部，現爲甄臺、李街、大寺、明堤、臨河、西臺、鳳凰臺並統稱祝口村。」

2、《水滸傳》中的描寫

《水滸傳》第四十六回「拼命三火燒祝家莊」寫道：

> 再說楊雄、石秀、時遷離了薊州地面，在路夜宿曉行。不則一日，行到鄆州地面。……小二道：「客人，你是江湖上走的人，如何不知我這裡的名字？前面那座高山，便喚做獨龍岡山。山前有一座凜巍巍岡子，便喚做獨龍岡。上面便是主人家住宅。這裡方圓三百里，卻喚做祝家莊。莊主太公祝朝奉，有三個兒子，稱爲祝氏三傑。莊前莊後有五七百人家，都是佃户。各家分下兩把樸刀與他。這裡喚作祝家店，常有數十個家人來店裏上宿，以此分下樸刀在這裡。」石秀道：「他分軍器在店裏何用？」小二道：「此間離梁山泊不遠，地方較近，只恐他那裡賊人來借糧，因此準備下。」

根據以上描述，可知祝家莊在鄆州地面，且距梁山泊不遠。陽穀在隋代時屬濟北郡，至唐、五代屬鄆州。北宋宣和元年（1119）鄆州升爲東平府，領須城、壽張、陽穀、中都、東阿、平陰六縣。可見陽穀縣在歷史上確實曾屬鄆州，而且距梁山泊不遠，因此認爲祝家莊在陽穀境內於理可通。但是，陽穀地形主要是平原，並無店小二所說的獨龍岡山，這可視爲小說家言。

《水滸傳》第四十七回「宋公明一打祝家莊」對祝家莊有多次描寫：

> 原來祝家莊又蓋得好，占著這座獨龍山岡，四下一遭闊港。那莊正造在岡上，有三層城牆，都是頑石壘砌的，約高二丈。前後兩座莊門，兩條弔橋。牆裏四邊，都蓋窩鋪，四下裏遍插著槍刀軍器，門樓上排著戰鼓銅鑼。

又寫道：

〔註16〕劉華亭《〈水滸〉對梁山附近的地理描述》，《水滸新證》，中國文聯出版社2007年版。

> 且說石秀挑著柴擔先入去，行不到二十來里，只見路徑曲折多雜，四下裏彎環相似，樹木叢密，難認路頭。

又寫路遇鍾離老人相告：

> 「我這村裏的路，有首詩說道：『好個祝家莊，盡是盤陀路。容易入得來，只是出不去。』」鍾離老人又爲石秀指路說：「你便從村裏走去，只看有白楊樹便可轉彎，不問路道闊狹，但有白楊樹的轉彎便是活路，沒那樹時都是死路。如有別的樹木轉彎，也不是活路。若還走差了，左來右去，只走不出去。更兼死路裏，地下埋藏著竹簽、鐵蒺藜，若是走差了，踏著飛簽，准定吃捉了，待走那裡去？」

根據以上描述，可知祝家莊、李家莊和扈家莊三莊聯防，祝家莊村內都是「盤陀路」，狹闊不等，路雜難辨，看到白楊樹方是活路，可以轉彎，否則便是死路。因此宋江屢攻不下。後來拆散了三個莊子的聯防，又得孫立等人作內應，方才成功。

（二）現狀與建議

祝家莊隸屬陽穀縣李臺鎮，在陽穀縣城西南 12 公里，魯、豫兩省交界處，鎮政府駐地南的祝家莊是《水滸傳》所傳祝家莊舊址，至今村中有盤陀路、鳳凰臺和時遷盜雞塔等古迹遺址。相傳北宋時這裡是繁華之地，右傍大溪，左臨官道，爲濟州到大名府必經之地。莊前林木葱鬱，莊後石塔聳立，莊內盤陀路布局奇特，是一軍事陣地的天然地勢。《水滸傳》第四十六回至五十回寫祝家莊富戶因與梁山作對，所以招致宋江領兵來打。梁山英雄在人們心目中備受崇敬，因此當地人忌說三打祝家莊。祝家莊原有一座十八層八角磚塔，每角掛一銅鈴，塔每層有節呈灰褐色，活像古時兵器中的大鋼鞭。傳說唐太宗李世民爲表彰尉遲敬德的顯赫戰功，按他手執的鋼鞭形式建造此塔以作紀念。塔已被拆除，現僅存遺址。

建議按照《水滸傳》的描寫，修復祝家莊的盤陀路、鳳凰臺和時遷盜雞塔等古迹。

（三）文字說明

祝家莊位於陽穀縣城西南李臺鎮境內，距縣城 12 公里。祝家莊村內都是「盤陀路」，狹闊不等，路雜難辨，看到白楊樹方是活路，可以轉彎，否則便是死路。因此宋江屢攻不下。後來拆散了三個莊子的聯防，又得孫立等人作內應，方才成功。「三打祝家莊」是《水滸傳》中的重要情節，毛主席對這一故事了然於胸，在《矛盾論》中說道：「《水滸》宋江三打祝家莊，兩次都是因爲情況不明、方法不對，打了敗仗，後來改變了方法，從調查研究入手，於是熟悉了盤陀路，拆散了李家莊、扈家莊和祝家莊三個莊的聯盟，並且布置了藏在敵人營盤的伏兵，用了和外國故事中所說的木馬計相似的方法，第三次就打了勝仗。」祝家莊的複雜地形如同迷魂陣，但是，只要認眞進行調查研究，就完全可以把握其規律，取得主動。

（四）認定書

山東省「水滸故里」學術考察論證項目組認定，陽穀縣城西南李臺鎮境內的祝家莊爲《水滸傳》「宋江三打祝家莊」之祝家莊，爲歷史與文學型「水滸故里」文化景觀。

五、荊門鎮

（一）資料與分析

1、史料與考證

荊門鎮今名上閘村，元開會通河於此建閘而得入史書的記載。《明史・河渠志・會通河》：

> 荊門閘二：北閘，至荊門南閘二里半，大德二年建；南閘，至壽張閘六十三里，大德六年建。

高文秀的博客《陽穀縣一些村名》：

> 上閘　上閘位於陽穀縣城東部，張秋鎮政府駐地北 5 公里。上閘原名荊門鎮，運河建閘時置。據《陽穀縣志》記載：荊門上下閘，在陽穀東北五十里，元大德六年（1302 年）建。運河流向爲南北方向，南爲下，北爲上，因此閘居南，故更村名爲荊門上閘，後簡稱上閘。
>
> 下閘　下閘位於陽穀縣城東部，張秋鎮政府駐地北六公里。下閘原名荊門鎮，運河建閘時置。據《陽穀縣志》記載：荊門上下閘，在陽穀東北五十里，元大德六年（1302 年）建。運河流向爲南北方向，南爲下，北爲上，因此閘居北，故更村名爲荊門下閘，後簡稱

下閘。〔註 17〕

此貼又見《百度貼吧·陽穀民生吧》，題爲《陽穀縣村名的來歷》。

上引資料表明，荊門建村比建閘更早，至晚是宋代村落。

2、《水滸傳》中的描寫

「李逵負荊」故事最早見於本《報告》第一部分《梁山·老王林杏花村酒店》引元康進之《梁山泊黑旋風負荊雜劇》。《水滸傳》第七十三回《黑旋風喬捉鬼，梁山泊雙獻頭》吸納改寫爲在荊門鎮附近村莊發生的故事：

且說李逵和燕青離了四柳村，依前上路。此時草枯地闊，木落山空。於路無話。兩個因大寬轉梁山泊北，到寨尚有七八十里，巴不到山，離荊門鎮不遠。當日天晚，兩個奔到一個大莊院敲門……歇息。李逵當夜沒些酒，在土炕子上翻來復去睡不著，只聽得太公、太婆在裏面哽哽咽咽的哭……道：「我家有個女兒，年方一十八歲，吃人搶了去，以此煩惱。」李逵罵道：「打脊老牛！男大須婚，女大須嫁，煩惱做什麼？」太公道：「不是與他，強奪了去。」李逵道：「又來作怪！奪你女兒的是誰？」太公道：「我與你說他姓名，驚得你屁滾屎流。他是梁山泊頭領宋江，有一百單八個好漢，不算小軍。」李逵……對太公說道：「我便是梁山泊黑旋風李逵，這個便是浪子燕青。既是宋江奪了你的女兒，我去討來還你。」太公拜謝了。李逵、燕青，逕望梁山泊來。路上無話，直到忠義堂上。宋江見了李逵、燕青回來，便問道：「兄弟，你兩個那裡來？錯了許多路，如今方到。」李逵那裡應答，睜圓怪眼，拔出大斧，先砍倒了杏黃旗，把「替天行道」四個字，扯做粉碎。眾人都吃一驚。宋江喝道：「黑廝又做什麼！」李逵拿了雙斧，搶上堂來，逕奔宋江……李逵道：「我閒常把你做好漢，你原來卻是畜生！你做得這等好事！」宋江喝道：「你且聽我說。我和三二千軍馬回來，兩疋馬落路時，須瞞不得眾人。若還搶得一個婦人，必然只在寨裏。你卻去我房裏搜看！」李逵道：「哥哥，你說什麼鳥閒話！山寨裏都是你手下的人，護你的多。那裡不藏過了。我當初敬你是個不貪色欲的好漢，你原正是酒色之徒。殺了閻婆惜便是小樣；去東京養李師師便是大樣。你不要賴，早早把

〔註 17〕 http://blog.sina.com.cn/lcsjyjgwx.

女兒送還老劉，倒有個商量。你若不把女兒還他時，我早做早殺了你，晚做晚殺了你。」宋江道：「你且不要鬧攘。那劉太公不死，莊客都在。俺們同去面對。若還對番了，就那裡舒著脖子，受你板斧；如若對不番，你這廝沒上下，當得何罪？」李逵道：「我若還拿你不著，便輸這顆頭與你。」宋江道：「最好。你眾兄弟都是證見。」……燕青與李逵再到劉太公莊上。太公接見，問道：「好漢，所事如何？」李逵道：「如今我那宋江，他自來教你認他。你和太婆並莊客，都仔細認他。若還是時，只管實說，不要怕他。我自替你做主。」只見莊客報導：「有十數騎馬來到莊上了。」李逵道：「正是了。」側邊屯住了人馬，只教宋江、柴進入來。宋江、柴進逕到草廳上坐下。李逵提著板斧，立在側邊。只等老兒叫聲是，李逵便要下手。那劉太公近前來拜了宋江。李逵問老兒道：「這個是奪你女兒的不是？」那老兒睜開尫羸眼，打拍老精神，定睛看了道：「不是。」宋江對李逵道：「你卻如何？」李逵道：「你兩個先著眼瞅他。這老兒懼怕你，便不敢說是。」宋江道：「你叫滿莊人都來認我。」李逵隨即叫到眾莊客人等認時，齊聲叫道：「不是。」宋江道：「劉太公，我便是梁山泊宋江。這位兄弟，便是柴進。你的女兒多是吃假名託姓的騙將去了。你若打聽得出來，報上山寨，我與你做主。」宋江對李逵道：「這裡不和你說話，你回來寨裏，自有辯理。」宋江、柴進自與一行人馬，先回大寨去了。燕青道：「李大哥，怎地好？」李逵道：「只是我性緊上錯做了事。既然輸了這顆頭，我自一刀割將下來。你把去獻與哥哥便了。」燕青道：「你沒來由尋死做什麼！我教你一個法則，喚做『負荊請罪』。」李逵道：「怎地是負荊？」燕青道：「自把衣服脫了，將麻繩綁縛了，脊梁上背著一把荊杖，拜伏在忠義堂前，告道：『由哥哥打多少。』他自然不忍下手。這個喚做『負荊請罪』。」李逵道：「好卻好，只是有些惶恐。不如割了頭去乾淨。」燕青道：「山寨裏都是你弟兄，何人笑你？」李逵沒奈何，只得同燕青回寨來負荊請罪……只見黑旋風脫得赤條條地，背上負著一把荊杖，跪在堂前，低著頭，口裏不做一聲。宋江笑道：「你那黑廝，怎地負荊？只這等饒了你不成？」李逵道：「兄弟的不是了。哥哥揀大棍打幾十罷。」宋江道：「我和你賭砍頭，你如何卻來負荊？」李逵道：「哥哥既是不肯饒我，把刀來割這顆頭去，也是了當。」眾人都替李逵陪話。宋江道：「若要我饒他，只教他捉得那兩個假宋江，討得劉太公女兒來還他，這等方才饒你。」李逵聽了，跳將起來說道：「我去，甕中捉鱉，手到拿來。」……到那山看時，苦不甚高，果似牛頭之狀，形如臥牛之勢。三個上至山來，天尚未明，來到山頭看時，團團一道土牆，裏面約有二十來間房子。李逵道：「我與你先跳將入去。」燕青道：「且等天明卻理會。」李逵那裡忍耐得，騰地跳將過去了。只聽得裏面有人喝聲。門開處，早有人出來，便挺樸刀來奔李逵。燕青生怕撅撒了事，柱著杆棒，也跳過牆來。那中箭的漢子，一道煙走了。燕青見這齣來的好漢正鬥李逵，潛身暗行，一棒正中那好漢臉頰骨上，倒入李逵懷裏來。被李逵後心只一斧，砍翻在地。只見裏面絕不見一個人出來。燕青道：「這廝必有後路走了。我與你去截住後門，你卻把著前門，不要胡亂入去。」且說燕青來到後門牆外，伏在黑暗處。只見後門開處，早有一條漢子，拿了鑰匙來開後面牆門。燕青轉將過去。那漢見了，繞房檐便走出前門來。燕青大叫：「前面截住。」李逵搶將過來，只一斧劈胸膛砍倒。便把兩顆頭都割下來，拴做一處。李逵性起，砍將入去，泥神也似都推倒了。那幾個伴當，躲在竈前，被李逵趕去，一斧一個，都殺了。來到房中看時，果然見那個女兒在床上嗚嗚的啼哭……燕青問道：「你莫不是劉太公女兒？」那女子答道：「奴家正是劉太公女兒。十數日之前，被這兩個賊擄在這裡，每夜輪一個將奴家奸宿。奴家晝夜淚雨成行，要尋死處。被他監看得緊。今日得將軍搭救，便是重生父母，再養爹娘。」燕青道：「他有那兩疋馬在那裡放著？」女子道：「只在東邊房內。」燕青備上鞍子，牽出門外，便來收拾房中積攢下的黃白之資，約有三五千兩。燕青便叫那女子上了馬，將金銀包了，和人頭抓了，拴在一疋馬上。李逵縛了個草把，將窗下殘燈，把草房四邊點著燒起。他兩個開了牆門，步送女子金資下山，直到劉太公莊上。爹娘見了女子，十分歡喜，煩惱都沒了。盡來拜謝兩位頭領。燕青道：「你不要謝我兩個，你來寨裏拜謝俺哥哥宋公明。」兩個酒食都不肯吃，一家騎了一疋馬，飛奔山上來。回到寨中，紅日銜山之際，都到三關之上。兩個牽著馬，駝著金銀，提了人頭，逕到忠義堂上，拜見宋江。燕青將前事一一說了一遍。宋江大喜，叫把人頭埋了，金銀收入庫中，馬放去戰馬群內餵養。次日，設筵宴與燕青、李逵作賀。劉太公也收拾金銀上山，來到忠義堂上，拜謝宋江。宋江那裡肯受。與了酒飯，教送下山回莊去了。

3、資料分析

據上引資料，荊門鎮是宋代以前古村落。《水滸傳》寫李逵「喬捉鬼」與「雙獻功」故事都發生在陽穀縣荊門鎮附近。從而陽穀縣古荊門鎮是梁山縣古安山鎮之外少數寫入《水滸傳》中的眞實村鎮名之一。荊門鎮雖與梁山的距離實有百餘里，而《水滸傳》寫作「七八十里」，出入較大，但是所用名與所寫方位大體相合，所以今陽穀縣荊門鎮可認定為《水滸傳》寫「李逵負荊」故事主要發生地荊門鎮的背景地。其與康進之《梁山泊黑旋風負荊雜劇》所演雖故事情節基本相同，但是一為酒家，一為莊農，仍有不少區別，完全可以演繹出各具特色的景觀設計。

（二）現狀與建議（尚無規劃）

（三）文字說明（暫缺）

（四）認定書（暫缺）

六、壽張（明代）縣衙

（一）資料與分析

見本《報告》第一部分《梁山縣·壽張（宋代）集》。

（二）現狀與建議

陽穀縣壽張鎮原為壽張縣的「王陵店」，明洪武十三年（1380年）遷壽張縣治遷於此地，故隨縣更名為壽張。因此，陽穀縣壽張鎮最早也是明代城鎮。

《水滸傳》成書時間多說並存，其中有認為是明初甚至晚至明中葉者。從而明初之陽穀王陵店之壽張不完全排除被作為《水滸傳》寫故鄉縣治背景地的可能。因此，建議陽穀縣壽張鎮於明縣衙原址按明代風格重建，以與梁山縣壽張集同名景觀建設區別開來。

（三）文字說明

李逵與燕青大鬧泰安岱廟之後，隻身一人來到了壽張縣衙。他聽說知縣跑了，便突發奇想，自己要做一回知縣審案。李逵審案也與眾不同，在他看來，打人者無罪，被打者無能。表面上看李逵是蠻不講理，但卻反映出了李逵的剛強與反抗精神。「李逵壽張喬坐衙」生動地刻畫了李逵蔑視官府、提倡孝道的天真豪爽，爲李逵形象增添了濃厚的色彩。遊客來此可從另一角度領略李逵這位英雄形象的獨特風采。

（四）認定書

山東省「水滸故里」學術考察論證項目組認定，歷史上的壽張縣治屢有變遷。今陽穀縣南部之壽張鎮爲明洪武十三年（1380 年）壽張縣新遷縣治故地。此壽張鎮之得名與《水滸傳》成書時間比較接近，故可以視爲文學型與傳說型「水滸故里」景觀地，適合建設明朝初年風格相關景觀。

附表四：陽穀縣「水滸故里」景觀一覽表

	景觀群	景點		位置	類型				現狀		認定		
					歷史	文學	傳說	創新	已建	待建	是	否	待定
一	景陽岡	1	山神廟	縣城東南	✓	✓			✓		✓		
		2	三碗不過崗酒家	同上		✓			✓		✓		
		3	武松廟	同上	✓				✓		✓		
		4	武松打虎處	同上		✓			✓		✓		
		5	碑林	同上				✓	✓		✓		
		6	虎嘯廳	同上				✓	✓		✓		
		7	獵戶屋	同上				✓	✓		✓		
二	獅子樓	8	獅子樓	縣城		✓			✓		✓		
三	紫石街	9	武大郎家	獅子樓南		✓			✓		✓		
		10	王婆茶坊	同上		✓			✓		✓		
		11	姚二銀匠鋪	同上		✓			✓		✓		
		12	胡正卿冷酒館	同上		✓			✓		✓		
		13	趙四紙馬鋪	同上		✓			✓		✓		
		14	西門慶生藥鋪	同上		✓			✓		✓		

		15	獅子大酒樓	同上		✓			✓		✓		
		16	當鋪	同上		✓			✓		✓		
四	祝家莊	17	祝家莊	縣城西南		✓				✓			✓
五	荊門鎮	18	荊門鎮	縣城東張秋鎮	✓	✓				✓			✓
六	壽張（明代）縣衙	19	壽張（明代）縣衙	縣城南	✓	✓				✓			✓

結　語

綜合以上對梁山、鄆城、東平、陽穀四縣所作學術考察論證結果，項目組有關於四縣進而山東省「水滸故里」文化旅遊開發的幾點思考與認識：

一、四縣作爲「水滸故里」文化旅遊景觀資源豐富，景觀建設各取得很大成績，形成了各自鮮明的特點。爲便於推廣，似可各因其主要特徵而作以下比喻性的說明：以宋江等「撞破天羅歸水滸，掀開地網上梁山」並「大聚義」於梁山爲標誌，梁山是「水滸之本」；以晁蓋、宋江故里和「智取生辰綱」等爲標誌，鄆城是「水滸之源」；以《水滸傳》同時是《三國演義》的作者羅貫中故里與東平湖作爲「梁山泊最大遺存」爲標誌，東平是「水滸之根」。以「武松打虎」和「鬥殺西門慶」等爲標誌，陽穀是「水滸之花」。

二、四縣「水滸故里」文化旅遊景觀建設各取得很大成績，但也走了一些彎路，出現了一些問題。主要是一些該做的沒有做或者做得走樣；也有不該做的做了，結果經濟效益不大，社會影響欠佳。甚至有的地方該做的基本上沒有眞正做起來。因此，當前與今後一個時期，四縣「水滸故里」文化旅遊景觀建設的整改與創新任務重大，有的地方需要急起直追，才能跟上「水滸故里」文化旅遊開發以及社會經濟文化發展的新形勢。

三、四縣「水滸故里」文化旅遊景觀基於同一部《水滸傳》，故事、環境隨人物足迹流移變遷，多地點跨區域串連，如血脈貫通，渾然一體。故作爲深入的人生體驗，「水滸故里」旅遊必然要向四縣以及更大區域的整合統一發展。爲此則需要共同的理念。鑒於《水滸傳》思想與影響的歷史悠久、地域廣泛和複雜多歧，更由於時代的需要，我們認爲並提出「走水滸路，做忠義人」，希望可以用爲四縣乃至更大範圍內「水滸故里」文化旅遊開發的共同的口號。

四、四縣「水滸故里」文化旅遊整合是四縣幹部群眾共同的願望，也是省旅遊局致力的目標，已經和正在繼續努力推動中，但目前看尚收效不很顯著。主要有以下三大困難：一是體制不順，二是觀念滯後，三是學術缺位。

五、四縣「水滸故里」文化旅遊整合解困的根本和當務之急，在於四縣在共創、共享「水滸故里」文化旅遊品牌上有體制上適當的整合與統一。爲此建議有三：一是從全國改革開放的大局和當地實際看都无不利的前提下，籌建四縣一體或以四縣爲基礎的鄆州（或梁山、東平）市。（鄆州本古建置，爲充分利用「水滸故里」文化旅遊品牌重建鄆州，乃有本有源）；二是爲適應當前「水滸故里」文化旅遊發展的需要，由省旅遊局牽頭建立有一定職權的省級「水滸故里」文化旅遊協調機構；三是建立全省統一的「水滸故里」文化旅遊網站，以爲溝通交流信息的平臺。

六、四縣「水滸故里」文化旅遊整合解困的根本在於觀念上的轉變，即要充分認識到：「水滸故里」旅遊雖在山水，但主要是人文景觀的文化旅遊。因此，發展「水滸故里」文化旅遊的根本在水滸文化的研究與保護。知道當地作爲「水滸故里」的文化有什麼，是什麼，然後才是怎麼辦，才有可能辦得好。這個認識與行動的次序不能忽略，更不能顛倒。堅持學術爲本，樹立「水滸故里」景觀建設爲歷史負責，爲未來負責，功在當世，利在千秋的作爲意識，才能更好地克服某些地方存在的急功近利、任性而爲等亂相，保證此項建設守正創新，健康發展。

七、四縣「水滸故里」文化旅遊整合解困的關鍵在於有學術上及時到位並始終監護的可靠支持。古人云「世事洞明皆學問」，「水滸故里」文化旅遊就更是一門學問，一種藝術。因此，除了實際從業者也要以治學的態度與原則研究「水滸故里」文化的內涵、價值與意義之外，更要採取得力措施，通過有效機制，使相關專家學者實際參與「水滸故里」文化旅遊保護與開發利用，發揮應有的作用。這就是說，人文專家學者的始終參與和適當發揮作用應該成爲文化旅遊景觀建設的一個「硬規定」和「新常態」。爲此，建議成立或確認適當機構爲省級「水滸故里」文化旅遊研究和諮詢平臺，以備顧問。

八、「水滸故里」文化旅遊景觀的靈魂是「文化」，因此，相關景觀建設的程序，應是一論證，二設計，三施工。論證即文化上的考察論證，應一歷史，二水滸，三傳說，使山東「大水滸」旅遊規劃和景觀建設建立在堅實可靠的學術支撐之上，做到「有據有景，有景有據」，也就是有來歷處有景觀，無一景觀無來歷。絕不做空穴來風、捕風捉影、隨意揑造之景觀。每一景觀的論證設計都應該及時到位，做好文化上的全程監控，並手續齊全，留存檔案資料，當事者終身負責。

九、四縣「水滸故里」文化旅遊景觀建設各有成績，也各自存在某些缺陷與不足。較爲普遍和突出的是從歷史與美學的角度看，不少該建的沒有建，或有所建設而質量品級較差。而某些可有可無或根本不應該建、不應該那麼建的反而早就平地起高樓建立起來了。這就需要更進一步逐項認眞審核，做出評估，而非本《報告》可一次性完成。

十、上已提及從全省範圍看，「水滸故里」文化旅遊景觀的保護與開發涉及十餘縣、區或市，內容豐富，潛力巨大，任務繁重，而前景輝煌，可以稱得上山東省「水滸故里」文化旅遊的「一帶一路」。「一帶」指濟寧、菏澤、泰安、聊城四市之交的梁山、鄆城、東平、陽穀等縣的「水滸故里」中心區；「一路」指西起鄆城、東到蓬萊的「水滸故里」連線。這個「一帶一路」是山東「水滸故里」文化旅遊建設的大局，而從大局著眼，優先抓好四縣的「水滸故里」文化旅遊，則是突出重點，帶動全面的正確決策，應加大力度，持續推進。

本《報告》在考察論證過程中得到了山東省旅遊局特別是山東省國際旅遊開發中心以及四縣旅遊部門領導的大力支持，參考了能查考到的相關論著，汲取了多位專家學者的寶貴意見和建議，限於體例或未盡注明，在此謹致以衷心感謝！但由於涉及面較廣，問題複雜，時間倉促，又由於水平所限等原因，本《報告》一定還有所遺漏、錯訛或不足，敬請專家學者指正。如有可取，謹請有關方面備爲參考。

本《報告》之考察論證工作由山東省水滸研究會組成「『水滸故里』學術考察論證」項目組具體組織實施。《報告》文本由項目組負責人、山東省水滸研究會會長杜貴晨教授（執筆第一、第三部分和《結語》）和常務副會長王平教授（執筆第二、第四部分和《前言》（初稿）合作完成。

（二〇一五年六月一日星期一初稿
二〇一五年六月二十一日星期日定稿）

附表五：山東梁山等四縣「水滸故里」景觀統計總表

縣名	景群	景點	類型				現狀		認定		
			歷史	文學	傳說	創新	已建	待建	是	否	待定
梁山	8	36	4	22	9	6	24	12	22	2	12
鄆城	7	18	5	16	2	8	8	10	12	0	6
東平	12	20	12	9	3	1	11	9	8	1	11
陽穀	6	19	4	15	0	3	16	3	16	0	3
合計	33	93	25	62	14	18	59	34	58	3	42

（本文爲山東省旅遊局項目成果，分別由本人與王平教授執筆，分工除已見文末說明外，本人補充了全部表格。今徵得王平教授同意收錄於此，謹此說明並向山東省旅遊局和王平教授致謝）

羅貫中紀念館布展文本

概　說

一、設計宗旨

紀念學習羅貫中，弘揚東原文化。

二、總體思路

羅貫中、三國、水滸古今畢現，學術、旅遊、休閒、商業並重。

三、展示內容

羅貫中是一位神龍見首不見尾的偉大人物，其籍貫仍存爭議，其一生事蹟撲朔迷離，其主要成就在《三國》《水滸》二書；兩書各有無窮魅力，影響深廣，有關知識需要進一步普及與提高。因此，本布展將突出以下內容：

（一）羅貫中是東原即東平人；

（二）羅貫中的生平與著作；

（三）《三國》《水滸》各自的成書、內容、研究、評價、改編與傳播；

（四）《三國》《水滸》內容的情景再現。

四、展示方式

（一）文字：說明。

（二）圖片：書影、照片、截圖、繪畫等。

（三）造型：石雕、模塑、蠟像、石刻等。

（四）實物：書籍、仿製品、道具等。

（五）音像：電影、電視、錄音、多媒體等。

五、布展目標

（一）高規格、高水平的文學館；

（二）學術支撐、東平特色的歷史館；

（三）內容豐富、實事求是的科學館；

（四）學習、遊樂、休閒的文化館。

六、風格特點

（一）典雅氣氛，動人場景，時尚元素；

（二）平面立體結合，靜態動態互補；

（三）充實與精簡並重，旅遊與商業一體。

七、分區功能（圖）

八、總體效果（圖）

第一部分　前院（入門區）

一、正門

匾額：羅貫中紀念館（馮其庸書）

楹聯：

仗劍出東原有志圖王竟虛話

走筆繪漢宋傳神稗史足千秋

杜貴晨撰聯

二、仰聖石影壁

建　議：

以矩形大石橫亙門內約 8 米處。巨石向門一面鑿磨平整，刻題「羅府」。

影壁背刻：

東平羅貫中紀念館序

我國章回小說的奠基者和偉大作家羅貫中先生，名本，字貫中，以字行。東原人。「東原」名出《尚書》，爲今山東東平古稱。東平羅姓，世居今縣城區之羅莊。貫中家世並生卒之年無考，僅知其爲元（1279～1368）人而已。一代文豪，筆下千古，而身世恍惚若此，誠可歎也！然如老子猶龍，貫中生平之雲鱗霧爪，仍依稀見於明清野史，東原口碑。略謂貫中少與鄉友人霍希賢並有才華，希賢志在功名，而貫中「有志圖王」。元仁宗延祐五年（1318），希賢以廷試漢人第一（狀元）出仕，而貫中乃遠走吳越，遨遊江湖間。元末亂起，曾「客霸府張士誠」，而不得意。乃效夫子列國歸來，馬遷刑餘發憤，身隱泰山之麓，揮筆二聖之宮，「傳神稗史」，演述漢宋，作爲《三國志通俗演義》與《忠義水滸傳》。其所爲二書也，一曰「蒼生爲念」，一曰「替天行道」，而並稱《英雄譜》。時當元末人心思漢宋之際，貫中爲此二書，亦若漢祖誦《秋風》、思猛士之意，非獨託小說以自見也！故其書之爲道也，上承堯、舜、周、孔；爲文也，遠接屈、宋、馬、班。其氣概也，震古鑠今；其麗澤也，輝潤人間。明人歎爲「奇書」，不亦宜乎！此皆非有貫中之心胸才華者不知爲亦不能爲也！然而故老傳聞，貫中竟因此二書遭官府迫害，遂又避地江南。而貫中族人，亦因懼被株連，而相繼遷徙異鄉。故至今東平鎮有五「羅莊」，而無一羅姓舊家。貫中晚年或寄寓杭州，故又有「錢塘人」或「杭人」「越人」之說，而不知所終。此又一可歎也！豈非天欲以貫中如夫子之必爲「東西南北之人」耶？又或貫中亦志比諸葛亮曰「中國饒士大夫，遨遊何必故鄉邪」？吾不能知！但見貫中之作，每自署「東原羅貫中」云，是亦終不忘東原父老者也！然則東平後人，又豈能不以有鄉先賢貫中爲榮，思託文物以寄其永思耶？此東平羅貫中紀念館之所以建也！館由東平縣委、縣政府批准於縣城之西姜家羅莊搬遷之舊址建設，北倚佛山，南臨清河，西近平湖，東西長 160 米，南北闊 215 米，總佔地 34400 平米；以貫中堂爲中心，總建築面積 6700 平方米。全部工程由羅莊村委投資人民幣伍千萬圓，由曲阜市園林古建築公司承建；於公元 2009 年 11 月 6 日奠基，2011 年　月　日竣工。……等親臨剪綵。是日也，春日遲遲，若爲留連；祥雲繚繞，似贊典禮。而臘山起舞，平湖揚波，八音和諧，萬家歡樂，似隱有長歌而呼曰：東原之子，貫中先賢；奇書聖手，魂兮歸來！

（山東師範大學文學院教授、博士生導師杜貴晨敬序於濟南歷山之下
公元二〇一〇年七月十一日）

三、三國十大名將群雕（東）

建議方案：仰聖石東側，選三國十大將，作爲石質或銅質雕像，或縱或橫一字排列，或作若干組排列：

關羽、張飛、趙雲、馬超、黃忠

許褚、典韋、張遼、太史慈、甘寧

四、水滸十大好漢群雕（西）

建議方案：仰聖石東側，選若干讀者最爲熟悉的英雄好漢，作爲石質或銅質雕像，或縱或橫一字排列，或分組排列：

豹子頭林沖　　花和尚魯智深

行者武松　　黑旋風李逵

雙槍將董平　　大刀關勝

青面獸楊志　　九紋龍史進

活閻羅阮小七　　母夜叉孫二娘

五、三國碑廊（東）

建議方案：陸續搜集名人題贈，逐漸充實。

六、三國苑（碑廊東院）

展室：三國七事廳

選題建議一：

1、宴桃園豪傑三結義（第一回）

2、鳳儀亭呂布會貂蟬（第八回）

3、曹孟德移駕幸許都（第十四回）

4、群英會蔣幹中計（第四十五回）

5、趙雲截江奪阿斗（第六十一回）

6、兄逼弟曹植賦詩（第七十九回）

7、諸葛亮彈琴退仲達（第九十五回）

四壁蠟像後布畫相應背景。

庭院：

（一）三國武藝演練

說明：模擬《三國演義》中出現的武打場面。

（二）華容道

說明：此遊戲爲以三國爲內容的桌面遊戲，需設石桌、石凳，應該設在離蹴鞠場地不遠的邊緣位置，作爲休息時參觀活動的延伸。

（三）三國象棋。

（四）九連環

說明：九連環是中國民間玩具。以金屬絲製成 9 個圓環，將圓環套裝在橫板或各式框架上，並貫以環柄。遊玩時，按照一定的程序反覆操作，可使 9 個圓環分別解開，或合而爲一。相傳爲諸葛亮創製。

七、水滸碑廊（西）

建議方案：陸續搜集名人題贈，逐漸充實。

八、水滸苑（碑廊西院）

展室：水滸七事廳

選題建議：

1、魯提轄拳打鎮關西（第三回）
2、林教頭風雪山神廟（第十回）
3、吳用智取生辰綱（第十六回）
4、景陽岡武松打虎（第二十三回）
5、潘金蓮藥鴆武大郎（第二十五回）
6、宋公明義釋雙槍將（第六十九回）
7、東嶽廟戴宗歸神（第一百回）

四壁蠟像後布畫相應背景。

庭院：

（一）水滸武藝演練

說明：模擬《水滸傳》中出現的武打場面。

（二）蹴鞠

說明：在互動區中心場地設蹴鞠場，蹴鞠場周圍以塑像的形式還原宋徽宗、高俅等人踢蹴鞠場景。需要注意的是塑像的設置與參觀者參與踢蹴鞠的場景融爲一體，利用照相留念，通過古代與現代距離的拉近滿足人們古代角色扮演的衝動；考慮到參與人員的非專業性，在蹴鞠場中間欄框的設置以及蹴鞠用球上應該大膽改革，必要是需要工作人員的配合，不至於此蹴鞠場的設置形同虛設，要讓參觀者參與其中，樂於其中。

（三）葉子牌

（第一部分結束）

第二部分　中院（貫中堂：中心區）

二　門

匾額：大可

注：王夫之《讀四書大全說·論語》：

　　其所及於民者，豈無事哉？其事可久，故不於斷續而見新；其事可大，故不以推與而見至。則其「成功」「文章」之可大可久者，即「無能名」之實也。

楹聯：　承堯舜周孔大道小說通俗堪稱聖
　　　　接屈宋馬班文章奇書創體立新宗

杜貴晨撰聯

第一展室（貫中堂一層：羅貫中生平與著作）

匾額：貫中堂

楹聯：

據正史採小說演三國妙畫仁智曰蒼生爲念
證文辭通好尚傳水滸曲盡忠義稱替天行道

杜貴晨撰聯

注：「據正史，採小說，證文辭，通好尚」據明高儒《百川書志》；「蒼生爲念」，見《三國演義》「三顧茅廬」劉備勸諸葛亮出山語；「替天行道」爲《水滸傳》旗號即宗旨。

堂中：羅貫中坐像一尊，銅質，執卷讀書或執筆寫作狀。建議像高 4 米，另加底座。

像後屏風，宋或明式，中間畫屏（泰山、黃河、東原），兩側屏對聯：

至聖尼山孔夫子

大賢東原羅貫中

杜貴晨撰聯

四壁：自入門沿順時針方向環屋壁布展板，內容依次爲：

前　言

自天地開闢，有史記載，山東東平爲古東原之區。地靈人傑，英才輩出。如戰國無鹽醜女鍾離春（附件 2-1），三國曹魏名士呂安，唐代開國元勳盧國公程咬金（附件 2-2），宋代狀元父子梁灝、梁固，大書法家梁楷（附件 2-3），元代著名農學家王楨，戲劇家高文秀（附件 2-4）等等，如群星燦爛，輝耀古今。同時東平還是原全國人大黨委會委員長萬里的故鄉。而羅貫中是東平數千年來走出的最具影響力的偉大的小說家和世界文化名人。

東平縣地圖。

羅貫中是我國古代最偉大的文學家之一，中國和世界文化名人。本館是我國迄今建制最大、規格最高的羅貫中紀念館。羅貫中是東原即山東東平人，世居東平，父祖無考。其生卒年亦眾說紛紜，大致主要生活於元代，也許還活到了明初。羅貫中是我國歷史上最偉大的小說家。據記載，他曾經「編纂小說數十種」，影響最大的是《三國志通俗演義》和《水滸傳》。《三國志通俗演義》今稱《三國演義》，被公認爲是羅貫中的代表作。《水滸傳》的作者尚存爭議，但有根據表明羅貫中是《水滸傳》的作者或主要作者。近七百年來，羅貫中通過《三國演義》《水滸傳》等小說的巨大影響，使他的思想很大程度上支配了中國人的生活，成爲繼孔孟之後又一位影響了中國歷史進程的文化巨人。雖然他個人的歷史幾乎湮沒，但經學者長期考證，一些基本的事實已可以認定。

一、羅貫中是山東東平人

（一）「東原」即東平

「東原」出《尚書・禹貢》：「大野既豬，東原底平。」鄭玄注：「即今之東平郡也。」

清蔣廷錫《尚書地理今釋》：「東原，今山兗州府東平州及濟南府泰安州之西南境也。」（今本《辭海》「東原」條引以上證據結論說：「據鄭玄注，即漢東平郡地，相當於今山東東平、汶上、寧陽一帶。」）

東平現存可證此結論的歷代方志、碑碣（實物）

（二）羅貫中確有其人，他是「東原」即山東東平人

1、明代《三國演義》版本上的根據

①今存最早的嘉靖壬午本《三國志通俗演義》首載庸愚子（蔣大器）的《序》稱「東原羅貫中」：

> 前代嘗以野史作爲評話，令瞽者演說，其間言辭鄙謬，又失之於野，士君子多厭之。若東原羅貫中，以平陽侯史傳，考諸國史，自漢靈帝中平元年，終於晉太康元年之事，留心損益，目之曰《三國志通俗演義》。

②今存各種明刊署名羅貫中小說凡標有籍貫者多爲「東原羅貫中」。

現存明刊羅貫中小說署籍貫「東原」版本簡表。

2、現當代學者的考證

魯迅（1881～1936），浙江紹興人。「五四」新文化運動的主要代表，偉大思想家、小說家、雜文家，中國古代小說研究的奠基人之一。所著《中國小說史略》爲我國小說史研究奠基之作。觀點：

> 「（一）羅是元朝人，（二）確有其人，而不是某作者的化名。」
>
> ——魯迅《致增田涉（1936年10月5日）》，《魯迅全集》（13），人民文學出版社1981年版，第673頁。

胡適（1891～1962），安徽績溪上莊村人。現代著名學者、文化名人。因提倡文學革命而成爲新文化運動的代表人物之一。我國古代小說研究特別是小說考證的主要奠基人。觀點：

> 「看王惲《秋澗大全集》，記出其中於曲家有關諸事。有一點是偶然發現的。諸書記羅貫中的籍貫不一致。或稱爲太原人，或稱爲杭州人。百十五回本《水滸》稱爲『東原』人。今夜讀《秋澗集》，見其中兩次提及『東原』，其一次顯指東平。因查得『東原』即宋之鄆州。後又偶翻《元遺山集》，稱『東原王君璋』，玉汝是鄆人。羅

貫中是鄆人，故宋江、晁蓋起於鄆城。」

——《胡適日記全編》第六冊（1937年3月7日），安徽教育出版社2001年10月版。

劉知漸（1914～1998），四川成都溫江人。早年受學於著名國學大師馬一浮。解放後為重慶師範學院教授、碩士生導師。著有《建安文學編年史》《〈三國演義〉新論》等。觀點：

「《三國演義》的作者為羅貫中，這是沒有多大爭論的。由於封建社會輕視小說、戲曲作家，因而羅貫中的歷史記載較少，這也是不足怪的。個別研究工作者因此而懷疑羅貫中這個人物的眞實性，說他是『烏有、子虛』式人物，就未免太武斷了。……史料說羅貫中是太原人，而嘉靖本《三國志通俗演義》卷首，有一篇『庸愚子』（蔣大器）在弘治甲寅（1494）年所作的序文中稱羅貫中為東原人。這個刻本很早，刻工又很精整，致誤的可能性較小。賈仲明是淄川人自稱與羅貫中為『忘年交』，那麼羅是東原人的可能性似乎更大些。《錄鬼簿續編》出於俗手所抄，『太』字有可能是『東』字草書之誤。因之，我們贊成羅貫中為東原人的說法。」

——劉知漸《重新評價三國演義》，《三國演義研究集》四川社科院出版社1983年版，第1～2頁。

羅爾綱（1901～1997），廣西貴縣（今貴港市）人。中國社會科學院近代史研究所研究員，著名歷史學家，太平天國史研究專家。著作豐富，有《太平天國史》《水滸傳原本和著者研究》等。觀點：

「明弘治甲寅七年（1494）庸愚子《三國志通俗演義序》也說東原羅貫中……從書的題署看，不但《水滸傳》有兩個本子署『東原』，而另三種著作《隋唐兩朝志傳》《三國志通俗演義》《三遂平妖傳》也都同署『東原』。考《書經・禹貢》『東原厎平』句，宋人蔡沈集傳說：『東原，漢之東平國，今之鄆州也。』明朝為山東東平州地。羅貫中當是山東東平州人，他用古地名署籍貫。」

——羅爾綱著《水滸傳原本和著者研究》，江蘇古籍出版社1992年版，第155頁。

周楞伽（1911～1992），江蘇省宜興人。古代文學專家、作家。有兒童文學《哪吒》，歷史小說《李師師傳奇》及回憶錄《傷逝與談往》《文壇滄桑錄》

等。觀點：

「說羅貫中是我國歷史上為民族文化的發展作過傑出貢獻的人物，絕非過譽……在中國有名的四大奇書《水滸》《三國》《西遊》《紅樓》中，羅貫中一人就佔有二部。羅貫中，名本，原籍東原（今山東東平），寄寓浙江……《三國志通俗演義》並不是創作於元末，而是創作於明初……不但《三國志通俗演義》創作於明初，就是七十回本《水滸傳》雖於元末發軔於羅貫中的原籍東原，而其完成則是在移家浙江慈谿以後的明初。」

——周楞伽《關於羅貫中生平的新史料》，譚洛非主編《〈三國演義〉與中國文化》，巴蜀書社 1991 年版。

王利器（1911～1998），四川江津人。先曾任教北京大學，後任職人民文學出版社編審、中國社會科學院特約研究員，北京大學歷史系兼職教授。著名國學大師。著作有《元明清三代禁燬小說戲曲史料》《曉傳書齋文史論集》等。觀點：

「大多數明刻本《三國》都認定羅貫中是元東原人。所謂杭人，亦即錢塘人，是新著户籍；《續編》以為太原人，『太原』當作『東原』，乃是羅貫中原籍，由於《錄鬼薄》傳抄者，少見東原，習知太原，故爾致誤……我這認定羅貫中必是東平人，還是從《水滸全傳》中得到一些消息的。《水滸全傳》有一個東平太守陳文昭，是這個話本中惟一精心描寫的好官。東平既然是羅貫中的父母之邦，而陳文昭又是趙寶峰的門人，也即是羅貫中的同學，把這個好官陳文昭說成是東平太守，我看也是出於羅貫中精心安排的。」

——王利器《羅貫中與三國演義》，《社會科學研究》1983 年第 1 期。

袁行霈（1936～），江蘇武進人。北京大學中文系教授、博士生導師，人文學部主任、國學研究院院長。第八、九屆全國政協常委，第十屆全國人大常委。民盟中央副主席。中央文史研究館館長。國務院學位委員會委員。著作有《陶淵明集箋注》《中國詩歌藝術研究》《中國文學概論》等 10 餘種，主編《中國文學史》等多種。

黃霖（1942～），上海嘉定人。復旦大學中國古代文學研究中心主任、中國語言文學研究所所長、教授、博士生導師。中國近代文學研究會會長、中國古代文論學會副會長、中國金瓶梅研究會（籌）會長、上海市古典文學會會長。主要著作有《中國歷代小說論著選》《古小說論概觀》《金瓶梅考論》《金瓶梅大辭典》（主編）、《近代文學批評史》等。觀點：

> 「關於羅貫中，目前所知甚少。據賈仲明《錄鬼簿續編》（或謂無名氏作）、蔣大器《三國志通俗演義序》等記載，他名本，字貫中，號湖海散人，祖籍東原（今山東東平），流寓杭州。賈仲明說他『與余爲忘年交，遭時多故，各天一方，至正甲辰復會。別來又六十餘年，竟不知其所終』。據此，可知他生活在元末明初，約在 1315 至 1385 年之間。明人王圻《稗史彙編》所錄一則材料稱羅貫中『有志圖王』，胡應麟《少室山房筆叢》說他是施耐庵的『門人』，清人顧苓《跋水滸圖》等說他『客霸府張士誠』，都不知是否可靠。他的《三國志演義》約成書於明初。他還是《水滸傳》的編寫者之一。」
>
> ——袁行霈主編、黃霖等本卷主編《中國文學史》第四卷第七編，黃霖執筆第一章，高等教育出版社 2005 年第 2 版，第 22 頁。

何滿子（1919～2009），原名孫承勳，浙江富陽人。著名學者、作家。曾任上海古籍出版社編審。治學廣泛，出版專著有《藝術形式論》《論〈儒林外史〉》等。（附件 2-17）觀點：

> 「羅貫中籍貫除了《錄鬼薄續編》說是太原外，多數著錄均作錢塘（杭州），故共有三說。杭州之說，由於元時杭州爲通俗小說作家書會才人的集中地，是大都以外最大文化商業中心。羅氏寄籍錢塘極有可能。其原籍應如蔣大器所記爲東原即東平。因此，我覺得東平的志書，列羅氏爲本地人是可以的。」
>
> ——2004 年 12 月 23 日何滿子致郭雲策信，見 2006 年 6 月《羅貫中研究》創刊號。

陳遼（1931～），江蘇海門人。著名作家、文藝理論家，江蘇省社科院研究員。江蘇省第五、六、七屆政協委員。關於《三國演義》的著作有《三國演義謀略三十種》《三國演義電視連續劇趣談》等。觀點：

> 「有兩個羅貫中，一個是小說家的羅貫中（約 1280～約 1360），山東東平人；一個是雜劇家羅貫中（約 1323～1397），山西太原人。羅貫中創作的《三國》原本是明代《三國志傳》和《三國志通俗演

義》據以加工的底本。羅貫中創作的簡本《水滸》（不是明代出版的《水滸》簡本）是施耐庵據以加工、改寫、再創造的繁本《水滸》的底本，《水滸》應爲羅貫中、施耐庵合著。羅貫中還創作了其他一些歷史演義小說，他是我國古代第一個長篇小說大家。」

——陳遼《兩個羅貫中》，《江蘇社會科學》2007 年第 4 期。

刁雲展（1927～），又名刁秀穎，山東鄆城人。遼寧省社會科學院研究員。離休。著有《羅貫中的原籍在哪裏》等論文。觀點：

「是梁山泊的英雄故事引起羅貫中的注意，產生創作《水滸傳》的想法；是東原羅貫中把《水滸》的中心放到鄆州即東原；從古籍的最早記載看，《水滸傳》作者是羅，非施。」

——刁雲展《〈水滸傳〉的眞正作者是山東人羅貫中》，原載遼寧《社會科學》1990 年第 6 期。

沈伯俊（1946～），重慶人。四川省社會科學院文學所研究員、原所長、中國三國演義學會常務副會長兼秘書長。主要著作有《三國演義新探》等。觀點：

「關於羅貫中籍貫……我個人傾向於贊成東原說……現存的《三國演義》明代刊本，大多署名「東原羅貫中」；羅貫中創作的另外幾部小說，多數也署名「東原羅貫中」。誰也沒有理由說這些署名「只是根據『故老傳聞』所記」，恰恰相反，人們一般都認爲這是羅貫中本人的題署，連繁仁同志也承認：「羅貫中在自己晚年傾盡心力整理完成的幾部小說中，題署『東原羅貫中』。」（《〈錄鬼簿續編〉與羅貫中種種》）既然如此，那麼請問：在作者自己的署名和「忘年交」的記載之間，究竟哪一種更權威，更可信？顯然是前者。」

——沈伯俊《關於羅貫中的籍貫問題》，《海南大學學報》1987 年第 2 期。

杜貴晨（1950～），山東寧陽人。山東師範大學教授、博士生導師，中國三國演義學會副會長，山東省古典文學學會副會長兼秘書長，山東省水滸文化研究會會長。主要著作有《羅貫中與〈三國演義〉》《傳統文化與古典小說》《齊魯文化與明清小說》《數理批評與小說考論》等。觀點：

「《三國演義》作者『東原羅貫中』不僅有可見最早版本的證明，而且這種證明又是來自不同方面的互證，後世就更加不可以也不應當隨便懷疑它……我們只能尊重多種明刊本題載『東原羅貫中』的古傳……以《三國演義》作者羅貫中是東原（今山東東平）人爲是。」

——杜貴晨《〈三國演義〉作者羅貫中爲山東東平人》,《南都學壇》2002 年第 6 期。

楊海中（1945～），河南臨潁人。畢業於北京師範大學中文系。河南省社會科學院研究員。發表有《羅貫中的籍貫應爲山東太原》等論文。觀點：

「《錄鬼薄》所説之太原非山西之太原，而是古籍中所載今轄屬濟南的長清西南之太原。關於羅貫中之籍貫，『東原』和『太原』之説是可以統一的，關鍵在於,《錄鬼薄續編》中的『太原』，應釋爲山東之『太原』，羅貫中應是山東人。」

——楊海中《羅貫中籍貫應是山東太原》,《東嶽論壇》1995 年第 5 期。

曲沐（1933～），山東牟平人。1959 年畢業於北京師範大學中文系，現爲貴州大學人文學院教授，中國《紅樓夢》學會理事，中國《三國演義》學會理事，中國《水滸傳》學會理事，貴州《紅樓夢》學會副會長，長期從事中國古典文學尤其是元明清文學的教學與研究。觀點：

「《三國演義》的作者羅貫中原籍是山東東平人。明代許多《三國演義》刊本，以及《水滸傳》《三遂平妖傳》等均有『東原羅貫中編次』的題署。明嘉靖本《三國志通俗演義》庸愚子的序也明確稱『東原羅貫中』。東原是山東東平古地名。而認爲《三國演義》的作者羅貫中是山西太原人的學者的立論依據主要是《錄鬼薄續編》，而《錄鬼薄續編》記載的羅貫中，只説他『樂府、隱語、極爲清新』，『尤精於樂章、隱語』，與《錄鬼薄續編》的作者賈仲明氣味相投，隻字未提他寫過《三國演義》與《水滸傳》等小説，可能是位雜劇作家，與《三國演義》作者羅貫中判然是兩個人。

「説《三國演義》等『這 21 種版本的題署與羅貫中本人沒有任何瓜葛，完全是出於後世書商的手筆；它們是不可靠的，因而也是不可信從的』(《三國演義與羅貫中》載《羅貫中祖籍考辨》) 的説法，是沒有依據的。如果換一種思維方式看一看，這 21 種小説，或者 29 種明刊本《三國演義》，或者其他英雄俠義小説，有沒有哪一種刻有「太原羅貫中」的題署呢？一種都沒有！如果《三國演義》的作者羅貫中是山西太原人，『太原』是大家很熟悉的地名，怎麼會在

《三國演義》的版本流傳過程中，一點痕跡都沒有留下呢？這是不可思議的。所以，《三國演義》的作者羅貫中祖籍是山東東平人，是比較可靠的。」

——曲沐2011年8月5日電子郵件，又見《羅貫中籍貫論爭小議》，《東平與羅貫中〈三國演義〉〈水滸傳〉研究》，中國出版社2006年版，第27頁。

二、羅貫中的生平

我國古代社會輕視小說戲曲，小說戲曲特別是通俗小說的作者，往往是一些社會地位不高的文化人。他們當時做小說既沒有稿費收入，還有時會承受社會與政治上的壓力，所以往往連姓名也沒有留下來。如《金瓶梅》《醒世姻緣傳》等，至今不知作者的眞姓名。《三國演義》《水滸傳》的作者羅貫中尚且有姓名留於世，還算是幸運的。但關於他生平的具體情況，至今能夠知道的甚少。以下是文獻中有關羅貫中生平的記載與東平當地傳說，以及現代學者的研究情況。

（一）明清人的記載

1、〔明〕田汝成《西湖遊覽志餘》：

錢唐羅貫中本者，南宋時人，編撰小說數十種，而《水滸傳》敘宋江等事，奸盜脱騙機械甚詳，然變詐百端，壞人心術，其子孫三代皆啞，天道好還之報如此。

——據1980年浙江人民出版社印本

2、〔明〕王圻《續文獻通考》：

《水滸傳》羅貫著，貫字本中，杭州人，編撰小說數十種，而《水滸傳》敘宋江事，奸盜脱騙機械甚詳。然變詐百端，壞人心術，說者謂子孫三代皆啞，天道好還之報如此。

——據北京圖書館善本室藏明萬曆三十一年刻本

3、〔明〕王圻《稗史彙編》：

文至院本、說書，其變極矣。然非絕世軼才，自不妄作。如宗秀羅貫中，國初葛可久，皆有志圖王者，乃遇眞主，而葛寄神醫工，羅傳神稗史。

——據南京博物院藏明萬曆刻本

4、〔清〕顧苓《塔影園集》：

羅貫中客霸府張士誠，所作《水滸傳》題曰《忠義水滸傳》……至正失馭，甚於趙宋，士誠跳梁，劇於宋江，《水滸》之作，以爲士誠諷諫也。

——據《殷禮在斯堂叢書》本

（二）東平有關羅貫中的傳說

1、羅貫中是東平元代狀元霍希賢的好友

採訪元朝東平籍狀元霍希賢後人東平縣新湖鄉霍家莊村民霍樹元、霍衍皆照片（暫缺）。

採訪者：泰山名人研究室羅貫中課題組

被採訪者：霍樹元、霍衍皆。身份：農民

採訪時間：1997 年　月　日

地點：東平縣新湖鄉霍莊

霍樹元説：「我們家族在元代興盛，有位狀元叫霍希賢，他有位好友叫羅本，就是寫《水滸》的羅貫中。羅在宿城羅莊住，也是個大家族。我祖上爲了與他相處，即把府第狀元府建在了宿城，府府相鄰。自羅本《水滸》問世，引起官家不滿，滿門追殺，羅家府第羅姓均走往他鄉。後羅家府第被侯、姜、李、劉等姓占，就引出了現在幾個姓的羅莊而沒有姓羅的了。」

霍衍皆説：「我們霍莊是從宿城搬往堤子，又從堤子遷居霍莊的。我們霍狀元曾和羅貫中是很好的把兄弟，兩人關係親如手足。」

調查者經考證認定：元代的狀元霍希賢與羅貫中確爲同時代人，東平有現存霍希賢撰寫的數塊碑刻爲證；霍希賢的狀元府及霍希賢墓都在宿城（即今東平鎮），與羅莊村相鄰。

——泰山名人研究室羅貫中課題組《關於羅貫中原籍「東平」説的研究和調查》，《泰安師專學報》1997 年第 2 期。

（展示霍希賢狀元墓圖片）

2、羅貫中在泰安徂徠山二聖宮創作《三國演義》

採訪泰安教育學院政史系主任李安本教授照片（暫缺）

採訪者：泰山名人研究室羅貫中課題組採訪

被採訪者：泰安教育學院政史系主任李安本副教授

採訪時間：1997 年　月　日

地點：泰安教育學院

泰安二聖宮遺址位於良莊鎮高胡莊，徂徠山林場廟子林區，爲金代發券石塊建築，佔地面積 1100 平方米。《泰安縣志》：「二聖宮，在徂徠之陽乳山下，山環四面，一徑緣溪上下，自西南入。古藤虬松，晻靄溪谷，即唐竹溪六逸遺址。元鹿茂之、許魯齋避地於此，有元高詡碑。」原宮殿二層上塑有孔子和老子二聖共享香火，因名「二聖宮」。

展示泰安教育學院政史系主任李安本副教授介紹情況的圖片。李說：

> 「從上中學起，就經常聽叔父李平湖（泰山郊區地方名儒）說，羅貫中是在二聖宮內寫的《三國演義》。」
>
> ——泰山名人研究室羅貫中課題組《關於羅貫中原籍「東平」說的研究和調查》，《泰安師專學報》1997 年第 2 期。

3、因羅貫中寫《水滸傳》之累羅姓遷出東平鎮

採訪東平鎮羅莊村村民照片採訪者：中央電視臺《走遍中國》欄目組記者

被採訪者：身份：農民

採訪時間：2007 年　月　日

地點：東平鎮羅莊村村外田野

採訪主題：羅莊村爲何無羅姓居民卻冠名羅莊（羅莊最初居民爲羅姓，故名羅莊。因羅貫中寫《水滸》激怒朝廷，爲避禍遠走他鄉，此後羅姓遂絕。後陸續有侯、管、李、姜、劉姓人家遷入居住，沿用村莊舊名，便形成了今之姜、李、劉、侯、管五個羅莊自然村）。

央視記者採訪圖片。

又，東平羅莊曾有明碑，爲羅貫中氏的家碑：

王長傑（東平羅莊人，65 歲，中學教師）：

> 我出生於現在東平縣東平鎮羅莊村一個農民家庭，祖父讀（過）六年私塾，父親國立六年級（高級小學）畢業，這在當時算得上村內最高文化水平了。大概爲了顯示自家的優越，爺爺管教我很嚴，三歲爺爺就教我識字算數，講述羅莊村的傳說，培養發展了我的記憶能力。六歲入小學時我能熟背《三字經》《百家姓》……《朱子家

訓》。嫩稚的腦際中勾刻了羅莊村的形象：古老偉大……

我家屋後有一大廟——五聖堂。內有好多廟碑……有兩塊字迹模湖（糊），連學校教師也辨認不清……唯有一塊碑，透明發光是明代羅氏家碑，爺爺和學校老師也解不透，他特意拓下來，藉此鼓勵我好好上學，等考上大學就解透了。直到（19）66年我讀高三，恩師孫式孔老師推斷，80%是《水滸》作者羅貫中的家碑。準備暑假請教名師。不久文革爆發……孫老師、侯冠生等老師打成黑幫分子、牛鬼蛇神，從此再也沒有機會考證……「破四舊」……我家成了清理重點，紅衛兵闖入我家，把所有古書都搶走，唯有這拓片和一摞文書朱、檔案被我父親泥在牆里保存下來。

（19）73年農業學大寨整平土地，在羅莊村東南挖出苗氏家和裴氏家族墓碑，和羅氏家碑記載完全符合。我如獲至寶，力爭保存。那時正是批林批孔評水滸批宋江運動的狂熱期，民兵排長是個文盲XXX不允許抄碑文，將碑砸碎填在溝裏……

03年春一個下午，我去白佛山前遊玩，遇到了香港客商。通過交談，得知他們開發白佛山，突然萌生了修復羅貫中故居的念頭。我想：隨著白佛山、大清河、東平湖的開發，羅莊村正處於白佛山、大清河、水泊梁山的旅遊軸線上，並設想建生態農業旅遊園。我把此想法告訴村主任侯加詩，他熱情支持了我。此時正是羅莊村搞規劃，機器隆隆，挖掘機、拖拉機穿梭大街小巷，大有「黑雲壓城城欲摧」之勢，笑聲、哭聲、罵聲、讚美聲、吆喝聲混雜在一起。我站在五聖堂舊址，讓他們寧願耽誤點時間少掙一車工錢，把有價值的東西留下，遭到的卻是諷刺和謾罵……被金錢衝昏頭腦推紅了眼的推頭機手在趾高氣昂，橫衝直撞，在我們不在家時將我家老屋推倒。手中唯一的證據也被毀滅了。

——王長傑手稿《羅貫中祖籍考——羅莊村》

（三）結論

綜合以上明清人的記載、學者的研究、東平故老傳聞與有關的調查採訪，可以認爲，羅貫中是元代山東東平人，東平狀元霍希賢的好友。他於元末在泰山東麓的徂徠山二聖宮寫成了《三國演義》。他同時是《水滸傳》的作者。

元代東平能產生羅貫中這樣的大作家不是偶然的。東平自漢朝以下，或為郡、為國、為路、府、州、縣，一直是周圍地方政治經濟文化的中心。特別是到了金元時期，東平為南北漕運必經之地，城市經濟發展加快，正如《馬可・波羅遊記》中描述的：「這是一個雄偉壯麗的大城市。商品與製造品十分豐盛。」「大河上千帆競發，舟楫如織，數目之多，簡直令人難以置信。」如此繁榮的經濟吸引了大批文人從四面八方來到東平，如著名作家元好問在東平一住六年，寫下了大量詩文。人文薈萃使東平成為當時北部中國文化中心之一，尤其是元雜劇的重鎮，水滸戲的故鄉。據考元雜劇中演述梁山泊好漢故事的有 19 種，楊顯之、康進之、李文蔚、李致遠等都是水滸戲的劇作家，而東平劇作家高文秀有「小漢卿」之稱，他一人就作有水滸戲 8 種。這些前輩或同時的文人給了羅貫中以深刻影響，使他在成人以後，能夠關心歷史題材的文學，除《三國演義》之外，水滸故事自幼給他的薰陶感染，成為他後來小說創作的又一題材，是很自然的事。這正如胡適先生所說，「《水滸傳》不是青天白日裏從半空掉下來的」，是「『梁山泊故事』的結晶」，「羅貫中是鄆人，故宋江、晁蓋起於鄆城」。

羅貫中從小生活在水滸故事的中心地之一東平湖畔，對當地的地理環境十分熟悉。這一點從《水滸傳》中可找出許多實證。如第十五回寫吳用從鄆城東溪村，「當日吃了半晌酒食，至三更時分……吳用連夜投石碣村來。行到晌午時分，早來到那村中」，所云石碣村，現在叫石廟村……位於東平湖西北湖畔，村邊公路距鄆城縣城 80 里左右，村民說過去該村到梁山是 70 里水路。吳用三更起走，正午能夠到達。書中描寫與實際距離相符；又如《水滸全傳》第六十九回中，宋江領兵攻打東平府時，書中說「卻說宋江領兵前到東平府，離城只有四十餘里路，地名安山鎮、紮住軍馬」，其地名和距東平州城的距離無誤。細讀《水滸》就可以看出，凡故事發生在東平、梁山、鄆城、陽穀一帶就和今天的地理環境相吻合，而離開東平，就不太相符了。這足以證明羅貫中對山東東平地理十分熟悉，他是山東東平人。

三、羅貫中的著作與研究

（一）羅貫中的著作與出版

明田汝成《西湖遊覽志餘》稱羅貫中「編纂小說數十種」，又相傳其著有《十七史演義》。今存署名羅貫中的小說有：

《三國志通俗演義》

《水滸傳》（一說與施耐庵合作）

《隋唐兩朝志傳》

《殘唐五代史演義傳》

《三遂平妖傳》

展櫃：堂東間居中南北向，長？米，寬？米，高？米。展出《三國演義》《水滸傳》等各種現代版本。

（二）羅貫中著作研究

展櫃：堂西間居中南北向，長？米，寬？米，高？米。展出羅貫中小說研究各種著作。

結語：作爲歷史人物，羅貫中的生平事蹟雖然還比較模糊，但各種證據表明，羅貫中實有其人，他是東原即山東東平人。東平是他的原籍。但他後來漂泊南方，到過江南許多地方，可能參加過張士誠的政治軍事活動。後來退隱書林，在浙江錢塘即杭州長住，從事文學活動，從而有了羅貫中是錢塘或杭（州）人的說法。從東原到錢塘，是羅貫中生平的主要經歷和生活過的地方；從一位亂世的趕潮人到小說家，也許還是一位書坊主，是羅貫中生平的主要經歷。羅貫中是東原人民的驕傲，時代滄桑的造化，我國南北文化共同孕育的巨人！

第三展室（貫中堂三層）：書畫欣賞與題贈

前　言

東平自古人文薈萃，是文化之鄉、書畫之鄉，文人墨客留下了大量珍貴作品，其中有關羅貫中文化題材者，作爲羅貫中紀念館的收藏，在本展室展出，歡迎欣賞指教。

中間：設題名、題辭、題寫書畫臺。

四壁：懸掛書畫。

第四展室（貫中堂後院：露天劇場）

一、劇場題名：高臺。

二、劇場設計與用途：

1、戲臺作仿古式，同時考慮現代演出需要設計，坐南向北，正對後園門；

2、場內設石凳一百零八個（前部三十六大座稍低，後部七十二小座稍高）

3、每日定時演出三國、水滸戲或其他戲曲。

第三部分　中東院（三國源流廳）

第一展室（東配殿）

中間展櫃三：

（一）官渡之戰（沙盤）

（二）三國史籍、改編等文獻展櫃

（三）赤壁大戰（沙盤）

壁展內容依次是：

前　言

《三國演義》作爲我國歷史演義的壓卷之作，是根據大量前代歷史與文學資料創作而成的。所以，前人說它「據正史、採小說」。這些資料源遠流長，內容豐富而又駁雜，最後經過羅貫中天才的加工重鑄，才有了傳世的《三國志通俗演義》；後又經明清評點家或兼出版者如毛宗崗等人的評改，成爲今通行本《三國演義》的基礎。毛綸、毛宗崗父子的評點本世稱「毛本」，今《三國演義》通行本就都是根據「毛本」整理出版的。本展室將列出主要資料，以顯示《三國演義》成書與傳播的源流。

一、三國史

《三國演義》所寫三國的歷史，從漢靈帝中平元（184）年算起到晉滅吳（280 年）共 96 年，從漢獻帝建安元（196）年算起到晉滅吳共 84 年，從魏文帝代漢（220）到晉滅吳國統一全國共60年。

歷史上的魏、蜀、吳三國之中，曹魏佔地最廣、人口最多、經濟軍事實力最強，曹操本人也是第一流的領導人才，但是，曹操一生戎馬30餘年，卻沒能實現統一，他自己也沒有稱帝；江南的孫吳實力次之。蜀漢僻處一隅，實力最弱。

三國全圖

三國實力對照表：

三國	人口（萬）	軍隊（萬）	謀臣（人）	戰將（員）
魏	440	30	20	30
吳	230	20	10	20
蜀	90	10	8	10

羅貫中創作《三國志通俗演義》的參考文獻，主要有以下幾種：

（一）《三國志》

西晉陳壽（233～297）撰。六十五卷。南朝宋裴松之作注，博採前人著述達200餘種，補入大量野史傳說，注文較正文多出3倍。《三國志》及裴注爲後世三國題材的文學創作提供了基本資料，所以《三國志通俗演義》的較早版本分別題爲《三國志通俗演義》或《三國志傳》。署名亦多標榜「晉平陽侯〔相〕陳壽史傳」。

（二）《後漢書》

南朝宋范曄（398～445）撰。今本一百三十卷。書中某些人物傳記比《三國志》的同名傳記史料豐富，如《董卓傳》《劉表傳》《呂布傳》等；某些傳記則爲《三國志》所無，如《孔融傳》《禰衡傳》《左慈傳》等。凡此，均爲《三國演義》創作所取資。

（三）《漢晉春秋》

東晉習鑿齒（？～383）撰。五十四卷。其記三國事，以蜀漢爲正統，魏、吳爲僭、閏即非正統，在漢獻帝建安年號之後，不著魏統，而接以蜀漢昭烈帝（劉備）章武年號，繼以後主建興、延熙、景耀、炎興諸年號，至司馬昭滅蜀，乃爲漢亡而晉始興，以晉承漢，故以名書。本書在歷史上第一次提出

「帝蜀寇魏」論，後世朱熹《通鑒綱目》與羅貫中《三國志通俗演義》實承其說。

（四）《資治通鑒》

北宋司馬光（1019～1086）撰。二百九十四卷。其編年敘事的體例對《三國演義》成書有重要影響。

（五）《通鑒綱目》

南宋朱熹（1130～1200）撰。五十九卷，序例一卷。朱熹與其門人趙師淵等據司馬光《資治通鑒》等書編。但敘三國史事不同於《資治通鑒》的「帝魏寇蜀」，而「尊劉貶曹」，直接影響了《三國演義》的成書。《三國志傳》的多種版本以「按鑒」相標榜，既是指《資治通鑒》，更是指《通鑒綱目》。

二、元代以前有關三國的雜史與文學

（一）野史筆記

1、《搜神記》

筆記小說。東晉干寶（？～336）撰。其中有的故事被羅貫中直接採入《三國演義》，如管輅教趙顏獻酒脯於南、北斗以求延年等。

2、《語林》

筆記小說。東晉裴啓撰。十卷。書中寫諸葛亮在渭濱與司馬懿相持時，「乘素輿，著葛巾，持白羽扇，指麾三軍．眾軍皆隨其進止」，是現存雖早的有關諸葛亮衣著風度的記載。所記「曹操詐稱夢中殺人」「曹操床頭捉刀」等爲羅貫中採入《三國志通俗演義》。

3、《世說新語》

筆記小說。本名《世說新書》，南朝宋臨川王劉義慶（403～444）撰。羅貫中寫《三國志通俗演義》，從中採入「望梅止渴」「曹植七步作詩」等事。

（二）說話與話本

「說話」即講故事，也就是後來的「說書」。據可靠資料推斷，唐朝時已經有了關於三國歷史的「說話」。宋代「說話」的「講史」一門中已有「說三分」的專題和專業藝人。話本是「說話」之本，當是「說話」人使用的底本。現存宋元的三國講史話本有元至治年間（1321～1323）建安虞氏刊印的《三國志平話》和內容大致相同的《三分事略》，其所敘三國故事已粗具後來《三國志演義》的輪廓，成爲羅貫中創作《三國志通俗演義》的重要參考。

1、說話

①唐代應該就有了有關三國的「說話」

晚唐李商隱（813～858）《驕兒詩》中寫到驕兒戲謔模仿三國人物曰：「或謔張飛鬍，或笑鄧艾吃。」應該是從市井「說話」受到的影響，表明唐代三國故事流傳廣泛，童稚皆知。

②《東坡志林》有關宋代「說三分」的記載

《東坡志林》，北宋蘇軾（號東坡居士，1037～1101）撰。其卷一《懷古》類云：「王彭嘗云：『余巷中小兒薄劣，其家所厭苦，輒與錢，令聚坐聽說古話，至說三國事，聞劉玄德敗，顰蹙有出涕者，聞曹操敗，即喜唱快。以是知君子小人之澤，百世不斬。』」可見北宋時期，在民間的「說古話」中，「說三國事」已是一項重要內容，其「尊劉貶曹」的思想傾向在聽眾中有很大影響。

③《東京夢華錄》中有關宋代「說三分」的記載

《東京夢華錄》，南宋孟元老撰。十卷。卷五《京瓦妓藝》條云：「崇（寧）、大（觀）以來，在京瓦肆伎藝……霍四究，說《三分》……不以風雪寒暑，諸棚看人，日日如是。」可見北宋末期，說話藝術中已經形成「說《三分》」的專科，並出現了以此著名的專業演員，深受觀眾喜愛。

2、話本

①《三國志平話》

講史話本。全稱《至治新刊全相三國志平話》。元代至治年間（1321～1323）刊行的《全相平話五種》之一。撰者及成書時間不詳。全書約 8 萬字，上圖下文，分上、中、下三卷。此書是《三國志》以外《三國演義》創作最重要參考，也是研究《三國演義》成書過程的重要資料。

②《三分事略》

講史話本。全名《至元新刊全相三分事略》。是現存第一部以」三分」命名的三國故事書。與《至治新刊全相三國志平話》基本相同，學者認爲是同一部書的不同刊本。

③《新編五代史平話》

講史話本。一般認爲宋人所作，也有人認爲是元人所作。書敘梁、唐、晉、漢、周五代史事，其中《梁史平話》卷上的入話，寫劉邦奪取天下以後，殺了韓信、彭越、陳豨三個功臣，「天帝可憐，見三功臣無辜被戮，令他們三個託生做三個豪傑出來：韓信去曹家託生，做著個曹操；彭越去孫家託生，做著個孫權；陳豨去那宗室家託生，做著個劉備。這三個分了他的天下。……三國各有史，道是《三國志》是也」。這一故事與《三國志平話》開頭的司馬仲相斷獄故事大同小異，表明三國故事在宋元之交已經形成較爲穩定而系統的情節。

（三）遊藝與戲劇

1、遊藝

①記載中有關隋代演三國故事的記載

《太平廣記》引《大業拾遺記》一名《隋遺錄》，又名《南部煙花錄》。舊題唐顏師古（581～645）撰。其中《水飾圖經》條載：「煬帝別敕學士杜寶修《水飾圖經》十五卷，新成，以三月上巳日，會群臣於曲水，以觀水飾。有神龜負八卦出河……曹瞞浴譙水，占水蛟；魏文帝興師，臨河不濟……吳大帝臨釣臺望葛玄；劉備乘馬渡檀溪……若此等總七十二勢，皆刻木爲之。」表明隋朝時三國故事已經廣泛流傳，並成爲演藝的重要題材。

②《事物紀原》載宋代有關三國故事的影戲

《事物紀原》，舊題宋高承撰。十卷。卷九《博棄嬉戲部》「影戲」條載：「宋朝仁宗時，市人有能談三國事者，或採其說加緣飾作影人，始爲魏、蜀、吳三分戰爭之像。」這是有關三國故事演爲影戲的最早記載。

2、戲劇

①金院本中的三國戲存目 5 種：

赤壁鏖兵　刺董卓　襄陽會　大劉備　罵呂布

②宋元戲文（南戲）中的三國戲存目 10 種：

單刀會　劉先主跳檀溪　甄皇后　貂蟬女　銅雀妓

關大王　古城會　何郎敷粉　瀘江祭　劉備斬蔡陽

③元（與元明間）雜劇中的三國戲。

三、羅貫中創作《三國志通俗演義》

在長期的、眾多的群眾傳說和民間藝人創作的基礎上，羅貫中以天才的藝術創造力創作了《三國志通俗演義》。相傳他是在泰安徂徠山的二聖宮寫成《三國志通俗演義》的。

《三國演義》地圖

四、《三國演義》的版本

《三國演義》成書以後，先以抄本流傳，至晚到明嘉靖中就有了刻本。後世流傳既久，版本遂多。但由於年代久遠與戰亂破壞等原因，也有大量毀壞湮滅。現在能見到的明清版本，從形式上看最有代表性的是三種：

一是明朝嘉靖壬午（元年，1522）刊刻的《三國志通俗演義》，24 卷，每卷 10 則，共 240 則。

二是李卓吾評本，不分卷，120 回，實是把《三國志通俗演義》的 240 則每相鄰的兩則合併爲一回而成，遂成爲此書分章回的定本。

三是清初毛綸、毛宗崗父子的評點本，文字上作了一定改動，加了 10 餘萬字的評語，序文僞託金聖歎所撰，並題曰「第一才子書」。由於此本思想藝術上都有了一定提高，遂壓倒了其他一切版本，成爲清朝以來通行《三國演義》的定本，世稱「毛本」。現代流行的各種《三國演義》整理本就大都以「毛本」爲底本。

（一）《三國演義》現存明刊本

序次	版本簡稱	題署刊刻情況
1	上海殘葉	無（存一葉）
2	嘉靖本	晉平陽侯陳壽史傳，後學羅本貫中編次
3	夏振宇刊本	晉平陽侯陳壽史傳，後學羅本貫中編次（輯）
4	周日校刊本	晉平陽侯陳壽史傳，後學羅本貫中編次
5	鄭以楨刊本	晉平陽侯陳壽史傳，明卓吾李贄評注，閩瑞我鄭以楨繡梓
6	夷白堂刊本	晉平陽侯陳壽史傳，後學羅本編次，武林夷白堂刊
7	英雄譜本	晉平陽陳壽史傳，元東原羅貫中演義
8	李卓吾評本	繡像古本，李卓吾原評《三國志》（有庸愚子序）

9	寶翰樓刊本	李卓吾先生評《新刊三國志》
11	鍾伯敬評本	景陵鍾惺伯敬父批評，長洲陳仁錫明卿父校閱
12	葉逢春本	東原羅本貫中編次，書林蒼溪葉逢春繡像
13	雙峰堂刊本	東原貫中羅道本編次，書坊仰止余象烏批評，等等
14	評林本	晉平陽陳壽史傳，閩文臺余象斗校梓
15	種德堂刊本	東原貫中羅本編次，書林沖宇熊成冶梓行，等
16	楊閩齋刊本	晉平陽陳壽史傳，明閩齋楊春元校梓
17	聯輝堂刊本	東原貫中羅本編次，書林少垣聯輝堂梓行
18	湯賓尹本	平陽陳壽史傳，東原羅貫中編次，江夏湯賓尹校正
19	黃正甫刊本	書林黃正甫梓行
20	誠德堂刊本	東原羅本貫中編次，書林誠德堂熊清波鍥行
21	喬山堂刊本	書林喬山堂梓（行），等
22	忠正堂刊本	李九我校正，東澗熊佛貴刊行（殘缺兩卷或序目不詳）
23	天理藏本	無（序目不詳）
24	藜光堂刊本	晉平陽陳壽志傳，元東原羅貫中演義，明富沙劉榮吾梓行
25	楊美生刊本	晉平陽侯陳壽志傳，元東原羅貫中演義
26	魏氏刊本	晉平陽侯陳□志傳，元東原羅貫□□□，□□林魏□□□□
27	魏瑪藏本	無（殘存卷6～10）
28	北京藏本	無（殘存卷5～7）

（二）《三國演義》現存清刊本

序號	版本簡稱	題署刊刻情況
29	遺香堂刊本	清徽州遺香堂刊本（無名氏刊本）
30	李笠翁評本	清南京芥子園印本
31	毛評本	南京醉耕堂刊本
32	二酉堂刊本	清南京二酉堂刊本
33	哈佛大學藏本	清嘉慶七年刊本
34	朱鼎臣本	清翻印明建陽原刊本
35	不詳	清康熙間翻印明建陽原刊本

（三）《三國演義》明清版本國外收藏簡表（見附件 3-28）

《三國演義》明清版本國外收藏簡表

序號	名稱	刊刻時間，刊刻者	收藏情況
羅貫中原著及接近羅著原貌的各種版本			
1	《三國志通俗演義》二十四卷二百四十則	有明弘治甲寅七年庸愚子序、嘉靖壬午元年修髯子引，爲今存《三國演義》最早刻本	美國國會圖書館、耶魯大學、日本文求堂，又日本德富蘇峰氏藏殘本（七、八兩卷）
2	《新刻校正古本大字音釋三國志通俗演義》十二卷二百四十則	明萬曆辛卯十九年金陵周曰校刊本，有圖	日本文求堂、村口書店。日本內閣文庫、蓬左文庫藏覆本
3	《新刻按鑒全像批評三國志傳》二十卷二百四十則	明萬曆壬辰二十年余氏雙峰堂刊本，上評、中圖、下文	英國博物院藏殘本僅存第十九、第二十兩卷，即最後兩卷
4	《新刻京本補遺通俗演義三國全傳》二十卷	明萬曆丙申二十四年書林熊清波刊本，有圖	日本德富蘇峰氏成簣堂藏
5	《新鍥京本校正通俗演義按鑒三國志傳》二十卷	明萬曆辛亥三十年閩書林鄭世容刊本	日本京都帝大藏
6	《新鐫京本校正通俗演義按鑒三國志》二十卷	明萬曆乙巳三十三年閩建鄭少垣聯輝堂三垣館刊本，上圖下文	日本內閣文庫、蓬左文庫、尊經閣文庫、德富蘇峰氏成簣堂藏
7	《全像三國志傳》又題《新鐫按鑒全像鼎峙三國志傳》	明萬曆 37～47 年喬山堂刊本	英國博物院、牛津大學藏
8	《重刻京本通俗演義按鑒三國志傳》二十卷二百四十則	明萬曆庚戌三十八年，閩建楊起元閩齋刊本，上圖下文	日本內閣文庫、京大文學部藏
9	《新鍥全像大字通俗演義三國志傳》二十卷	明萬曆刊本	日本鹽谷溫博士藏殘本
10	《新刊校正古本大字音釋三國志傳通俗演義》十二卷	萬曆中夏振羽刊本，無圖	日本蓬左文庫藏

11	《新刻按鑒演義全像三國英雄志傳》二十卷	明閩書林楊美生刊本	日本神田喜一郎博士藏
12	《新鋟全像大字通俗演義三國志傳》二十卷		日本天理大學圖書館藏，與神田氏藏本同系
13	《李卓吾先生批評三國志》一百二十回	明建陽福建少吳觀明刻本	日本蓬左文庫藏
	敬堂王灑源刊本《李卓吾先生批點原本三國志》（又題《新刻音釋旁訓評林演義三國志史傳》）		英國倫敦博物院藏
	清初吳郡綠蔭堂復明本，圖一百二十葉封面題《繡像古本李卓吾原評三國志》		日本宮內廳書陵部、京大人文科學研究所藏、法國巴黎國家圖書館藏
14	《三國志》二十卷二百四十回	明雄飛館與《水滸傳》合刻 的《英雄譜》本，圖六十二葉	日本內閣文庫、尊經閣、京大文學部藏
15	《鍾伯敬先生批評三國志》二十卷		日本千葉掬香氏、天理大學圖書館及東大東洋文化研究所藏
	《李笠翁批閱三國志》二十四卷一百二十回	牙青兩衡堂刊本，圖一百二十葉，封面題「笠翁評閱繪像三國志第一才子書」。此本刊刻時間晚於毛宗崗評本，但內容仍基本保持羅貫中原著面貌	日本京大文學部藏、法國巴黎國家圖書館藏兩部，其中一部是殘本
毛宗崗評點本			
1	《第一才子書繡像蘭國志演義》十九卷一百二十回	江南省城敦化堂刊本	日本京大人文科學研究所藏
2	《三國志演義》一百二十回		法國巴黎國家圖書館藏五部， 其中兩部爲「漢宋奇書」本

3	《繡像第一才子書三國志演義》	嘉慶庚辰二十五年永安堂重刊本。共二十冊，圖二十葉。卷首有題金聖歎序。凡例之後題署「聖歎外書，茂苑毛宗崗序始氏評，聲山別集，吳門杭永年資能氏定」	英國博物院藏
4	清刻本《三國志演義》		德國柏林國立博物館、美國普林斯頓大學藏
5	高麗刻本題「貫華堂第一才子書」，全書共二十卷卷首一卷，正文十九卷		

六、《三國演義》的續書

《三國演義》問世以後，影響小說創作，不僅是向上向下有了各個時代的演義，而且就《三國演義》本身，也生出許多人稱「續書」的小說來。這類小說甚至出現在日本，使《三國演義》的續書成爲國際現象，至今流行。

《三國演義》續書簡表

序號	名稱	作者	回數	出版年	收藏與刊刻
1	《新刻續篇三國志後傳》（三國志後傳）	酉陽野史	十卷一百三十九回	萬曆三十七年（1609）刻本	北京圖書館藏
2	《續三國志》（《東西晉演義》）	楊爾曾	十二卷五十回	萬曆年間	建陽書林余象斗三臺館刊
3	《後三國誌石珠演義》（《三國後傳》）	梅溪遇安氏	三十回	清初	清初刻本
4	《小桃園》	劉方		清初	佚
5	《新刻半日閻王傳》			清	廣州五桂堂
6	《三國因》	醉月主人	不分回	光緒丙午年（1906）	光緒丙午年（1906）刊巾箱本
7	《新三國志》	珠溪漁隱	三編三冊，每冊六回	宣統元（1909）	上海小說進步社初版

8	《新三國》	陸士諤	五卷三十回	宣統元年（1909）	改良小說社刊本
9	《三國還魂記》	雄辯士	一百五十五回	民國六年（1917）	春秋小說社
10	《反三國》	徐捷先		民國	
11	《反三國志演義》	周大荒	六十回	民國19年（1930）	上海卿雲圖書公司
12	《貂蟬豔史演義》	佚名	十八章		
13	《蓋三國奇緣》	四明三餘堂作者佚		民國21年（1932）	上海新智書局
14	《三國志》（日本）	吉川英治		20世紀40年代	
15	《英雄三國志》（日本）	柴田煉三郎	全6卷		
16	《隨筆三國志》（日本）	花田清輝			
17	《三國志》（日本）	橫山光輝			
18	《秘本三國志》（日本）	陳舜臣	6卷	1977	文藝春秋社
19	《人間三國志》（日本）	林田愼之助			
20	《大三國志》（日本）	志茂田景樹			
21	《新釋三國志》（日本）	童門龍三			
22	《三國志》（日本）	北方謙三	13卷		角川書店
23	《興亡三國志》（日本）	三好徹	全五卷	1997	集英社
24	《三國志》（日本）	宮城谷昌光			
25	《吳・三國志》（日本）	伴野朗			
26	《破・三國志》（日本）	桐野作人			
27	《混迹三國》	姜尙	三部共199章		網絡連載
28	《夢幻三國》	樺樹	52章		網絡連載
29	《三國遊俠傳》	阿飛	五部共107章		網絡連載
30	《三國厚黑傳》	小鳥	482節		網絡連載
31	《重生之我是劉琦》	司雨客	291章		網絡連載
32	《無奈三國》	問天	634章		網絡連載
33	《商業三國》	赤虎	5章		網絡連載

七、明清以來的三國戲

明清以來，延續金元三國戲的傳統，更由於《三國演義》的巨大影響，三國題材的戲曲空前繁榮，《三國演義》中幾乎所有重要故事都被搬上了戲臺，各類劇種都有三國戲演出。從而三國戲與小說並行，流行至今，蔚爲大觀。據不完全統計，明清以來的三國戲有200餘種。

現代演出的三國戲劇照。

八、三國影視

進入現代社會以來，電影、電視等影視藝術門類先後崛起，三國題材仍舊是這些新興藝術形式創作的熱門題材，百家競拍，萬眾矚目，幾十年來，形成眾多版本：

（一）三國題材電影簡表

序號	片名	拍攝者	時間	導演	主演
1	定軍山（默片）	豐泰照相館（戲曲片）	1905	任慶泰	譚鑫培
2	長阪坡（默片）	豐泰照相館（戲曲片）	1905	任慶泰	譚鑫培
3	三國志貂蟬救國	大中國影片公司	1927	顧無爲	陳秋風、盧翠蘭、顧寶蓮
4	三國志曹操逼宮	大中國影片公司	1927	夏赤鳳	顧無爲、蔣鏡澄、周空空
5	三國志七擒孟獲	大中國影片公司	1927	陳野禪	顧夢癡、粉菊花、小蘭春
6	劉關張大破黃巾	天一影片公司	1927	邵醉翁	胡蝶、裘芑香、李萍倩
7	美人計	大中華百合影片公司	1927	陸潔、朱瘦菊、史東山、王元龍	黎明輝、王元龍、王乃東
8	左慈戲曹操	香港影片公司	1930	黎北海	黎北海、許夢痕
9	周瑜歸天	新華影業公司	1935		
10	貂蟬	新華影業公司	1938	卜萬蒼	顧蘭君、金山
11	水淹三軍	民華公司	1941		

12	貂蟬	香港	1953	趙樹燊、陳煥文	白雲、麗兒、陳煥文
13	關公月下釋貂蟬	香港	1956	趙樹燊、關文清	關德興
14	孔明三氣周瑜	香港	1956	黃鶴聲	新馬師曾等
15	借東風	北京電影製片廠	1957	岑範	裘盛榮、葉盛蘭
16	關公千里送嫂	香港	1957	趙樹燊、關文清	關德興、麗兒、梁醒波
17	貂蟬	香港邵氏兄弟公司	1958	李翰祥	林黛、李允中、羅維
18	白門樓斬呂布	香港大成影片公司	1961	王風	吳君麗、於素秋、梁醒波
19	洛神	北京電影製片廠	1955	吳祖光	梅蘭芳、姜妙香
20	洛神	大成影片公司	1957	羅志雄	芳豔芬、任劍輝等
21	洛神	香港	1975	鍾景輝	鄭少秋、苗金鳳、周潤發
22	蔡文姬	北京電影製片廠	1978	朱今明、陳方千	朱琳、刁光覃、藍天野
23	智收姜維	珠江電影製片廠	1981	李鳴	申鳳梅、何全志、陳靜
24	華佗與曹操	上海電影製片廠	1983	黃祖模	鄭乾、龔雪
25	呂布與貂蟬	八一電影製片廠	1983	白夫今	葉少蘭、許嘉寶、劉金泉
26	關公	香港新海華電影公司 北京電影製片廠 山西電影製片廠	1987	楊吉爻	陳道明、侯少奎等
27	貂蟬（香港）	Asia Television Limited（ATV）	1987	王心慰	利智、王偉、湯鎮宗
28	關公（上下集）	北京電影製片廠、山西電影製片廠	1989	楊吉友	侯少奎、王文有等
29	曹操	天山電影製片廠	1996	方軍亮	柯俊雄、茹萍
30	諸葛孔明	天山電影製片廠	1996	方軍亮	谷峰、劉家輝、柯俊雄
31	一代梟雄——曹操	臺灣	1999	柯俊雄	谷峰、劉家輝、午馬 柯俊雄、劉永
32	赤壁（上）	中影集團、美國獅岩製片公司	2008	吳宇森	梁朝偉、金城武、張豐毅等

33	三國之見龍卸甲	保利博納電影發行有限公司	2008	李仁港	劉德華等
34	赤壁（下）	中影集團、美國獅岩製片公司	2009	吳宇森	梁朝偉、金城武、張豐毅等
35	關雲長	北京大華國際傳媒有限責任公司	2011	麥兆輝、莊文強	甄子丹、姜文、孫儷、聶遠、王學兵、安志傑、李宗翰、邵兵等

三國電影截圖

（二）三國題材電視劇簡表

三國題材電視連續劇簡表

序號	劇名	集數	拍攝單位	首映年	編劇	導演	演員
1	洛神	7	香港 TVB	1975	冉成淼		鄭少秋等
2	孫劉聯姻	4		1983	畢璽	育聰、徐曉	
3	諸葛亮	40		1985	麥守義	劉嘉豪	鄭少秋、米雪
4	諸葛亮	14	湖北電視臺	1985	胡三香、鄒雲峰、王凱	孫光明	李法曾
5	辭曹歸漢	7		1985	畢璽	左季谷、徐楊	
6	董卓亂漢	3		1987	羅祥勳	左季谷	
7	官渡之戰	3		1987	潘劍琴	左季谷	
8	單刀赴會	3		1987	徐棻	左季谷	
9	貂禪	19		1988	王笠人		潘迎紫、寇世勳、顧冠忠
10	關公	14		1990		林農	張山、肖國隆、王爲念、胡慶士、王利敏
11	三國演義	84	中央電視臺	1994	杜家福、朱曉平、劉樹生、葉式生、周鍇、李一波	王扶林	鮑國安、唐國強、孫彥軍、陸樹銘、李靖飛、吳曉東
12	三國英雄傳	44		1995		王重光	勾峰、陳俊

	之關公						生、關詠荷等
13	呂布與貂禪	35	天一影片公司	2001	張炭	陳凱歌	黃磊、陳紅、付彪、保劍峰、涓子、釋小龍、袁泉
14	臥龍小諸葛	30	大中國影片公司	2001		薛文華	任泉、劉曉虎、楊梅、阮丹寧、謝苗、釋小龍、巍子、宗振國
15	曹操與蔡文姬	32	中國電視總公司、北京泰倫影視公司	2002	武斐	韓剛	濮存昕、劇雪
16	武聖關公出解梁	7		2002	冉平	張紹林	陳思成、黃海波
17	洛神	27	香港 TVB	2002	陳靜儀、梁詠梅	梅小青	蔡少芬、馬濬偉、陳豪、郭羨妮、麥長青、林韋辰、劉丹
18	洛神	32		2004	呂紅、冉成淼	彭軍	潘雨晨、杜振清、李翰君
19	武聖關公	28		2004	程青松、張獻民	鄭克洪	王英權、張友齡、黃湘陽
20	曹操	34		2008	齊飛	童政	姚魯、曹穎
21	終極三國	53	八大電視股份有限公司等	2009	藍今翎、邵慧婷、許佩琪、李捷禹	吳建新	陳德修、陳乃榮
22	三國（新三國、新三國演義）	95	中國傳媒大學電視製作中心等	2010	朱蘇進	高希希	陸毅、張博、陳建斌、於和偉、林心如、黃維德、陳好、何潤東等

電視劇截圖

（三）三國題材其他電視作品

1	三國廢墟的發現		中央電視臺	1995			
2	三國故地行		中央電視臺	2002			
3	三國遺迹		VANNEX公司	1994			
4	易中天品三國		中央電視臺《百家講壇》	2006			
5	解碼關公		中央電視臺《百家講壇》	2010			梅錚錚 講

注：本部分列表内容參考了2010年山東大學文學院李元元碩士學位論文《影視演繹中〈三國演義〉》，並輔之以網絡檢索。

九、三國曲藝

我國曲藝藝術源遠流長，《三國演義》成書之前宋代勾欄瓦舍的「說三分」，本就屬於曲藝的範疇；《三國演義》成書以後，曲藝仍舊繼承並發揚了宋代「說三分」的傳統在民間流行，產生了大量作品，也推出了眾多曲藝名家。

三國題材曲藝作品簡表

序號	作品	作者或表演者	形式
1	張蓓簡評三國演義	張蓓	相聲
2	關公戰秦瓊	韓子康、侯寶林	相聲
3	批三國	侯寶林	相聲
4	批三國	郭德綱	相聲
5	唱三國	大山、丁廣泉	相聲
6	三國名勝繞許昌	李文芳	相聲
7	三國殺	嗚樂彙	相聲
8	講三國	高笑林、馮寶華	相聲
9	批三國	劉寶瑞、郭全寶	相聲

10	草船借箭	劉寶全	相聲
11	空城計	侯寶林	相聲
12	捉放曹	侯寶林	相聲
13	一肚子三國	紀連海、應寧、王玥波	相聲
14	問三國	史不凡、李金斗	相聲
15	關公智點兵	張蓓	相聲
16	三國・群英・赤壁	郭德綱、春妮、于謙、徐德亮	相聲劇
17	三國人物論	蘇文茂、王佩元	相聲
18	三國演義	袁闊成	評書
19	三國	姜存瑞	評書
20	三國演義	單田芳	評書
21	三國演義	連麗如	評書
22	三國	陸耀良	評書
23	三國外傳	袁闊成	評書
24	三英戰呂布	張文澤	評書
25	過五關斬六將	費駿良	評書
26	火燒赤壁	康重華	評書
27	千里走單騎	蘇州平話《三國》系統	評書
28	三顧茅廬	蘇州平話《三國》系統	評書
29	長阪坡	蘇州平話《三國》系統	評書
30	群英會	蘇州平話《三國》系統	評書
31	孔明初用兵	蘇州平話《三國》系統	評書
32	長阪坡	蘇州平話《三國》系統	評書
33	群英會	蘇州平話《三國》系統	評書
34	草船借箭	蘇州平話《三國》系統	評書
35	火燒赤壁	蘇州平話《三國》系統	評書
36	三氣周瑜	蘇州平話《三國》系統	評書
37	張松獻圖	蘇州平話《三國》系統	評書
38	孔明進川	蘇州平話《三國》系統	評書
39	挑袍	見胡度編《清音曲詞選》	四川清音
40	竹琴三國志選	胡度整理	竹琴
41	曹操	林俊傑	歌曲

十、三國連環畫

連環畫曾經是普通民眾老少咸宜瞭解各種知識的最好形式，《三國演義》則一向是連環畫最熱門題材之一。

《三國演義》連環畫簡目

序號	名稱	出版年	出版社	冊數	繪畫者
1	連環圖畫三國志	1927	上海世界書局	6	李澍臣
2	呂布與貂嬋	1946	普及印書館	1	陳中時、何仲達等
3	陳宮與曹操	1955	上海人民美術出版社	1	陸士達、良士等
4	《三國演義》連環畫	1958	上海人民美術出版社	60	劉錫永、徐正平等
5	古城會	1959	遼寧畫報社	1	張義潛
6	趙雲	1959	遼寧畫報社	1	朱光玉
7	諸葛亮	1979	上海人民美術出版社	1	徐有武
8	趙子龍催歸	1982	嶺南美術出版社	1	陳略
9	張飛	1982	浙江人民美術出版社	2	徐有武、徐有剛
10	群英會	1982	河北美術出版社	1	陳惠冠
11	華佗與曹操	1985	河北美術出版社		費聲福
12	三國演義連環畫	1995	人民美術出版社	48	孟慶江、史殿生等
13	三國演義連環畫選	2007	上海畫報出版社	21	黃山農、王學成等
14	三國演義連環畫（珍藏版）	2007	上海人民美術出版社	2	
15	中國民間傳說故事之《張飛審西瓜》	2009	文化出版社	1	顏梅華

十一、三國動漫與網絡遊戲及其他

因互聯網出現而崛起的動漫、網絡遊戲等，是世界性新興文化產業的代表。從它產生開始，《三國演義》就成爲開發利用的主要作品之一，出現了眾多三國動漫和網絡遊戲作品。

三國動漫與網絡遊戲及其他簡表

三國動畫作品					
序號	片名	集數	製片公司	時間	製片人
1	大話三國	36	showgood	2000	
2	Q 版三國	39 集	統一影視數碼特技製作中心	2003	傅燕、林靜、楊勇
3	三國演義動畫版	52 集	輝煌動畫、央視動畫與日本未來行星株式會社	2010	王大爲

三國網絡遊戲作品				
序號	遊戲名稱	遊戲類別	開發商	發行時間
1	三國演義	策略＋角色扮演	智冠	1991
2	武將爭霸	格鬥遊戲	熊貓軟體	1993
3	三國志英傑傳	策略＋角色扮演	光榮	1994
4	富甲天下	策略	光譜公司	1994
5	三國志（window 系統）	策略＋角色扮演	光榮	1995
6	三國志英雄傳	戰棋遊戲	智冠	1996
7	三國無雙	格鬥遊戲	光榮	1997
8	三國群英傳	策略＋角色扮演	臺灣奧汀科技公司	1998
9	烽火三國	策略兼即時戰略	烽火工作室	1999
10	眞三國無雙	策略＋角色扮演	光榮	2000
11	三國趙雲傳	動作角色扮演	第三波珠海工作室	2001
12	傲世三國	即時戰略	目標軟件	2001
13	臥龍與鳳雛	角色扮演	香港 GAMEONE 公司	2001
14	三國立志傳	策略＋角色扮演	光譜公司	2001
15	三國群俠傳	即時戰略	河洛工作室	2002
16	星際三國	即時戰略	Dong Seo	2002
17	三國霸業	策略＋角色扮演	詮積信息	2003
18	反三國志	角色扮演	南京新瑞獅	2000
19	呂布與貂蟬	角色扮演	南京新瑞獅	2003
20	三國志戰記	策略＋角色扮演	光榮	2003
21	幻想三國志	角色扮演	宇峻科技	2003

22	三國大戰	策略	紫晶數位	2007
23	熱血三國	戰爭策略	樂堂遊戲	2008
24	赤壁	角色扮演	完美時空	2008
25	三國殺	桌面遊戲	遊卡桌遊	2008
26	制霸三國	策略模擬	Magitech	2008

十二、《三國演義》的研究與翻譯

《三國演義》早在明代就受到學者的關注，出現了託名李贄而實爲葉晝所作的評點本；清初毛綸、毛宗崗父子評改《三國演義》的所謂「毛本」，是《三國演義》版本流傳與研究史上劃時代的大事。近現代以來，《三國演義》不僅是古典文學研究中的熱點，還爲方方面面學者所關注。近百年來《三國演義》是我國大學文學教學中的重點內容之一，學術界也先後建立了不少《三國演義》學術組織，召開了各種內容與形式的學術會議，產生了大量研究成果。《三國演義》早在明清時代就傳向日本等周邊國家，近代以來更陸續傳遍世界，成爲國外漢學研究的重要課目。尤其在東亞漢文化圈中，《三國演義》已經成爲各國家民族的重要精神食糧。據說韓國有「不與沒有讀過《三國演義》的人說話」之說，可見其在該國影響之大，入人之深。

（一）《三國演義》在中國大陸的研究

1、中國大陸《三國演義》研究學術組織

2、新時期《三國演義》研究活動一覽

①新時期以來全國性《三國演義》學術研討會

②新時期以來全國性《三國演義》專題研討會

3、《三國演義》的國內研究著作一覽表

4、高校著名學者講演《三國演義》

近代新式教育興起以來，《三國演義》很早就進入大學課堂，成爲文學教育的重要內容。

袁世碩先生（山東大學古典文學博士生導師、終身教授，山東省古典文學學會會長）在山東省古典文學學會做《三國演義》學術講演。

著名學者易中天在中央電視臺《百家講壇》「品三國」。

王平教授（山東大學古典文學博士生導師）在高校做《三國演義》學術報告。

（二）《三國演義》在國外

《三國演義》先後被譯成10餘種文字，傳遍世界，尤其受到亞洲各國人民的喜愛。在韓國、日本、泰國，《三國演義》是讀者最多、影響最大的一部中國小說。

1、翻譯

《三國演義》很早就被翻譯到國外，至今國外已有拉丁文、英文、法文、德文、荷蘭、俄文、波蘭文、越南文、朝鮮文、愛沙尼亞文、日文、泰文、老撾文、馬來文、爪哇文、蒙文等16種語言的譯本。

2、研究

《三國演義》國外的研究也有了很長的歷史，積累了大量研究著作。

國外研究《三國演義》部分論著目錄

王麗娜編譯

一、英文

1. 賽珍珠著《中國小說》，1939 年分別由紐約約翰戴伊出版社及倫敦麥克米蘭出版社出版，1974年由紐約哈斯克爾豪斯出版社再版。
   此書是賽珍珠獲得諾貝爾獎金的講演，著重論述了作爲民間文學的小說特點，分析了《水滸傳》《三國演義》及《紅樓夢》三部小說的特點。
2. 菲茨傑拉德著《成爲顛覆力量的中國小說》，載《明鏡季刊》第10期（1951年，259～266頁。）
   研究《三國》與《水滸》兩部小說，認爲這兩部小說有社會批評的作用，成爲舊中國社會中的一種顛覆力量。
3. 克倫普著《平話與三國志的早期史》，載《美國東方學會會誌》71（1951年，249～256頁）。
4. 魯爾曼著《中國通俗小說與戲劇中的傳統英雄人物》，收入阿瑟·賴特編輯的《儒家學派》一書（141～176頁），此書1960年由斯坦福大學出版社出版。又收入賴特編輯的《儒學與中國文化》一書（122～157 頁），此書1964年由紐約文學協會出版。
   本文分析了中國通俗小說中將、相、書生等各種英雄人物類型，並分析了這些人物所反映的中國某個特定歷史時期社會的政治、道德等情況。
5. 哈南著《中國小說與戲劇的發展》，收入雷蒙德·道森編輯的《中國遺產》一書（115～143頁），此書1964年由倫敦牛津大學出版社出版。
   此書論述了中國小說從口頭文學直到二十世紀的發展歷史，著重論述《西遊記》《三國演義》《水遊傳》《金瓶梅》、《儒林外史》《紅樓夢》等小說的形成，並論述中國戲曲裏取材於小說的各種人物典型。

6. 夏志清著《三國演義》一文，收入其所著《中國古典小說評介》一書（37～74 頁），此書 1968 年由紐約哥倫比亞大學出版杜出版。此書是對六部中國古典小說的研究，包括有關史料、書目、小說作者介紹、對傳統小說結構、風格、人物、情節、主題的分析等。
7. 波特·愛德華的哲學博士論文，題爲《諸葛亮與蜀漢》，1968 年發表於芝加哥大學。
   本文主要研究歷史上的諸葛亮，同時概要地論述了小說的演進、小說的歷史背景以及小說對歷史人物的觀點，並專節分析了《赤壁之戰》。
8. 楊聯陞的哲學博士論文，題爲《作爲三國演義來源的三國志》，1971 年發表於斯坦福大學。
9. 多列澤羅瓦——維林格羅瓦，米列娜著《評李福清（中國講史與民間傳統的關係：三國演義口頭的與書籍的異體）》。載 CHNOPERL Papers，第 4 期（1974 年，53～58 頁）。
10. 柳存仁著《羅貫中歷史小說的眞實性》一文，收入《保羅·德米維爾先生漢學文集》一書第二卷（231～296 頁），此書 1974 年由巴黎法國大學出版社出版。
11. 克羅爾，保爾·威廉的哲學博士論文，題爲《曹操的肖像：人與虛構的故事），1976 年發表於安阿伯密執安大學。本文論述了曹操作爲官員，詩人，戲劇人物的情況，分析了曹操在歷史上與文學作品中的不同形象，並分析了《三國演義》的特點。
12. 羅所，戈登·維克托的哲學博士論文，題爲《戲劇角色關羽：兩部元代戲劇的評論》，1976 年發表於奧斯汀得克薩斯大學。
13. 王靖宇著《中國傳統小說的意義與生命力的循環》一文，收入捷克漢學家普什克教授著《中國文學史研究》一書（275～301 頁），此書 1976 年由巴黎高等中國學研究學院出版。
14. 楊聯陞撰寫《羅貫中》辭條，收入卡林頓·古德里奇等編輯的《明代傳記辭典》（1368～1644）一書卷 1（978～980 頁），此書 1976 年紐約哥倫比亞大學出版社出版。
15. 楊聯陞著《三國演義研究》，即將在美國出版。
    本書著重研究《三國演義》的主題、人物塑造、版本考證等，並評價了《三國》這部歷史小說的優缺點。
16. 楊聯陞著《毛宗崗》，此書即將由波士頓特懷恩出版社出版，列入特懷恩人物傳記叢書。
17. 李培德著《三國與水滸的敘事體模式》一文，收入普安迪編輯的《中國敘事體文學評論集》，此 1978 年由普林斯頓大學出版社出版。此文著重論述《三國》及《水滸》的結構。

18. 楊聯陞、李培德等合編的《中國古典小說》，1981 年由倫敦豪爾公司出版。此書提供國外翻譯，研究《三國演義》等中國古典小說的資料。

二、俄文

1. 謝瑪諾夫評介巴拿休克俄譯本《三國》一文，載《外國文學》6 月號，1955 年（199～204 頁）。
2. 丘布科評介巴拿休克俄譯本《三國》一文，載《旗》8 月號，1955 年（202～203 頁）。
3. 基多維奇譯評《曹操詩作》，載《星》第 8 號 1973 年 193 頁。
4. 李福清著《中國敘事文學的歷史發展問題》1964 年莫斯科科學出版社出版。
5. 李福清著《中國講史與民間傳統的關係：三國演義口頭的與書籍的異體》。

三、日文

1. 奧野信太郎著《論三國志演義》，載《中央公論社》五十四卷九號，詔和十三年（1938）。
2. 荒井瑞雄著《關於毛聲山》，載《漢學會雜誌》八卷一號，昭和十五年（1940）。
3. 小川環樹著《毛聲山評本與李笠翁評本》，載《神田博士還曆紀念書志學論集》，昭和三十二年（1957）11 月，（615～623 頁）。
4. 志田不動麿著《釋三國演義》，載《研究（文學篇）》二三。1961 年 2 月（1～16 頁）。
5. 高橋繁樹著《三國雜劇與三國平話》①——「虎牢關三戰呂布」，載《中國古典研究》19，1973 年 6 月（119～133 頁）。
6. 高橋繁樹著《三國平話與三國雜劇》②——「連環計的虛構」，載《目加田誠博士古稀紀念中國文學論集》，1974 年 10 月（287～407 頁）。
7. 蘆田孝昭著《三國平話的結構與文體》，載目加田誠博士古稀紀念《中國文學論集》1974 年 10 月（409～427 頁）。
8. 中缽雅量著《三國演義的表現手法》，載《愛知教育大學研究報告》（人文、社會科學）23，1974 年 4 月（29～43 頁）。
9. 立間詳介著《關於三國演義的「七實三虛」》，載《橋論叢》78～3，1977 年 9 月（1～16 頁）。

四、朝文

1. 丁范鎮著《枕中記研究——特別與三國遺事傳說故事一關聯》，載《大東文化研究》2，1966 年 6 月（111～142 頁）。
2. 李慶善著《三國志演義中的英雄群像》，載《漢陽大學校創立三十週年紀念論文集》，1969 年 5 月（9～25 頁）。
3. 金時俊著《三國演義考》，載《漢城大學校教養課程部論文集》（人文・社會科學篇・）1，1969 年 5 月（144～164 頁）。
4・李慶善著《三國志演義對韓國文學的影響》，載《論文集》（漢陽大學校）5，1971 年 7 月（9～50 頁）。

附、港臺版

1. 王止峻著《談三國志與三國演義》，載《醒獅》6～8，1968 年 8 月（20 頁）。
2. 柳存仁著《羅貫中講史小説之眞僞性質》，載香港中文大學《中國文化研究所學報》8～1，1976 年 12 月（169～232 頁）。
3. 柳存仁著《倫敦所見中國小説書目》，1967 年香港龍門書局出版。

結語：本展室的內容表明，沒有陳壽《三國志》，就沒有後來諸多三國的文學作品，也就沒有三國小說的集大成者羅貫中《三國志通俗演義》。但羅貫中《三國志通俗演義》在對三國歷史傳播上的成功，遠過於陳壽的《三國志》。它不但使小邦君臣劉備與諸葛亮成爲中國明君賢相的代表，走麥城的關羽成爲義的化身，而且也使曹操本來是一個英雄，但經過《三國志通俗演義》的有意負面化，卻成爲了中國古代「奸雄」的典型，其左右社會與歷史的力量實在是太大了。更値得關注的是，自從有了《三國演義》，普通民眾就往往只知有《三國演義》而不知有《三國志》，想瞭解三國歷史本來面目的人，也往往是先讀《三國演義》而後去翻看《三國志》，甚至有些大名士如清代號稱「一代正宗」的大詩人王士禛，也把《三國演義》所寫龐統死於落鳳坡當成了史實，鬧出許多笑話，甚至有因此遭皇帝訓斥丟官的事。這也可見《三國志通俗演義》的藝術魔力，是怎樣地支配了中國的社會。

第四部分　中西院（水滸源流廳）

第一展室（西配殿）

中間展櫃：

1、智取生辰綱（沙盤）

2、宋江起義史籍與水滸改編等文獻展櫃

3、宋江攻打東平府（沙盤）

南山牆：北宋疆域圖

北山牆：宋江起義圖

東西壁展：內容依次：

前　言

《水滸傳》的具體內容雖然主要是虛構的，但其基本的根據卻是歷史的事實，即發生在北宋末年的宋江起義。歷史上宋江起義的人數不多，爲時不長，但活動的區域甚廣，影響很大。所以，雖然有關歷史的記載較少，但傳說甚多，很早就進入了當時盛行的說話，成爲說話藝術的重要題材。後來元雜劇也有不少取材於宋江等人故事，產生了多種水滸戲。《水滸傳》就是在宋江等人故事長期流傳的基礎上，由一位天才作家羅貫中或施耐庵與羅貫中寫定的。根據魯迅等學者的意見，《水滸傳》的作者或主要作者是羅貫中，他是最後加工寫定使《水滸傳》成爲最早流行本子的人。本展室將展示《水滸傳》一書的源流。

一、宋江起義史

史書中有關宋江起義的記載甚少，也不夠詳細，甚至有相互矛盾的地方。主要見於：

（一）《宋史・徽宗本紀》

（宣和三年，1121）二月庚午，趙震坐棄杭州，貶吉陽軍。罷方田。甲戌，降詔招撫方臘。乙酉，罷天下三舍及宗學、辟雍、諸路提舉學事官。癸巳，赦天下。是月，方臘陷處州。淮南盜宋江等犯淮陽軍，遣將討捕，又犯京東、河北，入楚、海州界，命知州張叔夜招降之。

（二）《宋史・侯蒙傳》

侯蒙字元功，密州高密人……罷知亳州。旋加資政殿學士。宋江寇京東，蒙上書言：「江以三十六人橫行齊、魏，官軍數萬無敢抗者，其才必過人。今清溪盜起，不若赦江，使討方臘以自贖。」帝曰：「蒙居外不忘君，忠臣也。」命知東平府，未赴而卒，年六十八。贈開府儀同三司，謚文穆。

（三）《宋史・張叔夜傳》

張叔夜字稽仲……宋江起河朔，轉略十郡，官軍莫敢攖其鋒。聲言將至，叔夜使間者覘所向，賊徑趨海瀕，劫巨舟十餘，載擄獲。於是募死士得千人，設伏近城，而出輕兵距海，誘之戰。先匿壯卒海旁，伺兵合，舉火焚其舟。賊聞之，皆無鬥志，伏兵乘之，擒其副賊，江乃降。

（四）宋・張守《毗陵集》卷十三《左中奉大夫充秘閣修撰蔣公墓誌銘》

公諱圓，字粹仲，蔣氏。……未幾，徙知沂州。宋江嘯聚亡命，剽掠山東一路，州縣大震，吏多逃匿。公獨修戰守之備，以兵扼其衝。賊不得逞，祈哀假道。公嘸然陽應，偵食盡，督兵鏖擊，大破之。餘眾北走龜蒙間，卒投戈請降。或請上其狀。公曰：「此郡將職也，何功之有焉？」

（五）宋・李埴《皇宋十朝綱要》

宣和元年十二月，詔招撫山東盜宋江。

（六）元・吳師道《敬鄉錄》

王師心，字與道，金華人。政和八年進士。初爲海州沐陽尉，敗劇賊宋江境上。

二、有關宋江起義的研究

（一）宋江起義的過程

北宋末期，朝政腐敗，對外獻幣乞和，對內恣意搜刮，農民苦於繁重賦稅盤剝，致流離失所。宣和元年（1119 年），宋江等 36 人佔據梁山（今屬山東），憑八百里水泊（今山東東平、梁山、鄆城間）之險，聚眾起義，反抗官府，史稱宋江起義。

宋江起義先後曾攻打河朔（泛指今黃河下游南北一帶）、京東東路（治青州，今山東省益都），轉戰於青、齊（今山東省濟南）至濮州（今山東省鄄城北）間，攻陷十餘郡城，懲治貪官，殺富濟貧，聲勢日盛。

十二月初二，宋徽宗趙佶聞知，納知亳州侯蒙「赦過招降」建策，命蒙知東平府，蒙未赴而卒。遂又命知歙州曾孝蘊率軍往討。宋江避其鋒，自青州率眾南下沂州（今山東省臨沂），與官軍周旋年餘。

三年二月，宋江等攻取淮陽軍（治下邳，今江蘇省睢寧西北古邳鎮東），繼由沭陽（今屬江蘇）乘船進抵海州（今江蘇省連雲港西南海州鎮）。知州張叔夜遣使探察義軍所向，及知宋江以十餘鉅舟徑趨海濱，乃募敢死士千餘人設伏近城，遣輕兵距海誘戰。

五月，宋江率眾登岸後遭伏擊，船隻亦被焚，退路斷絕，戰敗被俘，起義遂被鎮壓。

（二）史家的論述

翦伯贊主編《中國史綱要》：

北宋期內，黃河曾大決口兩次，使得曹、單、濮、鄆、澶、濟諸州原有的一些小湖泊都與梁山泊匯而爲一，所以在北宋末年，梁山泊的面積擴大了很多，周圍達八百里。上述各州的人民，有不少是依靠梁山泊的蒲、魚、蓮、藕之利爲生的。在北宋政府設置了「西城括田所」以後，整個梁山泊都被收爲「公有」，此後凡是要進入梁山泊中捕魚或採取蓮藕蒲葦的，都必須按照船的大小交納很重的課稅，漏稅的當做盜竊處罰。後來把這些稅額固定下來，每一縣都平均要負擔十多萬貫。在遇到水旱之災而蠲免兩稅的年份，梁山泊漁民的課稅還得照樣交納。

北宋的統治集團一向認爲「京東故多盜」，總是選用一些酷吏去做這一路的地方官。宋徽宗宣和初年被派作京東路轉運使的劉寄、王宓等人，就是以特別殘暴出名的，這就更使得民不堪命，皆起而反抗。起義民眾集合地點，就是地勢險阻的梁山和梁山泊。

南宋人寫的史書上，在宣和元年（1119 年）十二月初，有的説北宋政府下詔「招撫宋江」，有的又説京東東路這時有人起而反抗北宋政府，北宋政府下詔「令京東東、西路提刑督捕之」。這反映出，至晚應在宣和元年，以宋江爲首的這一支農民軍，已經離開梁山和梁山泊，向著現今的魯南和蘇北的地區活動了。

宋江領導的起義軍人數並沒有發展到成千上萬，但是北宋政府卻派遣兩路提刑，率領上萬的兵去「督捕」。在抗擊政府軍的圍剿時，起義軍每次都能以少勝多，後來這上萬的官兵竟至沒有人敢再與起義軍交鋒。北宋的官僚看到這種情況，知道宋江等人「才必過人」，在方臘起義之後，有人便向政府建議説，「不若赦過招降，使討方臘以自贖」。宋政府採納了這一建議。宋江等人一度接受了招安，但並沒有遵從宋政府的意願去從征方臘，而是在都城停留一些時候之後，又逃脱出去造反去了。

起義軍一直還是在魯南蘇北地區活動，到宣和三年（1121 年），起義軍正由沭陽乘舟向海州境內移動，海州的知州張叔夜偵查到這一動向，「募死士，得千人」，埋伏在中途等候，及起義軍經過其地，所乘船隻全被伏兵舉火燒毀，人和物資都有損傷。在此以後，起義軍便離開這一地區，轉移到河北。官軍也跟蹤到那裡追捕。官軍有上千的人，遠遠超過起義群眾的數目，但每次接戰仍大都被起義軍所敗，甚至有「束手就死」的。

到宣和三年夏間，宋政府軍鎮壓了方臘的起義軍之後，移師北向，從中抽調了折可存等人的部隊專力去追擊宋江的起義軍。起義軍人數與官軍相比過分懸殊，又堅持戰鬥將及一月，宋江等人先後被折可存等隊伍所俘獲，這次的起義到此便被鎮壓下去了。

翦伯贊（1898 年 4 月 14 日～1968 年 12 月 18 日），湖南桃源人。維吾爾族。曾任北京大學副校長、歷史系主任，參與北伐戰爭。中國著名歷史學家、社會活動家。

三、宋元雜史與文學記載

（一）李若水《忠愍集》卷二《捕盜偶成》詩

去年宋江起山東，白晝橫戈犯城郭。
殺人紛紛翦草如，九重聞之慘不樂。
大書黃紙飛敕來，三十六人同拜爵。
獰卒肥驂意氣驕，士女駢觀猶駭愕。
仍年楊江起河北，戰陣規繩視前作。
嗷嗷赤子陰有言，又願官家早招卻。
我聞官職要與賢，輒啖此曹無乃錯。
招降況亦非上策，政誘潛凶嗣爲虐。
不如下詔省科繇，彼自歸來守條約。
小臣無路捫高天，安得狂詞裨廟略。

按：這首詩作於宋江投降後一年，最早記載宋江起義於山東和最後投降朝廷。李若水（1092～1126），北宋末年人。《宋史》卷四四六有傳記其靖康前事：「上舍登第，調元城尉、平陽府司錄。試學官第一，濟南教授，除太學博士……靖康元年（1126），爲太學博士。」卒謚忠愍，有《忠愍集》。

（二）無名氏《大宋宣和遺事》

這部書約成於宋元之際，其中部分文字最早系統敘說宋江三十六人故事，被認爲是《水滸傳》成書的重要參考。魯迅《中國小說史略》介紹此書說：

> 《大宋宣和遺事》……書分前後二集……前集先言歷代帝王荒淫之失者其一，蓋猶宋人講史之開篇；次述王安石變法之禍者其二，亦北宋末士論之常套；次述安石引蔡京入朝至童貫蔡攸巡邊者其三，首一爲語體，次二爲文言而並雜以詩者；其四，則梁山濼聚義本末，首述楊志賣刀殺人，晁蓋劫生日禮物，遂邀約二十人，同入太行山梁山濼落草，而宋江亦以殺閻婆惜出走，伏屋後九天玄女廟中，見官兵已退，出謝玄女。

……則見香案上……有一卷文書在上。宋江才展開看了，認得是個天書；又寫著三十六個姓名……末後有一行字寫道：「天書付天罡院三十六員猛將，使呼保義宋江爲帥，廣行忠義，殄滅姦邪。」

於是江率朱同等九人亦赴山寨，會晁蓋已死，遂被推爲首領，「各人統率強人，略州劫縣，放火殺人，攻奪淮陽，京西，河北三路二十四州八十餘縣，劫掠子女玉帛，擄掠甚眾」，已而魯智深等亦來投，遂足三十六人之數。

一日，宋江與吳加亮商量，「俺三十六員猛將，並已登數，休要忘了東嶽保護之恩，須索去燒香賽還心願則個。」

擇日起行，宋江題了四句放旗上道：

來時三十六，去後十八雙。

若還少一個，定是不歸鄉！

宋江統率三十六將往朝東嶽，賽取金爐心願。朝廷不奈何，只得出榜招諭宋江等。有那元帥姓張名叔夜的，是世代將門之子，前來招誘；宋江和那三十六人歸順宋朝，各受大夫誥敕，分注諸路巡檢使去也；因此三路之寇，悉得平定。後遣宋江收方臘有功，封節度使。

（三）龔聖與《宋江三十六贊並序》

龔聖與《宋江三十六贊並序》見宋周密《癸辛雜識》收錄。周密（1232～1298），字公謹，號草窗，又號華不注山人。祖籍濟南。曾任義烏縣（今屬浙江）令、浙西帥司幕官。宋亡不仕，隱居著書，爲南宋末著名詞人、文學家。龔聖與（1222～1304？）名開，南宋末詩人、畫家。字聖與，一作聖予。淮陰（今屬江蘇）人。景定年間，曾在兩淮制置司李庭芝幕府任職，宋亡隱居不仕。所作《宋江三十六贊並序》首次記錄了宋江等三十六人名號與簡略事蹟。

諸書記載宋江三十六人名號對照表

龔聖與《畫贊》	《宣和遺事》	今本《水滸傳》（百回本）
智多星吳學究	智多星吳加亮	智多星吳用
玉麒麟盧俊義	玉麒麟李進義	玉麒麟盧俊義

大刀關勝	大刀關必勝	大刀關勝
尺八腿劉唐	赤髮鬼劉唐	赤髮鬼劉唐
沒羽箭張清	沒羽箭張青	沒羽箭張清
浪裏白跳張順	浪裏白條張順	浪裏白跳張順
船火兒張横	火船工張岑	船火兒張横
短命二郎阮小二	短命二郎阮進	短命二郎阮小二
鐵鞭呼延綽	鐵鞭呼延綽	雙鞭呼延灼
混江龍李俊	混江龍李海	混江龍李俊
九文龍史進	九紋龍史進	九紋龍史進
先鋒索超	急先鋒索超	急先鋒索超
賽關索楊雄	賽關索王雄	病關索楊雄
一直撞董平	一直撞董平	雙槍將董平
兩頭蛇解珍	×	兩頭蛇解珍
沒遮攔穆横	沒遮攔穆横	沒遮攔穆弘
雙尾蠍解寶	×	雙尾蠍解寶
鐵天王晁蓋	鐵天王鼂蓋	×
金槍手徐寧	金槍手徐寧	金槍手徐寧
×	摸著雲杜千	×
病尉遲孫立	病尉遲孫立	×
×	入雲龍公孫勝	入雲龍公孫勝
×	豹子頭林冲	豹子頭林冲

*是《宣和遺事》本身有出入的，除了這個，綜計下來，龔《贊》和今本《水滸傳》參差者十人，《遺事》和今本《水滸傳》參差者十六人，龔《贊》和《遺事》參差者十六人，三者互異者二人。

（摘自據嚴敦易《水滸傳的演變》，作家出版社 1957 年版）

（四）元・陳泰《江南曲序》

余童丱時，聞長老言宋江事，未究其詳。至治癸亥秋九月十六日，過梁山，泊舟，遙見一峰，嵲嶫雄。問之篙師，曰：「此安山也。昔宋江事處（按此句有脱誤）。絕湖爲池，闊九十里，皆蕖荷菱芡，相傳以爲宋妻所植。」宋之爲人，勇悍狂俠。其黨如宋者三十六人。至今山下分贓臺，置石座三十六所。俗所謂「來時三十六，去時十八雙」，意者其自誓也。始予過此，荷花彌望，今無復存者，唯殘香相送耳。因記王荊公詩云：「三十六陂春水，白首想見江南。」味其詞，作《江南曲》（原注：曲因蠹損無存。）以敍遊歷，且以慰宋妻植荷之意云。

——元陳泰《所安遺集補遺》，轉引自朱一玄、劉毓忱編《水滸傳資料彙編》，百花文藝出版社 1981 年版，第 54 頁。

按：陳泰，字志同。茶陵州（今縣，屬湖南株州）人。元仁宗延祐二年（1315）進士。此序作於元英宗至治三年（1323）三月，記載了宋江起事的地方是今東平的安山。

（五）元・陸友仁《題〈宋江三十六人畫贊〉》

憶昔熙寧全盛日，百年未曾識干戈。
江南丞相變法度，不恤人言新進多。
蔡家京卞出門下，首亂中原傾大廈。
睦州盜起驟連城，誰挽長江洗兵馬。
京東宋江三十六，白日橫行大河北。
官軍追捕不敢前，懸賞招之使擒賊。
後來報國收戰功，捷書夜奏甘泉宮。
楚龔如古在畫贊，不敢區區逢聖公。
我嘗舟過梁山泊，春水方生何渺漠。
或云此是石碣村，至今聞之猶褫魄。

（據顧嗣立《元詩選》三《庚集》錄陸友仁著《杞菊軒稿》）

按：陸友仁或名陸友，爲元代大收藏家、文物鑒賞家。此詩作於元文宗天曆（1328～1330）年間，記載宋江事蹟，並提到了東平的石碣村。

四、宋元水滸話本與戲曲

（一）水滸話本

宋元水滸話本今皆不存，僅見筆記中有若干名目，學者考證以爲是說水滸故事的。

1、宋羅燁《新編醉翁談錄》卷之一甲集《舌耕敘引・小說開闢》載

夫小說者……說《楊元子》《汀州記》……《芭蕉扇》《八怪國》

《無鬼論》，此乃是靈怪之門庭。言《推車鬼》《灰骨匣》……此乃爲煙粉之總龜。論《鶯鶯傳》《愛愛詞》……《卓文君》《李亞仙》《崔護覓水》《唐輔採蓮》，此乃爲之傳奇。言《石頭孫立》《姜女尋夫》……《戴嗣宗》《大朝國寺》《聖手二郎》，此乃謂之公案。論這《大虎頭》……《青面獸》……此乃爲樸刀局段。言這《花和尚》《武行者》《飛龍記》……此爲杆棒之序頭。論《種叟神記》《月井文》……此是神仙之套數。言《西山聶隱娘》《村鄰親》……《貝州王則》《紅線盜印》《醜女報恩》，此爲妖術之事端。也說黃巢拔亂天下，也說趙正激惱京師，說征戰有《劉項爭雄》，論機謀有《孫龐鬥智》。新話說張、韓、劉、岳，史書講晉、宋、齊、梁。《三國志》諸葛亮爭雄，《收西夏》說狄青大略。

按：上列「公案」類《石頭孫立》應是後來《水滸傳》的孫立，《戴嗣宗》應是《水滸傳》中戴宗，「樸刀局段」中《青面獸》當爲楊志故事，「杆棒之序頭」中《花和尚》當即魯智深，《武行者》當即武松。這些故事當時只是口說，還是已經有了話本，已無可斷定。但可以肯定的是這些故事已經融入了後來成書的《水滸傳》。

2、郎瑛《七修類稿·辯證類·三國、宋江演義》載

《三國》《宋江》二書乃元人羅貫中所編。予意必有本，故曰編。《宋江》又曰錢唐施耐庵的本。

按：郎瑛（1487～1566），是明成化、嘉靖年間人。他所稱《宋江》當即《宋江演義》。

3、錢希言《戲瑕》卷一

詞話每本頭上有請客一段，權做過德勝利市頭回，此政是宋人藉此形彼，無中生有妙處。遊情泛韻，膾炙人口，非深於詞家者，不足與道也。微獨雜說爲然，即《水滸傳》一部，逐回有之，全學《史記》體。文待詔諸公，暇日喜聽人說《宋江》，先講攤頭半日，功父猶及聞。

按：此又說到《宋江詞話》。錢希言，字簡栖。明萬曆吳縣（今蘇州）人。其所稱《宋江詞話》當爲《水滸傳》成書以前的民間話本，後來一段時期內，亦曾與《水滸傳》並世流行，久佚。

（二）水滸戲曲

宋元時代，水滸故事不僅被編爲說唱的話本，而且還進入當時已經逐漸興起的戲曲，成爲宋元戲曲的重要題材。以下是今見各種宋元戲曲中水滸題材劇目的簡表：

1、宋元戲文水滸戲簡表

序號	作者	戲曲名	書目著錄	存佚
1	不詳	《宋明公大鬧元宵夜》	《九宮十三攝譜》	佚
2	不詳	《黑旋風喬坐衙》	《傳奇彙考標目別本》	佚
3	不詳	《吳加亮智賺朱排軍》	《傳奇彙考標目別本》	佚
4	不詳	《時遷夜盜鎖子甲》	《鼓掌絕塵》33 回	佚
5	不詳	《林冲雪夜上梁山》	《鼓掌絕塵》33 回	佚
6	不詳	《黑旋風下山取母》	《鼓掌絕塵》33 回	佚
7	不詳	《景陽崗武都頭單拳打虎》	《鼓掌絕塵》33 回	佚
8	不詳	《木梳記》	散見於明蔡正河梓《八能奏錦》，僅存一齣名《宋公明智激李逵》	佚

2、元雜劇水滸戲簡表

序號	作者	戲曲名	簡名	書目著錄	版本	存佚
1	康進之	《黑旋風老收心》	《老收心》	《錄鬼簿》《太和正音譜》《元曲選目》《今樂考證》《曲錄》		佚
2		《梁山泊黑旋風負荊》	《杏花莊》《李逵負荊》	《錄鬼簿》《太和正音譜》	《元曲選》《元人雜劇集》《酹江集》《水滸戲曲集》	存
3	高文秀	《黑旋風雙獻頭》	《雙獻頭》《黑旋風雙獻功》	《錄鬼簿》《元曲選目》《今樂考證》《也是園書目》《曲錄》《曲海總目提要》	《元曲選》《元人雜劇全集》《元曲選外編》《水滸戲曲集》、北京圖書館藏明萬曆鈔本	存
4		《黑旋風窮風月》	《窮風月》	《錄鬼簿》《今樂考證》《元曲選目》《曲錄》		佚

5		《黑旋風牡丹園》	《黑旋風大鬧牡丹園》	《今樂考證》《元曲選目》《曲錄》		佚
6		《黑旋風喬教子》	《喬教子》《學教子》			佚
7		《黑旋風麗春園》	《麗春園》	《錄鬼簿》《太和正音譜》《今樂考證》《元曲選目》《曲錄》		佚
8		《黑旋風鬥雞會》	《鬥雞會》	《錄鬼簿》《太和正音譜》《今樂考證》《元曲選目》《曲錄》		佚
9		《黑旋風敷演劉耍和》	《劉耍和》	《錄鬼簿》《太和正音譜》《元曲選目》《今樂考證》《曲錄》		佚
10		《雙獻頭武松大報仇》		《也是園書目》《曲錄》		佚
11		《黑旋風借屍還魂》				佚
12	李文蔚	《報冤臺燕青撲魚》	《燕青撲魚》《燕青博魚》	《元曲選外編》《太和正音譜》	《元曲選》《酹江集》《水滸戲曲集》	存
13		《燕青射雁》		《錄鬼簿》《元曲選目》《今樂考證》《曲錄》		佚
14	紅字李二	《病楊雄》		《錄鬼簿》《太和正音譜》《元曲選目》		佚
15		《船火兒張弘》		《錄鬼簿》		佚
16		《踏板兒黑旋風》	《板踏兒黑旋風》	《錄鬼簿》《元曲選》《今樂考證》《曲錄》《太和正音譜》		佚
17		《折擔兒武松打虎》		《遠山堂劇品》《元曲選目》《錄鬼簿》《元曲選》《曲錄》		佚
18		《窄袖兒武松打虎》		《錄鬼簿》		佚

19	楊顯之	《黑旋風喬斷案》	《喬斷案》	《錄鬼簿》《太和正音譜》《元曲選目》《元曲選》《曲錄》		佚
20	庾吉甫	《黑旋風詩酒麗春園》	《麗春園》	《錄鬼簿》《太和正音譜》《元曲選目》《元曲選》《曲錄》		佚
21	王實甫	《詩酒麗春園》	《麗春園》	《錄鬼簿》《太和正音譜》《元曲選目》《元曲選》《曲錄》		佚
22	李致遠	《都孔目風雨還牢末》	《還牢末》《大婦小妻還牢末》	《元曲選目》《曲海目》《曲海總目提要》《也是園書目》《曲錄》《徐氏家藏書目》	明萬曆間脈望館本、《元明雜劇》《元曲選》、明萬曆龍峰徐氏刻《新續古名雜劇》《水滸戲曲集》本	存
23	無名氏	《爭報恩三虎下山》	《三虎下山》	《錄鬼簿續編》《曲海目》《曲海總目提要》《曲錄》	《元曲選》《水滸戲曲集》本	存
24		《黑旋風搭救李幼奴》《魯智深大鬧黃花峪》	《黃花峪》	《曲錄》《遠山堂劇品》《今樂考證》	北京圖書館藏明萬曆鈔本、《孤本元明雜劇》《水滸戲曲集》本	存
25		《張順水裏報冤》	《水裏報冤》	《太和正音譜》《元曲選目》《今樂考證》《遠山堂劇品》		
26		《魯智深大鬧消災寺》	《消災寺》			
27		《梁山五虎大劫牢》		《古今雜劇》《也是園書目》《今樂考證》《曲錄》	北京圖書館藏明萬曆四十三年鈔本、《孤本元明雜劇》《古本戲曲叢刊》《水滸戲曲集》本	存
28		《梁山七虎鬧銅臺》		《也是園書目》《今樂考證》《曲錄》	北京圖書館藏明萬曆四十三年鈔本、《孤本元明雜劇》《水滸戲曲集》本	存

29		《宋公明排九宮八卦陣》		《也是園書目》《今樂考證》《曲錄》	北京圖書館藏明萬曆四十三年鈔本《孤本元明雜劇》《水滸戲曲集》第一集	存
30		《宋公明劫法場》		《也是園書目》《今樂考證》《曲錄》		佚
31		《宋公明喜賞新春會》		《也是園書目》《今樂考證》《曲錄》		佚
32		《王矮虎大鬧東平府》		《也是園書目》《今樂考證》《曲錄》	北京圖書館藏明萬曆四十三年鈔本、《孤本無明雜劇》《水滸戲曲集》、脈望館鈔校《古今雜劇》本	存
33		《小李廣鬧元宵夜》		《也是園書目》《今樂考證》《曲錄》		佚
34		《一丈青鬧元宵》		《太和正音譜》《元曲選目》《今樂考證》《曲錄》		佚

五、羅貫中創作《水滸傳》

在宋江起義的史實與傳說、水滸話本與戲曲的基礎上，元朝末年，由偉大的小說家「東原羅貫中」最後寫定《水滸傳》。《水滸傳》的成書可能還與一位叫做施耐庵的人有關，但至少有一派意見認爲，《水滸傳》的作者或主要作者是羅貫中。

（一）《水滸傳》的作者是羅貫中

1、明代的三類異說

①施耐庵、羅貫中合作說

「施耐庵的本，羅貫中編次」（高儒《百川書志》、郎瑛《七修類稿》）

「施耐庵集撰，羅貫中纂修」（明天都外臣序刻百回本《忠義水滸傳》題署）

施耐庵編，羅貫中續（金聖歎）

②羅貫中說

「宋人羅貫中撰」（田汝成《西湖遊覽志餘》、王圻《續文獻通考》）

③施耐庵說

「元人施耐庵編」（胡應麟《少室山房筆叢》）

2、羅貫中是《水滸傳》的作者

以上三類說法中，第一類說是施、羅兩個人作的；第二、三類說法分別說是羅或施一個人作的。當今讀者多相信是施耐庵一個人或施、羅合作的，很少有人相信是羅貫中一個人作的。其實正是有許多學者認爲，《水滸傳》是羅貫中一個人作的，羅貫中才是《水滸傳》的作者。

①魯迅在《中國小說的歷史的變遷》一文中說：

> 《水滸傳》有許多人以爲是施耐庵做的。因爲多於七十回的《水滸傳》就有繁的和簡的兩類，其中一類繁本的作者，題著施耐庵。然而這施耐庵恐怕倒是後來演爲繁本者的託名，其實生在羅貫中之後。後人看見繁本題耐庵作，以爲簡本倒是節本，便將耐庵看作更古的人，排在貫中以前去了。
>
> ——魯迅《中國小說的歷史的變遷》，《中國小說史略》，人民文學出版社 1973 年版，第 293 頁。

②嚴敦易《水滸傳的演變》一書中說：

> 首先要講的是，「施耐庵的本」之下，續稱「羅貫中編次」，這是明白表示，羅貫中其人，就施氏的傳本加以編纂，也就是整理、潤飾、增訂及修改的意思；這和《三國志通俗演義》的標署「晉平陽侯陳壽史傳，後學羅本貫中編次」，意義與形式，正都是一樣的。後者爲了要依附陳壽的《三國志》，故把原本逕以「陳壽史傳」當之，其實它的前身，卻是元至治刊本建安虞氏所印行的《三國志全相平話》。假如他不標榜正史的話，也該署「某某某的本」云云了。所以，照題署的涵義看起來，如果說題署是確指了《水滸傳》的作者，——或者應該說是《水滸傳》整理、潤飾、增訂、及修改的加工編輯者，那是應當歸諸羅氏的。根據這一理解，施氏所傳的原本，似可能是相當簡率……到了羅氏手裏，才成爲章回小說的體制，並具現在的面貌。

——嚴敦易《水滸傳的演變》，作家出版社 1957 年版，第 224 頁。

③何心《水滸研究》一書中說：

總而言之，羅貫中定然是元朝人，也許明初他還活著……所著小說，據《西湖遊覽志餘》云，有數十種之多。今所存者，除《水滸傳》外，只有《三國志演義》《隋唐兩朝志傳》《殘唐五代史演義》《三遂平妖傳》等數種。

——何心《水滸研究》，上海古籍出版社 1985 年版，第 25 頁。

④〔美〕夏志清《中國古典小說導論》一書中說：

從留下來的文人對小說的即興評點和現存所有版本中的書名頁來判斷，明代對於《水滸》的作者問題有兩種觀點：一種認爲《水滸》是羅貫中一個人的作品，另一種則認爲《水滸》係施耐庵和羅貫中的合作。但那些承認施耐庵功勞的版本只說他是小說基本材料的作者，是羅貫中根據這些材料編寫了他的小說。這麼說，很可能羅是像用陳壽的材料寫成《三國》那樣，用施的材料寫成了《水滸》。既然我們實際上對施耐庵一無所知，既然他的《水滸》（假如它確實存在過的話）早已被融進了羅貫中的本子，那麼，如果要把《水滸》歸於某個特定的作者的話，首先把它歸於羅貫中，是完全公平合理的。

——〔美〕夏志清著，胡益民等譯《中國古典小說導論》，安徽文藝出版社 1988 年版，第 83～84 頁。

（二）羅貫中創作《水滸傳》

明許自昌《樗齋漫錄》卷六：

吳郡錢功甫曰：「《水滸傳》成於南宋遺民杭人羅本貫中……其書上自大夫，下至廝養隸卒，通都大郡，窮鄉小邑，罔不目覽耳聽，口誦舌翻，與紙牌同行……愚意宋江自在山東，而《宋史》書淮南，已可笑。其金華將軍事，又可笑……又金鈴釣掛，繫之華山，益可笑。蓋江未嘗越開封而至陝西明矣，抑訛泰山作華山，蔡衙內作任原耶？余聞貫中酷嗜水滸事，凡客自北來者，無不延請於家，咨其稱述，各筆之於槧，篋笥充滿，積有歲年，於是會萃纂葺，不論事之有無，只即其可駭可愕者，聯而絡之，貫而通之，嘔心刻肝，雕腎刳腸，機械變詐，種種泄露，天不三世其啞而何哉？

——轉引自朱一玄、劉毓忱編《水滸傳資料彙編》，百花文藝出版社 1981 年版，第 216 頁。

六、《水滸傳》的主要人物

《水滸傳》寫三十六天罡七十二地煞，除宋江等若干人物外，多屬虛構。但其虛構得有組織，有聯絡，有出處，所以除若干人物如宋江、晁蓋、武松、林沖、李逵等鼎鼎大名之外，其他人物也多能給人留下深刻印象。這裡展示的是《水滸傳》所寫一百單八人名號與籍貫。

（一）一百單八將名號

天罡星三十六員：

天魁星呼保義宋江　天罡星玉麒麟盧俊義
天機星智多星吳用　天閒星入雲龍公孫勝
天勇星大刀關勝　天雄星豹子頭林沖
天猛星霹靂火秦明　天威星雙鞭呼延灼
天英星小李廣花榮　天貴星小旋風柴進
天富星撲天雕李應　天滿星美髯公朱仝
天孤星花和尚魯智深　天傷星行者武松
天立星雙槍將董平　天捷星沒羽箭張清
天暗星青面獸楊志　天祐星金槍手徐寧
天空星急先鋒索超　天速星神行太保戴宗
天異星赤髮鬼劉唐　天殺星黑旋風李逵
天微星九紋龍史進　天究星沒遮攔穆弘
天退星插翅虎雷横　天壽星混江龍李俊
天劍星立地太歲阮小二　天平星船火兒張横
天罪星短命二郎阮小五　天損星浪裏白條張順
天敗星活閻羅阮小七　天牢星病關索楊雄
天慧星拼命三郎石秀　天暴星兩頭蛇解珍
天哭星雙尾蠍解寶　天巧星浪子燕青

地煞星七十二員：

地魁星神機軍師朱武　地煞星鎮三山黃信
地勇星病尉遲孫立　地傑星醜郡馬宣贊

地雄星井木犴郝思文　地威星百勝將軍韓滔
地英星天目將彭玘　地奇星聖水將軍單廷珪
地猛星神火將軍魏定國　地文星聖手書生蕭讓
地正星鐵面孔目裴宣　地闊星摩雲金翅歐鵬
地闔星火眼狻猊鄧飛　地強星錦毛虎燕順
地暗星錦豹子楊林　地軸星轟天雷凌振
地會神算子蔣敬　地佐星小溫侯呂方
地祐星賽仁貴郭盛　地靈星神醫安道全
地獸星紫髯伯皇甫端　地微星矮腳虎王英
地慧星一丈青扈三娘　地暴星喪門神鮑旭
地然星混世魔王樊瑞　地猖星毛頭星孔明
地狂星獨火星孔亮　地飛星八臂哪吒項充
地走星飛天大聖李袞　地巧星玉臂匠金大堅
地明星鐵笛仙馬麟　地進星出洞蛟童威
地退星翻江蜃童猛　地滿星玉幡竿孟康
地遂星通臂猿侯健　地周星跳澗虎陳達
地隱星白花蛇楊春　地異星白面郎君鄭天壽
地理星九尾龜陶宗旺　地俊星鐵扇子宋清
地樂星鐵叫子樂和　地捷星花項虎龔旺
地速星中箭虎丁得孫　地鎮星小遮攔穆春
地稽星操刀鬼曹正　地魔星雲裏金剛宋萬
地妖星摸著天杜遷　地幽星病大蟲薛永
地伏星金眼彪施恩　地僻星打虎將李忠
地空星小霸王周通　地孤星金錢豹子湯隆
地全星鬼臉兒杜興　地短星出林龍鄒淵
地角星獨角龍鄒潤　地囚星旱地忽律朱貴
地藏星笑面虎朱富　地平星鐵臂膊蔡福
地損星一枝花蔡慶　地奴星催命判官李立
地察星青眼虎李雲　地惡星沒面目焦挺
地醜星石將軍石勇　地數星小尉遲孫新
地陰星母大蟲顧大嫂　地刑星菜園子張青
地壯星母夜叉孫二娘　地劣星活閃婆王定六

地健星險道神郁保四　　地耗星白日鼠白勝
地賊星鼓上蚤時遷　　地狗星金毛犬段景住

（二）一百單八將籍貫

《水滸傳》108 位好漢的籍貫，據書中所寫考證，涉及 16 省（市）。其中以山東、河南、河北籍較多。

梁山泊好漢 108 人分省簡表

山東省（39 人）

序號	姓名	籍貫或不明籍貫之人首出之地	考證
1	朱仝	濟州鄆城縣人	北宋時濟州屬京東西路，領巨野、任城、金鄉、鄆城四縣，州治在今菏澤市巨野縣。鄆城縣在今菏澤市鄆城縣。
2	雷橫	濟州鄆城縣人	
3	吳用	濟州鄆城縣人	
4	白勝	濟州鄆城縣安樂村人	
5	宋江	濟州鄆城縣宋家村人	
6	宋清	濟州鄆城縣宋家村人	
7	蕭讓	濟州城居住	
8	金大堅	濟州城居住	
9	杜遷	梁山強人	
10	宋萬	梁山強人	
11	阮小二	濟州梁山泊石碣村人	今東平縣石廟村。
12	阮小五	濟州梁山泊石碣村人	
13	阮小七	濟州梁山泊石碣村人	
14	李應	鄆州李家莊	宣和元年，鄆州改東平府，屬京東西路，領須城、陽穀、中都、東阿、壽張、平陰六縣，府治在今泰安市東平縣。
15	扈三娘	鄆州扈家莊人	
16	朱貴	沂州沂水縣人	北宋時，沂州屬京東東路，領臨沂、承、沂水、費、新泰五縣。州治在今臨沂市。沂水縣在今臨沂市沂水縣。
17	朱富	沂州沂水縣人	
18	李逵	沂州沂水縣百丈村人	
19	李雲	沂水縣都頭	
20	孔亮	青州白虎山孔家莊人	北宋時屬京東東路，領益都、壽光、臨朐、博興、千乘、臨淄六縣。州治在今濰坊市青州。
21	孔明	青州白虎山孔家莊人	
22	郁保四	青州地面強人	

23	周通	青州桃花山強人	
24	花榮	青州清風寨知寨	
25	黃信	青州兵馬都監	
26	燕順	萊州人	北宋時屬京東東路，領掖、萊陽、膠水、即墨四縣。州治在今煙台市萊州。
27	鄒淵	萊州人	
28	鄒潤	萊州人	
29	龔旺	東昌府副將	北宋無東昌府，爲明朝所置，位置相當於北宋時的博州。博州領聊城、高唐、堂邑、博平四縣，州治在今聊城市。聊城市現有東昌府區。
30	丁得孫	東昌府副將	
31	鮑旭	寇州枯樹山強人	北宋無寇州，歷代似也無。但元代有冠州，爲今聊城市，與書中描述合，疑爲作者或坊刻誤。
32	時遷	高唐州人	高唐州爲元朝所置，北宋時只有高唐縣，屬河北東路博州，今聊城市高唐縣。
33	單廷珪	淩州團練使	北宋無淩州。書中有「直到淩州高唐界內」文（七十三回）。疑爲博州誤（見上條）。若果誤，則爲今聊城市。
34	魏定國	淩州團練使	
35	解珍	登州人	北宋時屬京東東路，領蓬萊、黃、牟平、文登四縣，州治在今煙台市蓬萊。
36	解寶	登州人	
37	顧大嫂	登州人	
38	樂和	祖籍茅州	北宋時無茅州。茅爲古國名，今山東省濰坊市昌邑西有茅鄉，即古茅國。北宋時昌邑縣屬京東東路濰州，即今濰坊市昌邑。
39	樊瑞	祖籍濮州	北宋時屬京東西路，領鄄城、雷澤、臨濮、范四縣，州治在今菏澤市鄄城縣。

河南省（15人）

序號	姓名	籍貫或不明籍貫之人首出之地	考證
1	曹正	開封府人	北宋以開封府爲東京，領開封、祥符、尉氏、陳留、雍丘、封丘、中牟、陽武、酸棗、長垣、東明、扶溝、鄢陵、咸平十四縣。府治在今開封市。
2	韓滔	東京人	
3	彭玘	東京人	
4	林沖	東京八十萬禁軍教頭	
5	徐寧	東京金槍班教師	
6	宣贊	東京兵馬保義使	

7	凌振	燕陵人	歷代無燕陵，應爲鄢陵誤（見上條）。在今許昌市鄢陵縣。
8	施恩	孟州人	北宋時屬京西北路，領河陽、溫、濟源、汜水、河陰、王屋六縣。今焦作市孟州。
9	張青	孟州人	
10	孫二娘	孟州十字坡人	
11	薛永	河南洛陽人	北宋時，以河南府爲西京，領河南、洛陽、永安、偃師、鞏、登封、潁陽、新安、澠池、永寧、長水、壽安、福昌、伊陽、河清十五縣。府治在今洛陽市。
12	楊雄	河南人氏	
13	陶宗旺	光州人	北宋屬淮南西路，領定城、固始、光山、仙居四縣。州治在今信陽市潢川縣。
14	楊林	彰德府人	彰德府爲金人所置，北宋無彰德府，被稱爲相州，屬河北西路，州治在今安陽市。
15	張清	彰德府人	

河北省（13人）

序號	姓名	籍貫或不明籍貫之人首出之地	考證
1	陳達	鄴城人	北宋時稱臨漳縣，屬河北西路相州轄，今邯鄲市臨漳縣。
2	柴進	滄州橫海郡人	北宋時滄州屬河北東路，領清池、無棣、鹽山、樂陵、南皮五縣。州治在今滄州市。 橫海郡應爲橫海軍，唐朝所置，宋廢除，改稱滄州。
3	武松	清河縣人	北宋時屬河北東路恩州，在今邢臺市清河縣。
4	石勇	大名府人氏	北宋時，以大名府爲北京，領元城、莘、成安、魏、館陶、臨清、宗城、夏津、清平、冠氏、內黃十一縣，府治在今邯鄲市大名縣。
5	盧俊義	祖籍北京大名府	
6	燕青	北京土居人氏	
7	蔡福	北京大名府土居人氏	
8	蔡慶	北京大名府土居人氏	
9	索超	大名府留守司正牌軍	
10	孟康	眞定州人	北宋時無眞定州，只有成德軍眞定府，屬河北西路，領眞定、藁城、欒城、元氏、井陘、獲鹿、平山、行唐、靈壽九縣。府治在今石家莊市正定縣。
11	杜興	中山府人	
12	焦挺	中山府人氏	北宋時屬河北西路，領安喜、無極、曲陽、

			唐、望都、新樂、北平七縣。府治在今保定市定州。
13	段景住	涿州人	北宋時屬河北路，領范陽、固安、新昌、新城四縣。州治在今保定市涿州。

山西省（7人）

序號	姓名	籍貫或不明籍貫之人首出之地	考證
1	劉唐	東潞州人	北宋時潞州京東東路，無東西之分，領上黨、屯留、襄垣、潞城、黎城、壺關、長子、下涉八縣。州治在今長治市。
2	董平	河東上黨郡人氏	上黨郡爲秦朝所置，北宋時只有上黨縣，屬潞州，見上。
3	楊春	蒲州解良縣人	蒲州爲北周所置，北宋時稱河中府，屬陝西永興軍路，領河東、臨晉、虞鄉、猗氏、萬泉、龍門、榮河、永樂八縣。府治在今運城市永濟。 解良，北宋時稱臨晉縣，在今運城市臨猗縣。 又：五十九回又寫楊春是解良縣蒲城人氏。蒲城，北宋時屬陝西永興軍路華州，今陝西省渭南市蒲城縣。（解良與蒲城都是縣級單位，屬不同的州管，書中這樣稱似有誤。）
4	關勝	解良人（關羽之後）	
5	郝思文	蒲東巡檢司任職	蒲東即爲蒲縣，北宋時屬河東路隰縣。即今臨汾市蒲縣。
6	呼延灼	太原人（呼延贊之後）	北宋時屬河東路，領陽曲、太谷、榆次、壽陽、盂、交城、文水、祁、清源九縣。府治在今太原市陽曲縣。
7	楊志	太原人（楊業之後）	

江蘇省（7人）

序號	姓名	籍貫或不明籍貫之人首出之地	考證
1	石秀	金陵建康府人	北宋時稱江寧府建康軍，屬江南東路，領上元、江寧、句容、溧水、溧陽五縣，府治在今南京市。
2	王定六	建康府人	
3	安道全	建康府人	
4	馬麟	南京建康人	
5	鄭天壽	浙西蘇州人	北宋時，蘇州稱平江府，屬兩浙路，領吳、長洲、崑山、常熟、吳江五縣，府治在今蘇州市。

<table>
<tr><td>6</td><td>項充</td><td>徐州沛縣人</td><td>北宋時，徐州屬京東西路，領彭城、沛、蕭、滕、豐五縣，州治在今徐州市銅山縣，沛縣在今徐州市沛縣。</td></tr>
<tr><td>7</td><td>李袞</td><td>邳縣人</td><td>北宋時稱下邳縣，屬京東東路淮陽軍，今徐州市邳州。</td></tr>
</table>

江西省（7人）

<table>
<tr><th>序號</th><th>姓名</th><th>籍貫或不明籍貫之人首出之地</th><th>考證</th></tr>
<tr><td>1</td><td>李立</td><td>江州揭陽嶺人</td><td rowspan="6">北宋時江州屬江南東路，領德化、德安、瑞昌、湖口、彭澤五縣，州治在今九江市。
潯陽江，九江古稱潯陽，附近長江段稱爲潯陽江。
揭陽嶺、揭陽鎮，揭陽作爲縣名共有兩處，一、西漢置，在今廣東省揭陽市，境內有揭陽山，一名揭嶺，但太遠，應與之無關。二、晉朝置，在今贛州市石城縣。書中寫，過了揭陽嶺便是潯陽江邊，今看似乎也遠了些，是否作者有誤，還是另有其他地方。</td></tr>
<tr><td>2</td><td>穆弘</td><td>揭陽鎮人</td></tr>
<tr><td>3</td><td>穆春</td><td>揭陽鎮人</td></tr>
<tr><td>4</td><td>童威</td><td>潯陽江邊人</td></tr>
<tr><td>5</td><td>童猛</td><td>潯陽江邊人</td></tr>
<tr><td>6</td><td>戴宗</td><td>江州兩院押牢節級</td></tr>
<tr><td>7</td><td>侯健</td><td>洪都人</td><td>洪都爲南昌縣別名，北宋時，南昌縣屬江南西路洪州，今南昌市。</td></tr>
</table>

安徽省（6人）

<table>
<tr><th>序號</th><th>姓名</th><th>籍貫或不明籍貫之人首出之地</th><th>考證</th></tr>
<tr><td>1</td><td>李忠</td><td>濠州定遠人</td><td rowspan="2">北宋時，濠州屬淮南西路，領鍾離、定遠二縣，州治在今滁州市鳳陽縣。
定遠縣，今滁州市定遠縣。</td></tr>
<tr><td>2</td><td>朱武</td><td>定遠縣人</td></tr>
<tr><td>3</td><td>王英：</td><td>兩淮人氏</td><td>北宋時有淮南東路、淮南西路，兩淮即指此兩路，但無具體州縣，但兩路所領之地多在現今安徽省境內。</td></tr>
<tr><td>4</td><td>李俊</td><td>廬州人</td><td>北宋時屬淮南西路，領合肥、慎、舒城三縣。州治在今合肥市。</td></tr>
<tr><td>5</td><td>張橫</td><td>小孤山下人</td><td rowspan="2">在今安慶市宿松縣東南六十公里長江中。</td></tr>
<tr><td>6</td><td>張順</td><td>小孤山下人</td></tr>
</table>

陝西省（3 人）

序號	姓名	籍貫或不明籍貫之人首出之地	考證
1	史進	華州府華陰縣史家村人	北宋時華州屬陝西永興軍路，領上鄭、下邽、蒲城、華陰、渭南五縣。州治在今渭南市華縣。華陰縣在今渭南市華陰。
2	裴宣	京兆府人	北宋時屬陝西永興軍路，領長安、萬年、鄠、藍田、咸陽、醴泉、涇陽、櫟陽、高陵、興平、武功、乾祐、終南、奉天、臨潼十五縣。府治在今西安市。
3	湯隆	其父曾爲延安府知寨官	北宋時屬陝西永興軍路，領膚施、延川、延長、門山、臨眞、敷政、甘泉七縣。府治在今陝西省延安市。

湖北省（2 人）

序號	姓名	籍貫或不明籍貫之人首出之地	考證
1	歐鵬	黃州人	北宋時屬淮南西路，領黃岡、黃陂、麻城三縣。州治在今黃岡市。
2	鄧飛	蓋天軍襄陽府人	北宋時無蓋天軍，襄陽升府始於南宋。北宋時稱爲襄州，屬京西南路，領襄陽、鄧城、穀城、宜城、中廬、南漳六縣。州治在今襄樊市。

湖南省（2 人）

序號	姓名	籍貫或不明籍貫之人首出之地	考證
1	呂方	潭州人	北宋時屬荊湖南路，領長沙、衡山、安化、醴陵、攸、湘鄉、湘潭、益陽、瀏陽、湘陰、寧鄉十一縣。州治在今長沙市。
2	蔣敬	潭州人	

海南省（2 人）

序號	姓名	籍貫或不明籍貫之人首出之地	考證
1	孫新	瓊州人	北宋時屬廣南西路，領瓊山、澄邁、臨高、文昌、樂會五縣，州治在今瓊山市。
2	孫立	瓊州人	

重慶市（1人）

序號	姓名	籍貫或不明籍貫之人首出之地	考證
1	秦明	開州人	北宋時屬夔州路，領開江、清水二縣，州治在今萬州區開縣。

四川省（1人）

序號	姓名	籍貫或不明籍貫之人首出之地	考證
1	郭盛	西川嘉陵人	北宋官方史料尚未查出嘉陵州縣名，四川、重慶有嘉陵江。南充市有一嘉陵區。暫時無法確認，只好暫歸四川吧。

甘肅省（1人）

序號	姓名	籍貫或不明籍貫之人首出之地	考證
1	魯智深	關西渭州提轄	關西，古時以洛陽函谷關以西之地稱之，又稱關右。 渭州，北宋時屬秦鳳路，領平涼、潘原、安化、崇信、華亭五縣。州治在今平涼市。

天津市（1人）

序號	姓名	籍貫或不明籍貫之人首出之地	考證
1	公孫勝	薊州人	北宋時，薊州屬河北路，領漁陽、三河、玉田三縣，州治在今薊縣。

北京市（1人）

序號	姓名	籍貫或不明籍貫之人首出之地	考證
1	皇甫端	幽州人氏	北宋時屬河北路，領薊、幽都、廣平、潞、武清、永清、安次、良鄉、昌平九縣，州治在今大興區。

七、《水滸傳》的版本

《水滸傳》經數百年流傳，版本複雜。今見各明清版本可分爲兩類三種。

兩類：

（一）「文簡事繁本」，簡稱「簡本」。

（二）「文繁事簡本」，簡稱「繁本」。

三種：

（一）100回本，簡稱「百回本」。

（二）120回本，簡稱「全傳本」。

（三）70 回本，金聖歎假託古本，刪掉了後半部生造出來的，今人稱其爲「腰斬《水滸》」。

國內收藏刊行《水滸傳》明清至「文革」前的主要版本

據不完全統計，今存明清至「文革」前《水滸傳》的版本有近150種。

八、《水滸傳》的評價

（一）明代

1、李開先（1502～1568），字伯華，山東章丘人。明代文學家。嘉靖八年（1529）進士，官至提督四夷館太常寺少卿，與王愼中、唐順之等並稱「八才子」。著有水滸戲《寶劍記》，作品都收入《李開先全集》。觀點：

> 崔後渠、熊南沙、唐荊川、王遵岩、陳後崗謂《水滸傳》委曲詳盡，血脈貫通，《史記》而下，便是此書。且古來更未有一事而二十冊者。倘以奸盜詐僞病之，不知序事之法，學史之妙者也。
>
> ——李開先《一笑散·時調》，據文學古籍刊行社1955年印本。

2、李贄（1527～1602），號卓吾，又號溫陵居士。福建晉江人。嘉靖三十年舉人，官至雲南姚安知府。後棄官講學，爲王（陽明）學左派代表人物，被誣入獄而死。著有《焚書》《續焚書》《藏書》《續藏書》等。曾批點爲《水滸傳》，爲《水滸傳》最早評點家。觀點：

> 故有國者不可以不讀(《水滸傳》)，一讀此傳，則忠義不在水滸，而皆在於君側矣。賢宰相不可以不讀，一讀此傳，則忠義不在水滸，而皆在於朝廷矣。兵部掌軍國之樞，督府專閫外之寄，是又不可不讀也，苟一日而讀此傳，則忠義不在水滸，而皆爲干城心腹之選矣……若夫好事者資其談柄，用兵者籍其謀畫，要以各見所長，烏睹所謂忠義者哉！
>
> ——李贄《忠義水滸全傳序》

（附件 4-29）

3、袁宏道（1568～1610），字中郎，號石公。荊州公安（今屬湖北公安）人。明代文學家，萬曆進士，官至稽勳郎中，以病辭歸。與兄宗道、弟中道並有才名，合稱「公安三袁」。平生服膺李贄，對《水滸傳》傾倒備至。觀點：

少年工諧謔，頗溺滑稽傳。後來讀水滸，文字益奇變。

六經非至文，馬遷失組練。一雨快春風，聽君酣舌戰。

——《袁中郎全集》卷四《聽朱生說水滸傳》。

（二）清代

1、金聖歎（1608～1661），名采。明亡後改名人瑞，字聖歎。一說本姓張，名喟。蘇州吳縣人。因清順治皇帝治喪時所謂「哭廟案」被殺。清初文學家、文學批評家。曾「腰斬《水滸》」爲七十回本，是《水滸傳》最重要的評點家。觀點：

天下之文章，無有出《水滸》右者。

——《水滸傳序三》，據《第五才子書施耐庵水滸傳》卷一，中華書局 1975 年影印貫華堂刻本。

2、張潮，字山來，號心齋居士。歙縣（今屬安徽黃山市轄）人。康熙中後期人，著名學者。觀點：

閱《水滸傳》，至魯達打鎮關西、武松打虎，因思人生必有一樁極快意事，方不枉在生一場。即不能有其事，亦須著得一種得意之書，庶幾無憾耳。

——張潮《幽夢影》

3、王士禎（1634～1711），號阮亭，又號漁洋山人。世稱王漁洋，謚文簡。新城（今山東桓臺縣）人，官至刑部尚書，詩稱「一代正宗」。有《王士禎全集》。觀點：

丘海石晚爲夏津訓導，《過梁山泊》詩云：「施、羅一傳堪千古，卓老標題更可悲。今日梁山但爾爾，天荒地老更無奇。」

——《古夫于亭雜錄》

說明：在明清二代，統治者多視《水滸傳》爲「倡亂」之書，予以禁燬。如明莫是龍《筆麈》云：

「野史蕪穢之談，如《水滸傳》《三國演義》等書，焚之可也。」

又清劉鑾《五石瓠》載：「神宗好覽《水滸傳》。或曰：『此天下盜賊萌起之徵也。』」

故明清二代朝廷或地方官府多次頒佈禁書令，無不包括《水滸傳》在內。如明崇禎間刑科右給事中左懋第曾上本說：

世之多盜……皆《水滸》一書爲之祟也……臣請自京師起，《水滸》一書，書坊不許賣，士大夫及小憶之家俱不許藏，令各自焚之。乃傳天下，凡藏《水滸傳》書及版者，與藏妖者同罪。市有賣紙牌及家藏紙牌並牌模者，並以紙牌賭財物者，皆以藏《水滸》之罪罪。而梁山一地，仍請皇上更其名，或以滅寇蕩氛名其山，勒石其巔，庶漕河之畔，人望其山而知賊之必不可爲，又知《水滸傳》之爲妖書也……崇禎十五年四月十六日，奉聖旨：已有旨了。

——據朱一玄、劉毓忱編《水滸傳資料彙編》，百花文藝出版社 1981 年版，第 512～513 頁。

（三）近代

近代以來，隨著封建統治的逐漸瓦解，社會進步，《水滸傳》的地位逐漸上升，當時的進步思想家多給予高度評價。

1、梁啓超（1873～1929），廣東新會人。著名的政治活動家、啓蒙思想家、史學家和文學家。戊戌變法（百日維新）領袖之一。曾倡導文體改良的「詩界革命」和「小說界革命」。有《飲冰室合集》。觀點：

然自元明以降，小說勢力入人之深，漸爲識者所認識。蓋全國大多數人之思想業識，強半出自小說。言英雄則《三國》《水滸》……雖有過人之智慧、過人之才力者，欲其思想盡脫小說之束縛，殆爲絕對不可能之事。

——《告小說家》

2、林紓（1852～1924），福建閩縣（今福州）人。光緒八年（1882）舉人，官教諭。工詩古文辭，以意譯外國名家小說見稱於時。中國近代著名文學家，小說翻譯家。著有《畏廬文集》等。觀點：

故西人說部，捨言情之外，探險及尚武兩門，有曾偏右奴性之人否？明知不馴於法，然橫刀盤馬，氣概凜烈，讀之未有不動色者。吾國《水滸》之流傳至今不能漫滅，亦以尚武精神足以振作凡陋。

——《鬼山狼俠傳序》

九、《水滸傳》的續書

《水滸傳》的巨大影響，使讀者很想知道水滸未死的人，和他們的子孫如何了。於是便出來了許多新的水滸小說，人們往往稱之為「續書」，其實有的與《水滸傳》並沒有實質性關係。《水滸傳》的續書甚多，至今還不時有新作出來。

4-6《水滸傳》的續書簡表

序號	書名	作者	出版時間	出版社或期刊
1	水滸後傳	陳忱	康熙甲辰（1664）	
2	後水滸傳	青蓮室主人	清初	
3	蕩寇志	俞萬春	咸豐三年（1853）	
4	新水滸	寰鏡廬主人	光緒三十年（1904）	載於《二十世紀大舞臺》第一、第二期
5	艮嶽峰	費有容	光緒三十二年（1906）	新世界小說社發行
6	新水滸傳	西冷冬青	光緒三十三年（1907）	新世界小說社
7	新水滸	陸士諤	宣統元年（1909）	改良小說社
8	古本水滸	梅寄鶴	1933	上海中西書局
9	殘水滸	程善之	1933	新江蘇日報館出版
10	水滸中傳	姜鴻飛	1938	上海中國圖書雜誌公司
11	水滸拾遺	張青山	1939	長春新京印書館
12	新水滸	谷斯範	1940	桂林文化供應社
13	水滸新傳	張恨水	1943	重慶建中出版社
14	水滸外傳	劉亞盛	1947	上海懷正文化社
15	石碣	茅盾	1996	中國華僑出版社
16	水滸別傳	王中文	1986	吉林文史出版社
17	閻婆惜外傳	洛地	1991	浙江古籍出版社
18	水滸新傳	褚同慶	1984	花城出版社
19	武松演義	劉操南、茅賽雲	1980	浙江人民出版社

20	林冲演義	胡如天口述、顧希佳整理	1988	浙江文藝出版社
21	楊志演義	劉操南等	1999	浙江文藝出版社
22	青面獸楊志	胡天如傳述、徐鍾穆記錄、劉操南纂修	1991	黃山書社
23	水泊梁山	劉操南	1999	浙江文藝出版社
24	水滸三豔婦	沙陸墟	1987	浙江文藝出版社
25	水滸三烈女	沙陸墟	1988	湖南文藝出版社
26	宋江演義	王錦堂、徐永華	1988	浙江文藝出版社
27	時遷外傳	金振東	1988	百花文藝出版社
28	水滸三女將外傳	畢士臣	1986	山東省出版總社

十、《水滸傳》的改編

《水滸傳》故事還不斷被改編爲各種形式的藝術作品。

（一）戲曲

1、明清傳統劇種中的水滸戲簡表

朝代	劇種	劇目數	存
明	雜劇	8	3
	傳奇	14	5
清	雜劇	3	2
	傳奇	26	6
合計		51	16

2、僅京劇就有水滸戲近百種

京劇水滸戲目簡表

序號	劇名	別名	內容	涉及《水滸傳》	著錄或版本	備註
1	九紋龍		演史進事	第 2 回	《京劇故事來源初步統計》、陶君起《京劇劇目初探》	秦腔有《九紋龍起義》，河北梆子有《少華山宿店》，漢劇有《少華山》

2	拳打鎮關西	魯達除霸	演魯智深事	第3回	《京劇故事來源初步統計》、陶君起《京劇劇目初探》	評劇有《魯達除霸》，呂劇有《殺關西》，萊蕪梆子、呂劇、湘劇、秦腔皆有此劇
3	虎囊彈	虎狼彈	演魯智深事	第4回、	《五十年來北平戲劇史料》《京劇劇目初探》	桂劇有《打彈明冤》，漢劇有《虎狼彈》，河北梆子有《打彈子》，秦腔有《虎狼彈》，湘劇也有此劇
4	何一寶寫狀				《上海市劇目》《京劇劇目初探》	桂劇有《葉包寫狀》，湘劇有《乙保寫狀》
5	醉打山門	山門	演魯智深事	第4回、	《京劇劇目初探》	徽劇有《醉打》，滇劇有《醉打山門》，秦腔、柳子戲、湘劇、祁劇、桂劇、川劇皆有此劇目
6	桃花村（第一種）		演魯智深事	第5回	《京劇劇目初探》	秦腔、柳子戲、徽劇中名《紅桃山》，山東梆子也有此劇目
7	桃花村（第二種）				郝壽臣演出，吳幻蓀整理。《京劇叢刊》第四十八集收錄	
8	花田錯（第一種）	花田八錯	演魯智深事		《京劇劇目初探》	河北梆子、晉劇、越劇、徽劇、漢劇、滇劇有此劇目
9	花田錯（第二種）		演魯智深事		荀慧生演出並整理改編。《荀慧生演出劇本選》收錄	
10	野豬林（第一種）	山神廟、英雄血淚圖	演魯智深結識林沖事	第8回至11回	《京劇劇目初探》	徽劇、淮劇有《白虎堂》錫劇、黃梅戲有此劇目
11	野豬林（第一種）				此劇十九場。見「大眾戲曲叢書」	

12	林沖夜奔（第一種）	黃河渡	演林沖事	第10回至11回	《京劇劇目初探》	秦腔、越劇有《林沖》，紹興大班有《鬧滄州》，桂劇有《大審林沖》，湘劇有《夜奔梁山》，徽劇、漢劇、川劇有此劇目
13	夜奔梁山（《林沖夜奔》第二種）				「大眾戲曲叢書」。翁偶虹編劇。	
14	林沖夜奔（第三種）				《京劇叢刊》第十一集收錄	
15	林沖夜奔（第四種）				鈕驃、蘇移校注，張正治記譜。	
16	楊志賣刀		演楊志事	第20回	《京劇劇目初探》	
17	生辰綱（第一種）	黃泥崗、七星聚義	演晁蓋等智取生辰綱事	第14至16回	《富連成戲目單》《京劇劇目初探》	黃梅戲、湘劇有《黃泥崗》，豫劇、秦腔有此劇目
18	生辰綱（第二種）	黃泥崗			周璣璋編劇。一九四九年十二月新華書店印行	
19	生辰綱（第三種）	黃泥崗			安娥改編。一九五六年北京藝術出版社出版《地方戲曲集》第一集收錄	
20	火併王倫		演林沖火併王倫事	第18至19回	《京劇故事來源的初步統計》《京劇劇目初探》	
21	劉唐下書		演劉唐下書宋江事	第20回	《京劇劇目初探》	揚劇、滇劇有此劇
22	烏龍院	宋江鬧院	演宋江、閻婆惜事	第21回	《京劇劇目初探》	萊蕪梆子、徽劇、越劇、淮劇、漢劇、楚劇、湘劇有此劇目

23	殺惜		演宋江、閻婆惜事		《京劇劇目初探》	
24	柴家莊		演宋江與武松訂交事	第22回至第23回	《京劇劇目初探》	
25	武松打虎（第一種）	景陽崗、打虎	演景陽崗武松打虎事	第23回	《京劇劇目初探》	高陽高腔、秦腔、黃梅戲、徽劇、漢劇、二高腔、湘劇、川劇、滇劇
26	武松打虎（第二種）		演景陽崗武松打虎事			
27	紅桃山	男三戰	林冲、關勝、花榮戰紅桃山女盜張月娥事		《京劇劇目初探》《富連成戲目單》	柳子戲、徽劇、河北梆子
28	挑簾裁衣	武松殺嫂	演潘金蓮私通西門慶，武松殺嫂爲兄報仇事	第20回至第26回	《京劇劇目初探》	秦腔、徽劇、婺劇、溫州亂彈、梨園戲
29	武松與潘金蓮		取材與《挑簾裁衣》相同	同上		
30	青風嶺	青峰嶺			《京劇劇目初探》《五十年來北平戲劇史料》	
31	武松單臂擒方臘	平江南	武松攻方臘時，左臂被方臘砍斷，武松單臂擒方臘	第117回	《京劇劇目初探》《五十年來北平戲劇史料》	河北梆子、川劇、
32	獅子樓		演武松殺西門慶事	第26回	《京劇劇目初探》	河北梆子、豫劇、秦腔、山東梆子、萊蕪梆子、徽劇、溫州亂彈

33	十字坡（第一種）	武松打店	演武松、孫二娘、張青訂交事	第27回	《京劇劇目初探》	河北亂彈、隆堯秧歌、秦腔、山東梆子、萊蕪梆子、淮劇
34	十字坡（第二種）					
35	安平寨		武松與施恩結交事	第28回	《京劇劇目初探》	川劇
36	快活林	醉打蔣門神	演武松爲施恩奪快活林事	第29回	《京劇劇目初探》	秦腔、紹興大班、婺劇、漢劇、湘劇
37	鴛鴦樓（第一種）	飛雲浦	武松殺張團練、張都監事	第30回至31回	《京劇劇目初探》	秦腔、萊蕪梆子、桂劇
38	鴛鴦樓（第二種）	血濺鴛鴦樓				
39	蜈蚣嶺		武松殺王飛天救民女張鳳琴事	第31回	《京劇劇目初探》	河北亂彈、高陽高腔、笛子戲、徽劇、紹興大班、婺劇、溫州亂彈
40	小鰲山	清風山	宋江投奔花榮事	第32回至第33回	《京劇劇目初探》《京劇故事來源的初步統計》	泗州戲
41	瓦礫場	青州府、收秦明	秦明被迫降梁山事	第35回至第36回	《京劇劇目初探》《京劇故事來源的初步統計》	
42	揭陽嶺	潯陽江	宋江上梁山前的遭遇	第36回至37回	《京劇劇目初探》.	
43	李逵奪魚		李逵、張順事	第36回至38回	《京劇劇目初探》	山東梆子、河北梆子
44	潯陽樓（第一種）	白龍廟	宋江潯陽樓題反詩始至梁山好漢劫法場止	第39回至41回	《京劇劇目初探》	

45	潯陽樓（第二種）	白龍廟	劫法場後眾英雄同歸梁山		《京劇劇目初探》	
46	潯陽樓（第三種）				《地方戲曲集》第二輯	
47	眞假李逵（第一種）		李逵歸家探母，在沂州遇假李逵事	《水滸傳》第43回	《京劇劇目初探》	法事戲、川劇
48	眞假李逵（第二種）				《京劇叢刊》第四集	
49	沂州府	二本鬧江州	借李逵探母事敷衍假李逵解救梁山事		《京劇劇目初探》	
50	李逵探母（第一二種）				1957年8月北京寶文堂書店出版	
51	李逵探母（第二種）				1950年上海通俗文藝出版社出版	柳子戲
52	黑旋風李逵					秦腔
53	翠屏山（第一種）	吵家殺山	楊雄、石秀殺潘巧雲事	第44回至第46回	《京劇劇目初探》	曲劇、秦腔、萊蕪梆子、柳子戲、柳琴、泗州戲、徽劇、婺劇、溫州亂彈、河北梆子
54	翠屏山（第二種）				1954年上海戲學書局出版	
55	李逵坐衙		演李逵壽張坐衙事		1954年3月北京寶文堂書店出版	
56	梁山遺恨				1950年七月上海通俗文化出版社出版	

57	盜王墳	金石盟	時遷夜掘王墳遇楊雄、石秀共投梁山事		《京劇劇目初探》《富連成戲目單》	湘劇、河北梆子、山東梆子
58	巧連環		時遷偷雞事敷衍而成	第46回	《京劇劇目初探》《京劇彙編》	秦腔、紹興大班、閩劇、漢劇、桂劇、川劇、山東梆子、同州梆子
59	石秀探莊（第一種）	探莊射燈	石秀奉宋江之命深入祝家莊探路事	第47回	《京劇劇目初探》	徽戲
60	石秀探莊（第二種）		石秀奉宋江之命深入祝家莊探路事		1962年8月中國戲劇出版社出版	
61	扈家莊（第一種）	奪錦標	扈三娘、王英事	第48回	《京劇彙編》	川劇、秦腔、湘劇
62	扈家莊（第二種）		扈三娘、王英事		《京劇叢刊》	
63	扈家莊（第三種）				1963年5月中國戲劇出版社出版	
64	登州府（第一種）	登雲嶺、又越獄、	解珍、解寶、孫立、孫新投奔梁山事	第49回	《京劇劇目初探》《京劇故事來源的初步統計》	
65	登州府（第二種）	五面枷			《京劇劇目初探》	
66	登州府（第三種）	獵虎記				
67	高唐州	鬧高唐	宋江等大破高唐州事	第52回至第54回	《京劇劇目初探》《富連成單》	川劇
68	雁翎甲	時遷盜甲	時遷盜雁翎甲	第55回至第57回	《京劇劇目初探》《富連成單》	紹興大班

69	打青州		宋江計擒呼延灼、戲降打青州	第57回至58回	《京劇劇目初探》《京劇劇目初探》	
70	大名府（第一種）	玉麒麟	盧俊義上梁山	第61回至62回和第66回。	《京劇劇目初探》《富連成單》	秦腔、漢劇、桂劇
71	大名府（第二種）	新大名府				
72	蘆林坡		關勝攻梁山事		《京劇劇目初探》《故宮藏升平署劇目》	
73	借聖戰	關勝探營	關勝攻梁山，傘宣贊、郝思文探營巡哨事		《京劇劇目初探》	
74	收關勝（第一種）	請關勝、戰泊江、		第63回至第64回	《京劇劇目初探》《富連成單》	秦腔
75	收關勝（第二種）	大興梁山				
76	賣皮弦		孫二娘下山劫財事		《京劇劇目初探》《上海劇目》	桂劇
77	秦淮河	貪歡報、大嫖院	張順請安道全上梁山事	第65回	《京劇劇目初探》《五十年來北平戲劇史料》《京劇彙編》	
78	一箭仇（第一種）	英雄義、曾頭市等	宋江爲晁蓋報仇，攻打曾頭市，活捉史文恭		《京劇劇目初探》	徽劇、紹興大班
79	一箭仇（第二種）				《京劇叢刊》	

80	二龍山	桃花嶺	張青、孫二娘殺史文恭助兵事		《京劇劇目初探》《富連成單》	漢劇、湘劇
81	法華寺（第一種）		宋江爲晁蓋報仇攻打史文恭事		《京劇故事來源的初步統計》《京劇劇目初探》	
82	法華寺（第二種）	持輪戰	宋江爲晁蓋報仇攻打史文恭事			
83	東平府（第一種）	收董平、雙槍將、東嶺關	宋江攻打東平府，賺董平上山	第69回	《京劇劇目初探》《五十年來北平戲劇史料》	秦腔、紹興大班、川劇
84	東平府（第二種）	風流雙槍將	宋江攻打東平府，賺董平上山		《京劇劇目初探》《京劇彙編》	
85	東平府（第三種）				1950年7月上海雜誌公司出版	
86	東平府（第四種）	大破蕩平府			1951年3月西南人民出版社出版	
87	丁甲山	李逵負荊	李逵負荊請罪	第73回	《京劇劇目初探》	秦腔、徽劇、河北梆子
88	清風寨（第一種）	娶李逵	李逵、燕青爲民除害		《京劇劇目初探》	萊蕪梆子、睦劇、河北梆子、山東梆子
89	清風寨（第二種）				《京劇叢刊》	
90	清風寨（第三種）	花榮大鬧清風寨			1958年12月遼寧人民出版社	
91	燕青打擂	神州擂、大神州	燕青、李逵神州打擂事	第74回	《京劇劇目初探》《富連成戲目單》	萊蕪梆子、柳子戲、河北梆子

92	羅家窪		孫二娘設擂選婿事		《京劇劇目初探》	
93	百花莊		燕青、石秀、李逵擒白天章兄妹事		《京劇劇目初探》《前北平國劇學會書目》	
94	蔡家莊				《京劇劇目初探》《富連成戲目單》	秦腔、同州梆子、河北梆子
95	女三戰		梁山三女將大敗張叔夜事		《京劇劇目初探》《前北平國劇學會書目》	
96	湧金門		宋江征方臘，圍杭州，張順攻打湧金門犧牲事		《京劇劇目初探》	紹興大班、徽劇
97	龍虎玉	龍虎峪	宋江征方臘，柴進、燕青詐降方臘共破城池事		《京劇劇目初探》《道感以來梨園繫年小錄》	

（二）影視

1、《水滸傳》影響下產生的水滸電影簡表

序號	片名	形式	主演	攝製	導演
1	豔陽樓	默片	余菊笙	1906 年北京豐泰照相館	此兩部電影爲戲曲短片
2	收關勝	默片	許德義	1907 年北京豐泰照相館	
3	一箭仇	默片	顧夢鶴、劉漢鈞、夏申雷、劉繼群、楊愛立	1927 年上海長城畫片公司	楊小仲
4	石秀殺嫂	默片	許靜珍、顧夢鶴、賀志剛	1927 年上海長城畫片公司	楊小仲、陳趾青

5	武松血濺鴛鴦樓	默片	顧天爲、洪警鈴、劉繼群、劉漢鈞	1927 年上海長城畫片公司	楊小仲
6	武松殺嫂	默片	徐素英、汪福慶、賀志剛	1927 年大東影片公司	汪福慶
7	宋江	默片	蕭天呆、單士直	1927 年上海青年影片公司	裘芑香
8	武松大鬧獅子樓	默片	趙琛、韓雲珍、賀志剛	1928 年大東影片公司	嚴獨鶴
9	大鬧五臺山	默片	范雪明、陸劍芬、文逸民、王意曼、王意明、嚴工上	1929 年復旦影片公司	任彭年
10	大破高唐州	默片	許靜珍、孫敏、謝雲卿、姜起鳳	1929 年大中華百合影片公司	朱瘦菊
11	林沖夜奔	有聲黑白片	李萬春	1936 年新華影片公司	王次龍
12	夜奔	有聲黑白片	梅熹、徐莘園、談瑛	1937 年明星影片公司	程步高
14	武松與潘金蓮	有聲黑白片	金焰、劉瓊、顧蘭君、夏霞、劉繼祥、姜修、洪警鈴	1938 年～1940 年上海華新影業公司相繼拍攝	吳村
15	四潘金蓮	有聲黑白片	袁美雲、顧蘭君、陳燕燕、童月娟	1938 年～1940 年上海華新影業公司相繼拍攝	吳永剛
16	林沖雪夜殲仇記	有聲黑白片	金焰、李紅、章志直、孫敏、洪警鈴	1938 年～1940 年上海華新影業公司相繼拍攝	吳永剛
17	潘巧雲	有聲黑白片	談瑛、王引、王乃東、蔣君超、周文珠、白璐	1938 年～1940 年上海華新影業公司相繼拍攝	陳大悲
18	打漁殺家	有聲黑白片	路明、王乃東、蔣君超、彭飛	1938 年～1940 年上海華新影業公司相繼拍攝	陳鏗然
19	閻惜嬌	有聲黑白片	貂斑華、梅熹、王龍、關寵達、曹娥	1940 年上海藝華影業公司	岳楓
20	水滸傳：智取生辰綱	有聲黑白片	吳楚帆、白燕、張活遊等	1947 年中聯電影企業有限公司（香港）	吳回
21	林沖	有聲黑白片	舒適、張翼	1958 年上海影片公司	舒適、吳永剛

22	下書殺惜	早期彩色戲曲片	周信芳	1961 年上海天馬電影製片廠	應雲衛、楊小仲
23	武松	早期彩色戲曲片	蓋叫天	1963 年上海天馬電影製片廠	應雲衛、俞仲英
24	野豬林	早期彩色戲曲片	李少春、袁世海、杜近芳、孫盛武、駱洪年	1963 年北京電影製片廠、香港大鵬影業公司	崔嵬、陳懷愷
25	閻惜嬌	現代電影片	陳燕燕、李麗華、嚴俊、高寶樹、李昆	1963 年香港邵氏電影公司	嚴俊
26	潘金蓮	現代電影片	張仲文、張沖、黃金、白雲、紅薇	1964 年香港邵氏電影公司	周詩祿
27	林沖夜奔	現代電影片	岳華	1972 年香港邵氏電影公司	程剛
28	水滸傳	現代電影片	狄龍、姜大衛	1972 年香港邵氏電影公司	張徹
29	快活林（現代電影片）	現代電影片	狄龍、田青、於楓	1972 年香港邵氏電影公司	張徹、鮑學禮
30	蕩寇志（現代電影片）	現代電影片	陳管泰、狄龍、姜大衛	1975 年香港邵氏電影公司	張徹
31	武松（現代電影片）	現代電影片	狄龍、汪萍	1982 年香港邵氏電影公司	李翰祥
32	水滸傳故事浪子燕青	現代電影片	魯國慶、段章麗、穆懷虎、杜非、王海生	1984 年香港惠基合眾電影有限公司	馬成
33	水滸傳之英雄本色	現代電影片	林威、劉青雲、王祖賢、梁家輝、徐錦江、單文立、午馬	1993 年珠江電影製片廠、香港娛樂事業電影製作公司〔香港〕	陳會毅
34	水滸笑傳（又名水滸笑傳之武松鍚嫂）	現代電影片	許冠傑、吳孟達、毛舜筠、黃霑、沈殿霞	1993 年高志森影業有限公司〔香港〕	高志森
35	少女潘金蓮	現代電影片	單文立、田雋、甘海、黃美貞、金仁淑	1994 年香港	李翰祥
36	李逵傳奇	現代電影片	徐錦江、張晗、林威、馬冠英	1997 年眾星影音製作有限公司	蕭龍

37	水滸傳之英雄好色	現代電影片	蔡貞貞、於晴等	1999 年金馬娛樂有限公司	林一鑫
38	新水滸笑傳系列賀歲片：水滸笑傳之黑店尋寶	現代電影片	張炎炎、王茜、黎耀祥、陸劍	2004 年香港	陸劍明
39	新水滸笑傳系列賀歲片：水滸笑傳之林冲打鴨	現代電影片	黎耀祥、張慧儀、李麗珍	2004 年香港	陸劍明

2、水滸電視劇簡表

序號	劇名	集數	拍攝單位	首映年	編劇	導演	演員
1	BBC 版水滸傳	全兩季	英國 BBC	1976	Chinese Central Television	Chinese Central Television	Atsuo Nakamura、Burt Kwouk、Kei Sato
2	水滸	40	山東電視臺	1980		陳敏、劉柳、劉子雲	於守金、祝延平、董子武、鮑國安、彭蔭泰等
3	水滸外傳	20	陝西華山影視公司	1984	無信息	無信息	無信息
4	梁山奇情（水滸後傳）	40	中國	1992		徐慶東	張多福、高寶寶、程希
5	黑旋風李逵	5	上海美術電影製片廠	1997	包蕾	詹同	動畫片木偶劇
6	水滸傳	43	中央電視臺	1998	楊爭光、冉平	張紹林	李雪健、周野芒、臧金生、丁海峰、趙小銳、寧小志、王思懿以及林連昆、黃宗洛、雷恪生等
7	拭血問劍（新水滸後傳）	27	江蘇電視臺等	1998	張炭	范小天、葉成康、楊文軍	吳京、楊敏娜、寇占文、蕭依婷、梅敏儀、國建勇、樓學賢、徐錦江

8	水滸無間道	25	TVB 翡翠臺	2003	陳靜儀	方俊華、伍兆榮	黎姿、張智霖、王喜、楊怡、元華
9	水滸英雄系列之二情義英雄武二郎	20	山東省三冠電影電視實業公司	2000	王漢平、張輝力、甘輝	王文傑	王偉、傅藝偉、高海燕、張子健、劉力納、遲濤、秦川、鄧鳴。
10	水滸英雄系列之一浪子燕青	40	山東省三冠電影電視實業公司	2005	王漢平、張輝力、甘輝	梁德華	於娜、吳樾、侯勇
11	水滸英雄系列之三鼓上蚤時遷	35	山東省三冠電影電視實業公司	2006	王漢平、張輝力、甘輝	王文傑	吳京、商蓉、寧靜
12	水滸傳之龍虎山客棧（新水滸客棧）	12	安徽衛視	2008	寧財神	寧財神	李晟毓（現改名李泰延），陳麗麗，黃瀛漩，劉冠麟，付東鎧，夏佳偉，杜淳，劉冠翔
13	新版《水滸傳》	86	安徽衛視等	2011	溫豪傑	鞠覺亮	張涵予、李宗翰、胡東、黃海冰、陳龍、景崗山、高虎、嚴寬、安以軒

注：

A、數字系列電影《水滸英雄譜》，2006 年開始，由中國電影集團、CCTV-6 電影頻道、北京時代電影有限公司聯合出品，張建亞 總導演出品人楊步亭、閻曉明、劉信義 總編劇鞏向東。《水滸英雄譜》計劃拍攝水滸邊緣人物 40～50 人，2008 年已上映的電影有 10 部：

《水滸英雄譜》之《扈三娘與矮腳虎王英》《青面獸楊志》《孫二娘》《雷橫與朱仝》《小李廣花榮》《母大蟲顧大嫂》《拼命三郎石秀》《楊雄與石秀》《神偷時遷》《入雲龍公孫神》。

B、統計表的製作依據 2010 年山東大學文學院趙靜碩士學位論文《論〈水滸傳〉的影視改編》第二章影視改編成果的統計以及網絡電影數據庫等，並逐條網絡檢索核對而成。

⑥電視綜藝娛樂節目——安徽衛視《水滸英雄會》。

（三）連環畫

《水滸傳》影響下產生的水滸連環畫簡表

序號	名稱	繪畫者	出版年	出版社	冊數
1	連環圖畫水滸傳	李澍丞	1928	海世界書局	24
2	水滸金瓶梅	張少呆	1930	東亞書局	23
3	水滸傳	周雲舫	1935	文華書局	
4	水滸傳	周雲舫	1935	協成書局	72
5	水滸拾遺	沈曼雲	1940	文德書局	
6	水滸傳	趙宏	1946	文華書局	4
7	水滸傳	朱澗齋		宏泰書局	
8	水泊梁山	陳丹旭		中國致公出版社	
9	水滸傳			出版書局	14
10	三打祝家莊	徐燕蓀	1950	上海大眾圖書出版社	
11	水滸	昨非（徐燕蓀）、墨浪等	1955	朝花美術/人民出版社	26
12	水滸		1960	朝花美術出版社	26
13	水滸	任率英、卜孝懷等	1962	人民美術出版社	26
14	石秀探莊	徐餘興	1963	遼寧美術出版社	
15	燕青打擂	王靖洲	1963	遼寧美術出版社	
16	水滸連環畫		1974		
17	逼上梁山	戴敦邦	1979	河北人民出版社	4
18	水滸故事	羅中立、陳惠冠、施大畏、韓碩、戴敦邦	1980	人民美術出版社	2
19	水滸	趙宏本、王弘力、劉漢宗等	1981	人民美術出版社	30
20	三打祝家莊	孟慶江	1982	人民美術出版社	
21	水滸人物	桑麟康，呂世榮	1983	吉林人民出版社	13
22	水滸	歐治渝、姚渝永	1985	四川美術出版社	6
23	水滸故事	顏梅華、戴敦邦等	1985	上海人民美術出版社	13
24	水滸後傳連環畫	戴紅傑、戴敦邦等	1985		
25	小水滸	馬寒松、陳九如、程隆、諸葛增仁	1988	天津人民美術出版社	10
26	水滸連環畫	楊秋寶	1991	少年兒童出版社	2
27	水滸傳	卜孝懷	1993	人民美術出版社	3

書影

（四）曲藝

《水滸傳》影響下產生的水滸曲藝（音像版）簡表

序號	作品	作者	形式
1	水滸傳	田連元	評書
2	論水滸	魏文亮、張志寬	相聲
3	武松	王麗堂	揚州評話
4	水滸外傳	單田芳	評書
5	水滸傳	郭德綱	相聲
6	水滸歪傳	郭德綱	相聲
7	大話水滸		舞臺相聲劇

演出照

十一、遊藝

（一）葉子戲

葉子始於崑山，用《水滸》中人名爲角抵戲耳。

——明・潘之恒《葉子譜》

葉子戲自唐咸通以來，天下尚之，即今之扯紙牌，亦謂之鬥葉子。近又有馬弔之名，則以四人爲之者。唐格已不可考。今自錢索兩門而外，皆《水滸傳》中人，故余嘗戲呼戲者曰宋江班。（或云是厭勝之術，恐梁山三十六人復生世間耳。然則唐宋之世，以何爲厭勝耶？

——明錢希言《戲瑕》卷二《葉子戲》。

（二）酒令

（三）詩壇點將

十二、《水滸傳》研究的國內著作

十三、《水滸傳》在國外

（一）《水滸傳》古本的國外收藏

類型	序號	名稱	卷、回數	刊刻	館藏地
文繁事簡本	1	李卓吾先生批評忠義水滸傳	一百卷一百回	明容與堂刊本，無圖。	日本倉石武四郎氏藏殘本。
	2	鍾伯敬先生批評忠義水滸傳	一百卷一百回	明積慶堂刊本、明四知館刊本。	日本京都帝大、神山閏次氏、京都倉石氏藏，法國巴黎國家圖書館。
	3	李卓吾評忠義水滸傳	一百回	芥子園刊本。	日本帝國圖書館。
文簡事繁本	4	新刊京本全像插增田虎王慶忠義水滸全傳		明刊本，上圖下文。	法國巴黎國家圖書館藏殘本（殘存第二十卷全卷及第二十一卷之半，全書約爲二十四卷）。
	5	文杏堂批評水滸傳（李卓吾原評忠義水滸傳）	三十卷（不分回）	金閣映雪草堂刊本、寶翰樓刊殘本。	日本東京帝大研究所、法國巴黎國家圖書館。
	6	水滸傳	一百十五回	清大酉堂刊本。	英國博物館藏清大酉堂刊本，法國巴黎國家圖書館藏兩部（刊刻時地不詳），又法國巴黎國家圖書館所藏《征四寇傳》，係「漢宋奇書」下半部單行刊印本。
	7	精攜合刻三國水滸全傳		明雄飛館刊「英雄譜」本。	日本內閣文庫藏。
	8	京木增補校正全像忠義水滸志傳評林	二十五卷	明余氏雙峰堂刊本。	日本內閣文庫藏殘本（殘存卷八至卷二十五共十八卷，第七卷以上缺）。
楊定見改編本	9	李卓吾評忠又水滸全傳	一百二十回（不分卷）	鬱鬱堂刊本、寶翰樓刊。	日本宮內省圖書僚藏。
金聖歎評本	10	第五才子書施耐庵水滸傳	七十五卷	貫華堂原刊本。	法國巴黎國家圖書館藏有四部重刊本，英國博物院藏有巾箱本（二十冊）。

（二）《水滸傳》在國外的翻譯與研究

1、《水滸傳》的國外翻譯簡表

序號	名稱	譯者	國籍	語種	內容
1	水滸傳摘譯	晁德蒞	意大利	拉丁文	金聖歎評本第 22 回及第 27～28 回，即武松的故事。
2	一個英雄的故事	H・S・		英語	《水滸傳》前十九回中林沖故事的節譯。
3	《水滸傳》片斷	家瞿理斯	英國	英語	「魯智深大鬧五臺山」故事的選譯。
4	水泊的叛逆者	西德尼・夏皮羅		英語	林沖被逼上梁山，魯智深見義勇爲的全部故事。
5	水泊英雄	西德尼・夏皮羅		英語	智取生辰綱的故事。
6	智取生辰綱	白元、西里爾・伯奇		英語	《水滸傳》第 16 回。
7	強盜與兵士：中國小說	傑弗里・鄧洛普		英語	《水滸傳》七十回本的英文節譯本。
8	四海之內皆兄弟	賽珍珠	美國	英語	
9	水滸	傑克遜		英語	七十回節譯本。
10	水滸傳：選錄	小詹姆斯・克倫普		英語	
11	水滸傳	西德尼・夏皮羅		英語	
12	水滸傳摘譯	巴贇	法國	法文	《水滸傳》前六回中魯智深的故事及第 23～31 回中武松的故事。
13	水滸傳摘譯	德・比西	法國	法文	
14	水滸傳片斷	徐仲年		法文	七十回本《水滸傳》的第二回（魯智深拳打鎮關西的故事）和第二十二回（武松打虎的故事）。
915	中國的勇士們	北京政聞報社		法文	《水滸傳》前十二回的全譯。
16	水滸傳	雅克・達爾	法國	法文	一百二十回的全譯本。

17	聖潔的寺院	魯德斯伯格	德國	德語	七十回木《水滸傳》第43、44、45回的摘譯，即楊雄和潘巧雲的故事。
18	賣炊餅武大的不忠實婦人的故事	魯德斯伯格	德國	德語	七十回本《水滸傳》第25～29回的摘譯，即武松的故事。
19	黃泥岡的襲擊	弗朗茨・庫恩	德國	德語	「智取生辰綱」故事的節譯。
20	強盜們設置的圈套	弗朗茨・庫恩	德國	德語	晁蓋等劫取生辰綱後去梁山設計打敗追捕他們的官軍的故事。
21	宋江入夥梁山起義軍	弗朗茨・庫恩	德國	德語	「潯陽樓宋江吟反詩」「梁山泊好漢劫法場」故事的節譯。
22	強盜與士兵：中國小說	阿爾貝特・埃倫施泰因	德國	德語	《水滸傳》的七十回節譯本。
23	梁山泊的強盜	弗朗茨・庫恩	德國	德語	一百二十回《水滸傳》節譯本。
24	梁山泊強盜	庫恩、裏卡達・勞沃爾特	德國	德語	
25	魯達加入起義軍的故事	馬克西米利安・克恩	德國	德語	
26	梁山泊的強盜	翰娜，赫茨費爾德	德國	德語	
27	強盜：中國古典小說	克拉臘・羅韋羅		意大利	
28	水滸傳	羅加切夫	蘇聯	俄語	七十一何全譯本。
29	梁山泊的強盜	戈道・凱撒		匈牙利	
30	水滸傳	奧古斯仃・巴拉特、加勃里爾・拉波什		捷克斯洛伐克語	
31	水滸傳	克拉克夫讀者出版社		波蘭語	
32	水滸傳	南朝鮮正音社		朝鮮語	七十回全譯本。
33	水滸傳	南朝鮮乙酉文化社		朝鮮語	一百二十回全譯本。
34	水滸演義	羅神		越南語	七十回節譯本。

35	訓點忠義水滸傳	岡島冠山		日語	
36	通俗忠義水滸傳	岡島冠山		日語	
37	新編水滸傳（又名《新編水滸回傳》）	曲亭馬琴、高井蘭山		日語	
38	標注訓譯水滸傳	平岡奄城注訓譯		日語	
39	國譯忠義水滸全書	幸田露伴		日語	
40	少年《水滸傳》	三島霜川編譯		日語	
41	水滸傳	笹川臨風		日語	七十回本《水滸傳》的選譯本。
42	水滸全傳	久保天隨		日語	根據楊定見改編的一百二十回《水滸傳》譯。
43	水滸傳	村上知行		日語	七十回全譯。
44	新譯水滸傳	佐藤春夫		日語	楊定見改編的一百二十回全譯本。
45	水滸傳	駒田信二		日語	楊定見改編的一百二十回全譯本。
46	水滸傳	松枝茂夫編譯		日語	
47	三國演義・水滸傳・聊齋誌異	村上知行		日語	
48	連環畫冊《水滸傳》	橫山光輝編著		日語	
49	水滸傳	吉川幸次郎、清水茂		日語	據內閣文庫藏容與堂刊李卓吾評《忠義水滸傳》百回本翻譯。
50	水滸傳	杉本達夫、中村願		日語	《水滸傳》七十回本的編譯本。

2、《水滸傳》的國外研究

結　語

長期以來，《水滸傳》被視爲施耐庵一個人的作品，本展室內容表明，這是不正確的，東原羅貫中才是《水滸傳》眞正的作者或最主要的作者。羅貫中自幼生長於水滸的故鄉東平，而《水滸傳》也表現了他濃鬱的鄉情。《水滸傳》作爲世界性文學名著自古以來影響逐漸擴大，已經成爲中國與世界文化中的寶貴成分，必將隨著時間的推移，在中國以至全人類文明的發展中越來越受到更多讀者專家的喜愛與重視，影響也必將更加深遠。

第二展室（貫中堂西側：水滸領袖館或水滸故事館）

院內：板磚鋪畫中國宋代地圖輪廓，標出龍虎山、水泊梁山、濟州、東平、陽穀、鄆城、江州、青州、杭州等故事主要發生地，於梁山樹「替天行道」大旗，於東平樹「護國安民」大旗。旗高與對面三國同。

廳內：

建議方案一：

銅塑水滸領袖館：

第一代：王倫、杜遷、宋萬

第二代：晁蓋、吳用、公孫勝第三代：宋江、盧俊義、吳用

建議方案二：雕塑水滸故事館：

中間正面：宋江受九天玄女天書

東間：宋江殺惜

西間：三敗捉高俅

第三展室（水滸畫廊）

嵌壁石刻《水滸》全圖

建議方案：

1、《李卓吾先生批評忠義水滸傳》（明萬曆三十八年容與堂刊本，北京圖書館藏本）插圖本刻石，每回 2 圖，共 240 幅，標以回目。（此圖請採用漢語大辭典出版社《中國古代小說版畫集成》第三冊，第 575～774 頁）

2、《繡像水滸傳》插圖。

第五部分　中後院

東院：貫中居

院門匾額：貫中居（情景模擬）

正房匾額：頤本軒（羅貫中父母居室並書房）

東書房匾額：傳神齋（羅貫中居室並書房）

西便房匾額：小隱廬（廚房等）

西院：羅館辦公室

羅貫中研究院

第三展區　貫中碑廊

碑刻紀念歌頌羅貫中的歷代名人題詠。

第六部分　羅園（仿古園林式商業區）

本區爲紀念館有機組成部分，但與前院相對獨立，展現東平歷史上城市風貌、民間生活場景，以古代東平風俗引領商業運作，造就以館養館的基礎。

院門匾額：羅園

仿古園林式商業區：

布局特色：

水陸相間，竹樹掩映；

短橋臥波，魚鳥相望；

樓館互峙，招牌琳琅；

器皆雅製，服用古裝。

擬商業設施名目（選建）：

貫中酒樓

金元食府

三阮魚館

洞庭茶室

好古棋牌

馬可咖啡

另附設商店、書店、銀行、保健、美容、停車場等。

經營方式：出租招商。